Ingrid Riedel Tabu im Märchen

W

Ingrid Riedel

Tabu im Märchen

Die Rache der eingesperrten Natur

Walter-Verlag, Olten und Freiburg im Breisgau

2. Auflage 1987

Gesamtherstellung in den grafischen Betrieben
des Walter-Verlags
Printed in Switzerland

ISBN 3-530-69111-9

Inhalt

Einführung

Unter Tabu – übrigens ein polynesischer Begriff – versteht man das Verbotene; das unter so schwerer Drohung Verbotene, daß es in frühen Kulturen überall zu Krankheit oder sogar zum Tod führen konnte, wenn man ein Tabu brach. Das bedeutet z. B., daß einer sterben kann, allein aus Entsetzen und innerer Angst, wenn er ein Tabu gebrochen hat; daß er also einen psychogenen Tod erleiden kann, auch wenn ihm von außen her nichts Böses widerfährt. Tabus werden meist in einem religiösen Zusammenhang gesetzt. Es wird z. B. das tabuiert, was als besonders numinos gilt, so daß es jeder Berührung durch Unberufene entzogen ist; es wird aber auch das tabuiert, was den geheiligten Ordnungen einer bestimmten Religion, eines bestimmten Stammes widerspricht; also etwa gerade der Baum oder das Tier, die dem Nachbarstamm heilig sind. So ist das Schwein im alten Israel tabuiert: das Schwein, das gerade das große Fruchtbarkeitssymbol vieler Umweltreligionen ist. Es ist aber z. B auch der griechischen Göttin Demeter heilig. Auch der Abgrenzung von anderen Kulturen und Religionen und dem Zusammenschluß um das Eigene kann das Tabu dienen.

Krankheit und Tod, die ein Tabubruch mit sich zu bringen vermag, können auch heute noch, z. B. von christlichen Missionaren, ausgelöst werden: Wenn sie Menschen, die, in einer anderen Religion aufgewachsen, noch sehr archaisch gebunden sind, dazu drängen, bisherige Tabus von bestimmten Speiseverboten an bis etwa zur Heilighaltung bestimmter

Orte zu brechen. Es gibt Berichte über solche psychogenen Krankheiten und Tode bis heute. Ein Bekannter erzählte mir solch einen Fall aus Polynesien, der ihn sehr erschüttert hat. Ein junger Mann ist zum Christentum übergetreten, hat sich taufen lassen; daraufhin kam er mit dem Missionar, der sein Freund geworden war, an einem heißen Sommertag in die Nähe eines der Teiche, die bisher immer tabu gewesen waren, die zu berühren also bei Gefahr des Lebens verboten war. Der Missionar erklärte dem jungen Polynesen, die Angst vor solch einem alten Tabu müsse doch jetzt für ihn überwunden sein, er hätte doch eine neue Freiheit gewonnen und könnte mit ihm gemeinsam im Wasser dieses Teiches sich erfrischen gehen. Der polynesische Christ badete mit dem Missionar im Teich und wurde in der Folge krank; die Krankheit zog sich lange hin, bis er schließlich daran starb. Es war dies ein psychogener Tod, der natürlich nur dort möglich ist, wo das Tabu tief in der leiblich-seelischen Existenz verankert ist. Aber wie wir wissen, gibt es auch unter uns Tabus, die ähnlich tief sitzen und die heute noch psychogene Krankheiten hervorrufen können.
Tabus finden sich in den Märchen vornehmlich in Zusammenhang mit verbotenen Zimmern und Räumen: Als tabu gelten die dreizehnten oder hundertsten Zimmer, die zu betreten den Märchenheldinnen und -helden unter schwersten Drohungen untersagt ist – «Wenn du da eindringst», sagt die «schwarze Frau» zu einem Mädchen, «mach dich auf etwas Schlimmeres gefaßt als auf den Tod» – und die dennoch in allen Märchen, die ich kenne, ausnahmslos geöffnet und betreten werden. Tabuisiert wird auch, was numinos übermächtig ist und den Menschen von daher zugleich fasziniert und bedroht. Die Inhalte der verbotenen Zimmer werfen ein besonderes Licht gerade auf unsere christlich geprägte europäische Kultur und auf die Werte, die sie ausklammern und

verdrängen mußte, auch weil sie sie für übermächtig faszinierend hielt. Sicher ging es während der ersten Phase der christlichen Mission hier in Europa oftmals um ein Entweder-Oder, um gegenüber einer Religion und Kultur, die mit den Mächten der Natur eng und unlöslich verwachsen war, neue Bewußtseinswerte überhaupt erst unterscheiden zu können. So wurde die Donar-Eiche gefällt – ein sehr ambivalenter Vorgang, dessen traumatische Spur sich vielleicht in unser aller Psyche noch findet.
Inzwischen allerdings sind die damaligen Gefahren einer Überschwemmung des christlichen Bewußtseins durch die Kräfte der Natur, der Rückfall in eine Symbiose mit der Natur – damals wirklich eine Gefahr –, nur noch sehr gering gegenüber der inzwischen riesig angewachsenen gegenteiligen Gefahr: jedweden Kontakt zur Natur zu verlieren, der sich sowohl als Kontaktverlust des einzelnen gegenüber seiner leiblichen und seelischen Natur äußern kann, als auch als Kontaktverlust der Gesellschaft überhaupt zu ihrer Umwelt: zu Tier, zu Pflanze und Landschaft; eine Gefahr, die heute unser Leben real bedroht. Die aber zusammenhängen kann und – wie ich glaube – wirklich zusammenhängen wird mit dieser Rodung unserer Naturfrömmigkeit durch ein einseitig verstandenes und sich verstehendes Christentum. Diese Gefahr des Auseinanderbrechens der bewußten Welt in ihrer Entfremdung von der Natur ist schon seit dem Beginn der Neuzeit spürbar: seit der Zeit, in der unsere Märchen vermutlich die Gestalt bekommen haben, in der sie heute vorliegen. Ich wage das deshalb zu behaupten, weil die Märchenerzähler ihre Helden und Heldinnen mit einer Vehemenz sondergleichen und unter Todesgefahr dort eindringen lassen, wo diese abgedrängten Werte zu finden sind. Warum eigentlich? Warum sind es so viele Märchen, die das zeigen? Sollte da nicht schon, als die Märchen aufgezeichnet wurden,

eine innere Gegenströmung aufgetaucht sein, die diese Werte für lebensnotwendig hielt und sie zu retten suchte?
Um die Tabus, die dringend auf Aufhebung, Lösung und Erlösung warten, aufzuspüren, müssen wir mit den Märchenhelden und -heldinnen in die verbotenen Zimmer schauen. Und dort könnte sich geradezu eine Phänomenologie des Verdrängten zeigen, das für unsere Kultur wiederentdeckt werden müßte. Das war jedenfalls die Idee, die mich zu der Thematik dieses Buches führte.
Zunächst möchte ich an einem Märchenvergleich aufzuweisen suchen, wie sich die Inhalte der Tabus und der Umgang mit ihnen unter christlichem Einfluß gewandelt haben. Unter den Märchen der Brüder-Grimm-Sammlung finden wir ganz zu Anfang das «Marienkind»[1]. Hier öffnet das Mädchen, von einem bettelarmen Vater an Maria selbst übergeben und im Himmel erzogen, das eine ihr verbotene Zimmer. Es wirft einen Blick auf das Geheimnis und den unerträglichen Glanz des dreieinigen Gottes selbst. Der Glanz will dann nicht mehr von dem Finger weichen, der die Tür geöffnet hat. Das Mädchen will in tödlicher Angst – sein Herz hört nicht mehr auf zu klopfen – verschweigen, daß es einen Blick auf die Verborgenheit der Gottheit geworfen hat. Es verstrickt sich dabei in Lügen und wird aus dem Himmel in die Waldwildnis verbannt, wird in einen Zustand versetzt, der demjenigen der Krankheit nach dem Bruch eines Tabus entsprechen mag: Das Märchen schildert uns die Nacktheit des Mädchens, daß es Beeren und Kräuter und Pilze sammeln muß, um überhaupt zu überleben; es ist ausgestoßen aus der Gemeinschaft. Das war übrigens bei den archaischen Völkern oft schon Grund genug, wirklich seine Existenz einzubüßen, wirklich umzukommen – in dieser Verbannung konnte man sterben. In solch einer Verbannung finden wir also das Mädchen nach dem Tabubruch. Später werden ihm

die Kinder, die es geboren hat, wieder genommen: Maria selbst nimmt sie ihm – und läßt den Verdacht aufkommen, Marienkind sei eine Kindsmörderin –, bis es selbst endlich auf dem Scheiterhaufen seine Vorwitzigkeit eingesteht.
Seine Vorwitzigkeit – denn mehr als eine Vorwitzigkeit ist es eigentlich nicht gewesen, daß es diesen Blick in das verbotene Zimmer geworfen hat. Wenn das Märchen nicht auf archaische Vorstellungen zurückwiese – die das Alte Testament z.B. in erschütternden Bildern darzustellen weiß: daß nämlich kein Sterblicher es erträgt, Gott in seinem unmittelbaren Glanz zu schauen; dort verhüllt man ja sein Antlitz, wenn man Gott begegnet –, dann vermöchte das Märchen in seinem recht naiven Erzählton gewiß nicht davon zu überzeugen, daß das Mädchen wirklich etwas getan hat, das einen solchen Druck, eine solche Strafe nach sich ziehen müßte. Sicher hatte es das besondere Vorrecht genossen, im Himmel aufzuwachsen, und daraus erwuchs ihr wohl auch die besondere ethische Verpflichtung gegenüber dem Heiligen, aber mich selbst hat jedenfalls das Märchen «Marienkind», so wie wir es jetzt vor uns haben, immer unüberzeugt und unbefriedigt gelassen. Ich erinnere mich, daß es mich gerade als Kind sehr aufgeregt hat. Ich fand, daß diese furchtbaren Strafen in keinem Verhältnis zu Marienkinds Vergehen standen: diese Verbannung in den Wald, der Verlust ihrer Kinder, der Scheiterhaufen schließlich für eine mir jedenfalls sehr begreifliche Lüge aus Angst vor Marias Zorn; denn diese Maria kann zürnen, das sehen wir an ihrem grausamen Verhalten. Was war denn nach der verhältnismäßig harmlosen Darstellungsweise des Märchens anderes geschehen, als so etwas wie ein verbotener Blick ins Weihnachtszimmer? So war es für mich als Kind. Wenn ich in den spannenden Stunden vor der Bescherung in das sogenannte Weihnachtszimmer hineinspitzte, dachte ich manchmal an Marienkind: Wenn ich jetzt

noch ein wenig weiter vorrücke an den Türspalt zum Weihnachtszimmer, dachte ich, wer weiß, vielleicht hat meine Nase dann auch für immer einen goldenen Schimmer...

Das Märchen ist zu harmlos erzählt und auch das Vergehen des Kindes ist zu harmlos dargestellt, als daß es das, was hier aus archaischer Tiefe an Strafe über das Kind hereinbricht, verständlich machen könnte. Es ist spürbar zu einem pädagogischen Märchen für Kinderohren umstilisiert worden, hat aber gerade für Kinder eine ungute Auswirkung, erzeugt Angst vor den Bezugpersonen und blockiert notwendige Schritte in die Autonomie. Der unerhörte Ernst, der sich hinter diesem Märchen verbirgt, ging mir erst auf, als ich viel später Parallelmärchen kennenlernte, die einem verwandten Typus zugehörten, die aber auch spürbar älter waren als das Märchen «Marienkind» in seiner jetzigen Gestalt, so daß sie auch noch nicht so stark oder gar nicht die christlichen Vorstellungen enthielten. Bei dem Hören dieser älteren Märchen merkte ich plötzlich, mit welcher archaischen Kraft und Wucht des Tabus die Heldinnen dieser Märchen es zu tun bekamen. Gewiß setzten auch diese älteren Märchen sich meistens schon mit dem Christentum auseinander, insofern es die geistig-religiöse Macht war, die hinter der Tabuierung der jeweiligen Werte stand. Besonders beeindruckt hat mich eine frühere Variante dieses Märchentyps vom verbotenen Zimmer, die aus dem Donauland, aus der Steiermark stammt: Es trägt den Titel: «Bei der schwarzen Frau». Dieses Märchen ist von Marie-Louise von Franz erstmals eindrucksvoll interpretiert worden[2].

Vergleichen wir es jetzt einmal mit «Marienkind». Hier, in diesem Märchen «Bei der schwarzen Frau» kommt die Tochter eines sehr armen Vaters nicht etwa zu Maria selbst, sondern er verkauft sie an eine «schwarze Frau», wie es da heißt. Diese erweist sich gleichwohl als mütterlich und läßt das

Mädchen in ihrem schwarzen Waldschloß heranwachsen, wie es Maria in ihrem himmlischen Schloß dem «Marienkind» ermöglicht. So weit besteht noch eine starke Parallele zwischen den beiden Märchen. Sicher, dieses Kind ist nicht nur zum Spielen und zum Staunen da, wie das Marienkind im Himmel, sondern es hat täglich eines der hundert Zimmer dieses Schlosses zu reinigen. Auch diesem Mädchen ist ein einziges, das letzte, das hundertste Zimmer verboten. Als es dieses dennoch öffnet, nach vielen Jahren treuen Dienstes im Schloß, entdeckt es zu seinem Entsetzen hier seine Herrin und Mutter, die schwarze Frau selbst, nackt und in Verwandlung begriffen – vom Schwarzen zum Weißen hin. Nur ein kleiner Teil ihres Körpers, die Zehenspitzen, sind noch schwarz; gewiß in Analogie dazu, daß das Mädchen im Laufe der Jahre fast alle Zimmer des Schlosses gereinigt hat.
Welch ein Tabubruch! Wir müssen uns da hineinfühlen: Das Mädchen sieht diese verehrte, gefürchtete Frau, eine Frau von der numinosen Mächtigkeit einer Muttergöttin, in deren eigener Wandlungs- und Entwicklungsnot. Es sieht sie nackt. Und dieses Mädchen beschließt zu schweigen, diesen Einblick in ein schmerzhaftes Geheimnis in ihrem Herzen zu bewahren. Und alles, was dann folgt, entreißt ihm dieses Geheimnis nicht. Das Mädchen schweigt, auch als ihm von der schwarzen Frau, die sofort nach dem Tabubruch vor ihm steht, die Verstoßung angedroht wird, und ebenso, als es in die Waldwildnis verstoßen wird. Auch dieses Mädchen gerät in völlige Isolation und Einsamkeit. Es leugnet und schweigt, auch als die schwarze Frau es damit erpreßt, ihm die neugeborenen Kinder wegzunehmen, falls es weiterhin leugne. Sie schweigt und leugnet auch noch, als man sie des Kindsmordes verdächtigt – die schwarze Frau hat ihr die drei Kinder wirklich genommen –, und als sie schließlich zum Scheiterhaufen verurteilt wird. Als sie dort ein letztes Mal

von der schwarzen Frau gefragt wird, ob sie in dem verbotenen Zimmer gewesen sei, da antwortet sie – im Unterschied zu Marienkind – auch angesichts des Scheiterhaufens: Nein. Und hier geschieht die unerwartete Wendung. In dem Moment, als sie auch hier schweigt, angesichts des Todes, wandelt sich alles zur Erlösung: Die schwarze Frau wandelt sich plötzlich ganz in Weiß und sagt zu ihr: «Hättest du nur einmal gesagt, daß du drinnen gewesen bist, hätte ich dich zu Staub und Asche zerrissen. Du hast mich jetzt ganz erlöst, das Schloß ist dein...»

Das ist ein ganz anderer Verlauf, der unsere Vorstellungen, die zunächst an Marienkind orientiert sind, befremden muß. Hier geschieht die schließliche Erlösung durch das Schweigen, durch das Leugnen des Mädchens, daß es die schwarze Frau in ihrem Wandlungsgeheimnis, «in ihrer Drangsal», wie es in dem verwandten Märchen «Die grüne Jungfer» heißt, gesehen habe. Nicht kindlich angstvolles Lügen wird hier bestraft und schließlich vergeben, sondern ein standhaft wissendes Verschweigen wird belohnt: Dies geschieht nicht nur der Märchenheldin gegenüber, sondern letztlich auch gegenüber der schwarzen Frau selbst. Es wird spürbar, daß die junge Frau mit ihrem Schweigen und ihrem Nein eine hintergründige, gewaltige Macht aus ihrem Bann gelöst hat. Damit, meine ich, erweist sich das Donaumärchen als die ursprünglichere, kraftvollere – gerade weil für unser modernes Bewußtsein anstößige Fassung, in der wir nicht einfach die Werte unserer späten Zeit wiederfinden, sondern alte Werte neu entdecken können. Es geht hier auch um ein ganz anderes Tabu als bei Marienkind, als nur um das Lügen und Verleugnen dessen, daß sie in das Tabu-Zimmer gegangen ist.

Das Mädchen erweist sich im Verlauf dieses Märchens als ein Mensch, der der Heiligkeit und der Würde des Tabus die schuldige Ehrfurcht erweist, auch nachdem es diese verletzt hat; und diese Haltung entspricht der des frühen Menschen gegenüber einer göttlichen Gestalt und ihren Geboten. Die schwarze Frau nämlich, so legt es uns dieses Märchen nahe, ist als eine göttliche Gestalt zu verstehen, als eine Gestalt der alten vorchristlichen Muttergottheit, eine Gestalt der Mutter Natur selbst: mit der keltischen Epona verwandt, der germanischen Freya. Immer wieder kommt sie ja wie diese, denen das Pferd heilig war, mit Pferden vorgefahren; viele dieser Märchen berichten, daß diese Frau mit einer mehrspännigen Kutsche erscheint. Und einmal steht z. B. ihr heiliges Tier, das Pferd, auch im verbotenen Zimmer und verhilft dem hier eindringenden Helden zur Freiheit: so in «Die drei goldenen Äpfel», einem Schweizer Volksmärchen.

Sie muß «erlöst», das heißt, unserem Bewußtsein wieder angeschlossen werden, aus dem sie verdrängt war, wenn unser modernes weibliches oder auch männliches Bewußtsein wieder ganz werden und Frieden mit der Natur schließen soll. Ich meine, daß in allen diesen Märchen das Grollen und die Rache der weggesperrten Mutter Natur zu vernehmen ist, wenn man es überhaupt hören will – doch damit greife ich schon vor.

In der christlichen Mariengestalt ist ja bei all ihrer jungfräulichen Zartheit und mütterlichen Wärme doch nicht die ganze Fülle weiblichen Wesens enthalten und symbolisiert. Wir spüren das, wenn wir das christlich gefärbte Märchen «Marienkind» gegen das urtümlichere «Bei der Schwarzen Frau» halten. Die in den Märchen arbeitenden und sich darstellenden Kräfte aus dem Unbewußten wittern es gleichsam, daß hier nicht die Ganzheit des Weiblichen symbolisiert ist, indem sie in anderen Märchenfassungen auch diese helle, zarte, demütige Mariengestalt unter die Verwunschenheit des verbotenen Zimmers geraten lassen. So findet sich in einem russischen Parallelmärchen[3] – einem ganz abgründigen Märchen – die andere Seite der Maria, die andere Seite der alten Muttergottheit. Sie heißt hier «Maria, die Verwünschte», die im verbotenen Zimmer auf einer feurigen Schaukel schaukelt: in Kontakt mit dem Feuer also, dem Wandlungsfeuer, wie es die Alchemie kennt, da sie unserem Bewußtsein neu anverwandelt und dadurch erlöst werden muß. Die alte Muttergottheit wird hier als «die Verwünschte» im verbotenen Zimmer wiedergefunden und wird doch, indem sie auch «Maria» heißt, als der Maria zugehörig erkannt. Indem sie schaukelt, vollzieht sie zugleich die urtümliche Ausgleichsbewegung der Kinder, aber auch die der Magie, in der die aus dem Lot getragenen Dinge wieder eingependelt werden sollen. Marie-Louise von Franz nennt das Schaukeln eine «reine Gegensatzschwingung».

Es ist dadurch natürlich nicht das Bild Marias als solches in Frage gestellt, sondern es wird hier nur wiederentdeckt, was dem Marienbild im Vergleich zur Wesensfülle der alten Muttergottheit fehlt. Durch das Schaukeln im verbotenen Zimmer wird ausgependelt, was aus dem Gleichgewicht geraten ist, es wird wieder ins Lot gebracht und schwingt in einem ewigen Rhythmus nach vorwärts und rückwärts aus. Hier pendelt gleichsam der «Schatten» der lichten Maria. Es geht letztlich um Wiedergewinnung eines weiblichen religiösen Symbolbildes, das Licht und Schatten komplex übergreifen könnte. Um das Schaukeln in seiner tiefen Symbolik zu verstehen, können wir uns z. B. an den antiken Totenkult erinnern, in dem einer, der sich selbst den Tod gegeben hat, schaukelt, um die Götter zu versöhnen: Wenn ein Gesetz gebrochen ist, läßt sich das aus dem Lot Geratene wieder einpendeln und auswiegen durch solches Schaukeln. Auch im Dionysoskult kennt man das Schaukeln: Fruchtbarkeitszauber, Dämonenvertreibung werden ihm zugeschrieben. Auch Inspiration wird durch Schaukeln erwirkt. Es gibt auch alte

Gebetsformen, im Judentum noch gebräuchlich, die mit schaukelnden Körperbewegungen vollzogen werden. Wer einmal an der Klagemauer in Jerusalem war, konnte eindrucksvoll miterleben, wie alte Juden mit schaukelnder Bewegung beten; es ist auch eine Meditationsbewegung. Schaukeln ist ein Bewegungsmodus, in dem enger Kontakt mit den Rhythmen der Natur in ihrer Kontrapunktik gewahrt wird. Es gilt dabei, Gegensätze gegeneinander auszupendeln, miteinander zu versöhnen.

Die in unserer Kultur weithin noch immer unterbewertete Weisheit der Frau, ihre Sehergabe z. B., die den Kelten und Germanen heilig war, die heilkundigen und oft magischen Fähigkeiten der Frau, spiegeln sich kompensatorisch in den Märchen. Dort finden sich beispielsweise in einem der verbotenen Zimmer vier schwarze Jungfrauen, übrigens in das Studium von Büchern vertieft. Diese Vierheit entspricht symbolisch sicher der Ganzheit und Mächtigkeit des weiblichen Geistes, der hier, wenn auch noch tabuiert, als schwarzer und im verbotenen Zimmer, in Erscheinung tritt. Schwarz sind diese vier Frauen; die schwarze Farbe bedeutet bei diesen Gestalten, neben ihrer Verwunschenheit, ihrer Verschattung, immer auch die Erdfarbe, zugleich die Farbe der Nacht. In Ägypten, wo die Erde nach der Überschwemmung durch den Nilschlamm, jedenfalls früher, ganz schwarz erschien, trat auch die Muttergöttin Isis als schwarze Isis auf, zugleich ist sie die Todesgöttin. Diese Jungfrauen sind also als schwarze symbolisch dem Erd- und Nachtbereich verbunden und als solche zugleich in Studien vertieft: in Studien besonderer Art, möchte man annehmen, die dem genannten Bereich entsprechen, Studien der Natur, der Heilkunde vielleicht und «so mancher Dinge zwischen Himmel und Erde, von denen sich unsere Schulweisheit nichts träumen läßt» (Johann Wolfgang Goethe), Exponentinnen einer weiblichen Wissenschaft gleichsam könnten sie sein. Zugleich werden sie «Jungfrauen» genannt, gehen also den besonderen Weg der Frauen, die sich, mit der Natur und ihrer Weisheit verbunden, zugleich in einen priesterlichen Dienst stellen. Eine hervorragende Frau solcher Art war beispielsweise Hildegard von Bingen, die Ärztin, Naturwissenschaftlerin, Musikerin und Mystikerin, eine bedeutende Frau des 12. Jahrhunderts. Andere ihrer Wesensart wurden als Hexen verdächtigt und verbrannt.

Es muß uns in dem Zusammenhang noch einmal beschäftigen, was das eigentlich bedeutete. Im Märchen sind, wenn auch abgedrängt, verdunkelt, verwunschen, die Frauentypen enthalten, die noch mit den alten Naturkräften in Verbindung stehen. Wir finden sie in ihrer ganzen Mächtigkeit in diesen verbotenen Zimmern wieder. Ich möchte den Text des Märchens von den vier Schwarzen Jungfrauen, den die Brüder Grimm in einer von ihnen selbst zusammengefaßten Form überliefern, hier einbringen: In ihren Anmerkungen zu «Marienkind» schreiben ihn die Brüder Grimm in der folgenden Form nieder:

Eine andere Erzählung ist folgende: Der arme Mann, da er seine Kinder nicht ernähren kann, geht in den Wald und will sich erhenken, da kommt eine schwarze Kutsche mit vier schwarzen Pferden, und eine schöne schwarzgekleidete Jungfrau steigt aus und sagt ihm, er werde in einem Busch vor seinem Haus einen Sack mit Geld finden, dafür solle er ihr geben, was im Hause verborgen sey. Der Mann willigt ein, findet das Geld, das Verborgene aber ist das Kind im Mutterleib; und wie das geboren ist, kommt die Jungfrau und will es abholen, doch, weil die Mutter so viel bittet, läßt sie es noch bis zum zwölften Jahr. Da aber führt sie es fort zu einem schwarzen Schloß, alles ist prächtig darin, es darf an alle Orte hin, nur nicht in eine Kammer. Vier Jahre gehorcht das Mädchen, da kann es der Qual der Neugierde nicht länger wiederstehen und guckt durch einen Ritz hinein. Es sieht vier schwarze Jungfrauen, die, in Bücherlesen vertieft, in dem Augenblick zu erschrecken scheinen, seine Pflegemutter aber kommt heraus und sagt: «Ich muß dich verstoßen, was willst du am liebsten verlieren?» – «Die Sprache», antwortete das Mädchen. Da schlägt sie ihm auf den Mund, daß das Blut hervor quillt, und treibt es fort. Es muß unter einem Baum übernachten, da findet es am Morgen der Königssohn, führt es mit sich fort und vermählt sich, gegen seiner Mutter Willen, mit der stummen Schönheit. Als das erste Kind zur Welt kommt, nimmt es die böse Schwiegermutter, wirft es ins Wasser, bespritzt die kranke Königin mit Blut und giebt vor, sie habe ihr eigen Kind gefressen. So geht es noch zweimal, da soll die Unschuldige, die sich nicht verteidigen kann, verbrannt werden. Schon steht sie in dem Feuer, da kommt der schwarze Wagen, die Jungfrau tritt heraus, sie geht in die Flammen, die sich gleich niederlegen und auslöschen, hin zu der Königin, schlägt ihr auf den Mund und giebt ihr damit die Sprache wieder. Die drei anderen Jungfrauen bringen die drei Kinder, aus dem Wasser gerettet; der Verrath kommt an den Tag, und die böse Schwiegermutter wird in ein Faß gethan, das ist mit Schlangen und giftigen Nattern ausgeschlagen, und einen Berg herabgerollt[4].

Tief verflochten mit der abendländisch-christlichen Kultur und ihren Tabus ist natürlich die biblische Sündenfallgeschichte, die man, einmal unter der Perspektive der Märchen gesehen, auch als Märchen von einem verbotenen Baum betrachten könnte. Wir finden z. B. in alten Stammesüberlieferungen vielfach berichtet, daß ein bestimmter Baum dem Häuptling alleine vorbehalten war, indem ein Tabu auf ihn gelegt wurde. In diesen Zusammenhang könnte man zumindest die älteste Erzählschicht dieser Überlieferung stellen. Im biblischen Bericht vom verbotenen Baum verleiht der Tabubruch gegenüber diesem Baum Erkenntnis, was vor allem Eva unwiderstehlich lockt. Erkenntnis in der dreifachen Form, wie sie auch in den Tabuzimmern der Märchen immer wiederkehrt: als Wissen um Gut und Böse, als Wissen um Natur und Sexualität und schließlich als Wissen um den Tod. Zusammengefaßt ist das alles im Versprechen der Schlange: «Ihr werdet sein wie Gott und wissen, was gut und böse ist.» Neuere Interpretationen dieses Mythos erkennen in der Schlange ein Begleittier oder eine Erscheinungsweise der Großen Mutter selbst wieder, die – wie in matriarchalen Zeiten üblich – den jungen Mann Adam, der hier auffällig passiv, als Lernender erscheint, in das weibliche Urwissen um das Leben einführt. Eva steht dabei der Schlange näher als er. Um den unvermeidlichen Bruch dieses Tabus, um Unterscheidung und schließlich Integration des Bösen geht es meines Erachtens in sämtlichen Versuchungsgeschichten der Märchen. Und immer wieder erweist sich dieser Tabubruch gleichsam als eine «felix culpa», eine glückliche Schuld, wie auch Luther einmal diese Schuld des ersten Menschenpaares nannte; als eine «Schuld», die sich letztlich als notwendig erweist, um den Menschen zu höherer Entwicklung und Reife zu führen, auch um ihn «Gnade» erleben lassen zu können: das Angenommensein trotz der «Schuld», eine Erfahrung, die für jeden Schritt in die Autonomie gegenüber Autoritätspersonen unerläßlich ist.

Um Dunkles, von der herrschenden christlich-patriarchalen Kultur Abgespaltenes also geht es in allen verbotenen Zimmern der Märchen. In ihnen allen ruft die kompensatorische Kraft des Unbewußten die Gegenkräfte, meist weiblicher Art, verkörpert in der Heldin, auf den Plan. Es erscheinen überwiegend weibliche Zentralfiguren in diesem Märchentyp. Doch in Märchen wie «Die drei goldenen Äpfel» dringt z.B. ein Junge in den Tabubereich ein. Die Märchen zeigen interessante und bezeichnende Varianten für den Umgang des Mannes mit dem gleichen Tabu: Er findet genau die gleichen Tabus vor, die verbotenen Zimmer mit bestimmten Inhalten.

Ich möchte in diesem Buch zunächst die Märchen vorstellen, in denen die weibliche Heldin mit ihren bestimmten Möglichkeiten und ihr allein gegebenen Fähigkeiten diese Tabus

freisetzt, um dann mit weiteren drei Märchen fortzufahren, in denen jeweils ein männlicher Held die Tabuzimmer betritt. Es ergibt sich dabei ein höchst spannender Sachverhalt. Zunächst dachte ich, es gäbe gar nicht viele Märchen, in denen der männliche Held in diese Naturgeheimnisse eintritt, doch als ich zu suchen begann, fanden sich doch genug Tabumärchen mit männlichen Helden. Dennoch ist ein spürbarer Überhang an weiblichen Heldinnen bei diesem Märchentyp gegeben. Ich vermute, daß es hier um etwas geht, was die Frau ganz besonders betrifft, daß sie ganz besonders dadurch gefährdet wird, wenn sie diese abgesperrten Bereiche nicht wiedergewinnen kann; daß sie sozusagen als erste aufgerufen ist, wenn es um die Befreiung der weggesperrten Natur geht; der Mann ist allerdings voll mitgetroffen durch die Abspaltung der Naturkräfte in unserer Zivilisation.
Zunächst werde ich versuchen, die Skala dieser von der herrschenden Kultur abgespaltenen Werte einigermaßen überschaubar darzustellen und mit den Heldinnen und Helden in einige der verbotenen Zimmer blicken; auch die Kräfte und Mächte aufzuspüren, die mehrfach in diesen Zimmern vorkommen. Es kann jetzt nicht um Vollständigkeit gehen, aber ich glaube doch, daß sich eine typische Skala dieser Werte und Kräfte erkennen läßt.
So begegnen wir zunächst dem abgespaltenen Naturbereich in vielen seiner Phänomene, vielfach in Gestalt von Tieren. Wir entdecken z. B. in einem der verbotenen Zimmer einen Käfig mit drei Schlangen. In einem andern dieser Zimmer begegnen wir einer grünen Gans. Im nächsten findet sich dann eine grüne Eidechse oder auch eine Echse, was nicht ganz dasselbe ist, die Echse ist noch urtümlicher.
Bleiben wir zunächst einmal bei dem Käfig mit den drei Schlangen: Warum mit ihrer Entdeckung Lebensgefahr verbunden sein soll, wie es in dem Märchen eindringlich heißt,

leuchtet vielleicht nicht gleich ein, denn schließlich sind sie gut eingesperrt: einmal im verbotenen Zimmer und dann auch noch im Käfig. Nun ist allerdings die Schlange – vergleichen wir nur die Sündenfallgeschichte – die elementare Naturkraft, die uns gefährden kann. Und ihre Macht reicht vom sexuellen Bereich bis zum geistigen: Es ist wichtig, nie zu vergessen, daß die Schlange auch im höchsten geistigen Bereich ihre Symbolik hat. Wenn wir sie uns vorstellen, wie sie als Tier im Vergleich zu anderen Tieren nur aus Wirbelsäule besteht, dann verstehen wir vielleicht auch von ihrer Körpergestalt her etwas von ihrer symbolischen Bedeutung. In Indien hat man dem sehr nachgespürt – dort gibt es auch genügend direkte Begegnungen mit Schlangen – und hat die sogenannte Kundalini-Meditation entwickelt: «Kundalini», das meint die Wirbelsäule, zugleich die in ihr enthaltene «Schlangenkraft». In dieser Meditation sucht man in seinem eigenen Körper die «Schlangenkraft», wie man sie hier nennt, zu erwecken: um sie aus dem unteren, dem Sexualbereich, in dem sie wurzelt, bis in den oberen, den geistigen Bereich, emporleiten zu lernen. Man wird auch die geistige Kraft nicht gewinnen, wenn man dieses Emporleiten der elementaren Kräfte aus der Tiefe des Körpers nicht erfahren kann. Es ist eine tiefe Weisheit, die in der «Kundalini-Meditation» steckt. In der Wirbelsäule ruht nach dieser Ansicht auch beim Menschen das Kräftepotential schlechthin. Dies gilt es zu entdecken und voll zu erschließen, was aber nur gelingt, wenn der Sexualbereich – dort auch «Sakralbereich» genannt – miteinbezogen und nicht abgespalten wird; es gelingt aber auch nur dann, wenn, von hier ausgehend, die Kraft durch all die Stufen der Wirbelsäule hinaufgeleitet wird bis in den geistigen Bereich.

Auch in der Sündenfallgeschichte ist in der Begegnung mit der Schlange die Entdeckung der Sexualität enthalten, zugleich aber das Wissen um Gut und Böse und schließlich um den Tod. In «Die drei Schlangenblätter» – ein Märchen der Brüder Grimm, das Verena Kast interpretiert hat[5] – sind Heilkräfte in den Schlangenblättern enthalten, sogar gegen den Tod. Der Mann, der sich dort mit seiner vor ihm verstorbenen Frau ins Grab begeben muß – so lautet der Ehevertrag dieser beiden –, vermag mit diesen Schlangenblättern die Frau wieder zum Leben zu erwecken. Die heilkräftige Äskulap-Schlange, das Ärztesymbol, gehört in diesen Zusammenhang. Es gibt übrigens ein gut erhaltenes Äskulap-Heiligtum in Griechenland, wo eine eigentümliche Heilungsmethode gepflegt wurde: Man kam zu diesem Heiligtum, natürlich schon mit einer ungeheuren Erwartung, durch Äskulap geheilt zu werden, und wurde dann im Umkreis dieses heiligen Bezirks zum «Heilschlaf» eingeladen und aufgefordert. Durch die Suggestion des Ortes und die Hoffnung auf Äskulap stellten sich in den Träumen der Heilungssuchenden Begegnungen mit Äskulap in Gestalt einer Schlange ein, in denen die Schlange, die sich meist mit großer Sicherheit an die Schmerzzonen des Körpers hinbewegte, die schmerzenden Stellen schließlich beleckte oder mit einem besonderen Saft beträufelte und dadurch Heilung ermöglichte. Die Heilungssuchenden also träumten, und sie träumten von Äskulap und seiner Heilkraft, bis sie gesundeten. Viele sind gesundet; es ist wie bei uns an manchen Wallfahrtsstätten mit heilkräftigen Madonnenbildern, daß eine Unzahl von Belegen erhalten sind, in denen sich die ehemaligen Kranken bei Äskulap für die Heilung bedankten, zum Teil mit genauen Beschreibungen ihres bisherigen Leidens.

Die Schlange ist also keineswegs nur negativ zu sehen, sondern als die Trägerin einer großen Heilkraft, die in ihr enthalten ist. Wir hören sogar im Alten Testament von der am Pfahl erhöhten «ehernen Schlange» des Mose, die den Israeliten gegen die Schlangenplage half und die zugleich als typologische Vorwegnahme des am Kreuz erhöhten Christus gilt; wie auch er für die Gläubigen durch seine Erhöhung am Kreuz letztlich zum Heilmittel, zum Heilenden wird. In Märchen wie «Die weiße Schlange» – auch eines der Grimmschen Märchen – wird die Fähigkeit, die Sprache der Tiere zu verstehen, durch die Schlange verliehen. Jene drei Schlangen also, die im Käfig gefangen sind, stellen so etwas wie eine dreieinige Naturgottheit dar, die die Sprache der Natur und der Tiere zu verstehen lehrt, die die Heilkraft und die Weisheit der Natur vermittelt und insofern mit dem ältesten auch ein neues, vertieftes Wissen erschließt. Mit der Befreiung dieser Schlangen wird natürlich auch Gefährliches wieder frei: die Schlange ist nach wie vor ein lebensbedrohender Feind des Menschen, wenn man unvermutet mit ihr zusammentrifft, womöglich gar auf eine Schlange tritt; aber zugleich enthält sie diese überaus wertvollen Kräfte.

Es ist immer auch das Unheimliche an diesen weggesperrten Kräften, daß sie sich in ihrer Isolierung vom übrigen Leben negativ «aufladen», zu einem explosiven Potential werden, weil und wenn sie keinen Austausch mit dem sie umgebenden Kräftefeld mehr haben. Es handelt sich um das gleiche, was wir auch in der Psychotherapie häufig erfahren: daß eben die Kraft, die ein Mensch wegsperrt, sich ungeheuer auflädt und ihm dann wirklich bei der ersten Wiederbegegnung mit ihr sehr gefährlich werden kann. Die Berührungsangst gegenüber Tabus ist nicht eine unbegründete Angst, sondern ihr entspricht eine sehr reale Gefahr. Eben durch den fehlenden Austausch mit dem sie umgebenden seelischen Kräftefeld können diese Kräfte, die abgesperrt sind, wirklich bösartig werden. So werden sie dem ersten, der kommt und sie befreit, unter Umständen wirklich lebensgefährlich. Davon wissen die Märchen zu berichten: Ein Bei-

spiel dafür haben wir in dem Grimmschen Märchen «Der Geist im Glas» vor uns.
Hier geht es zwar nicht um ein verbotenes Zimmer, sondern um ein streng versiegeltes Glasgefäß, versteckt unter einer «schrecklichen alten Eiche», dem heiligen Baum der vorchristlichen Religion in unserem Bereich. Ein Student – der «nach dem Besuch von drei hohen Schulen noch sehr wenig Wesentliches gelernt hat» – ist es, der das Glas schließlich öffnet. Zunächst will ihn der Geist, der darin gebannt war, wirklich ums Leben bringen. Nur durch seine natürliche Klugheit vermag der Student die Gefahr zu bannen. Er fordert den Geist heraus: «Nein, das geht nicht so, wie du meinst», sagte der Student, «du mußt einen andern Rath anfangen, ich muß auch sehen, ob du wieder in die Flasche hineinkommst, sonst glaub ich nimmermehr, daß du herausgekommen bist...» Und der Geist fällt darauf herein, der Student stöpselt das Glas wieder zu und stellt seine eigenen Bedingungen. Nur durch seine List also vermag er die Gefahr zu bannen. Anschließend wird er eben durch die Begegnung mit diesem Geist der berühmteste Arzt seiner Zeit. Denn eben jener weggesperrte Geist, der sich übrigens als Merkurius zu erkennen gibt – ein Beleg, daß Merkurius zur Zeit dieses Märchens tatsächlich noch bekannt war –, vermag alle Wunden zu heilen, sowohl bei Bäumen wie bei Menschen. Diese Fähigkeit war bezeichnenderweise unter die alte Eiche verbannt, in einem fest versiegelten Glasgefäß. Und solange er sie nicht wiederfand, blieb diesem Studenten alles Wissen unfruchtbar, wurde es ihm nicht heilsam und konnte keinen Arzt aus ihm machen.
Es wäre unter den verwunschenen Naturwesen auch jener Rabe zu nennen, der in dem Märchen «Die Prinzessin auf dem Baum», das C. G. Jung selbst einmal interpretierte[6], eine wichtige Rolle spielt. Dieser Rabe findet sich zwar nicht in

einem der verbotenen Zimmer, aber er ist auch weit genug aus dem alltäglichen Leben wegverbannt, nämlich in den höchsten Wipfel des Weltenbaumes. Ein Junge ersteigt den Baum, tagelang, bis er schließlich die Prinzessin findet. Dabei stößt er aber auch unentrinnbar auf diesen Raben, der übrigens wie ein Gekreuzigter an den Baum genagelt ist und sehr zu leiden scheint. Der Junge hat Erbarmen und befreit den Raben, obwohl ihm Schlimmstes angedroht ist, falls er das wagen würde. Er hat in der Folge auch Entsprechendes durchzustehen. Es scheint sich ihm alles entgegenzustellen, aber am Ende läßt das Märchen doch erkennen, daß der Junge ohne die Befreiung des Raben nie zu seinem Glück gekommen wäre. Der Rabe ist auch bekannt als Begleitvogel des Odin, der als weise gilt und das Wesen der Natur in seiner Gegensätzlichkeit durchschaut. Auch dieser Weisheitsvogel also war verbannt, als solcher böse geworden, ist jetzt aber vom Märchenhelden befreit. Er war nicht außer der Welt – all diese Kräfte sind nicht tot, aber sie sind verbannt.
Ein goldener Hirsch erscheint in einem der Märchen aus dem Harz, «Die grüne Jungfer» (das Verena Kast ausgelegt hat[7]). Der Hirsch lebt in einem Waldhäuschen verborgen mit der grünen Jungfer zusammen, beides verwunschene Naturkräfte, die arglose Menschen in ihren Bann zu ziehen vermögen durch die besondere Faszination, die von ihnen ausgeht; so locken sie junge Menschen zuerst in die Waldwildnis und schließlich in dieses geheimnisvolle Häuschen und verführen sie aus der heimlichen Hoffnung heraus, durch diese Menschen erlöst werden zu können. In den verborgenen Bereichen des Waldes, die auch eine innerseelische Entsprechung in uns haben, werden die Märchenheldinnen und -helden dann immer stärker mit solchen verwunschenen Kräften konfrontiert. Der Hirsch als König des Waldes steht für edelste Naturkräfte im Menschen, für Instinktsicherheit im

unbewußten Bereich, für souveräne, vitale Kraft. Als solcher erscheint er in der Farbe des edelsten Metalles: golden! Auch er wird durch die Standhaftigkeit eines Mädchens, das das Geheimnis der Natur zu achten und zu wahren weiß, erlöst. Er wird schließlich zum Vater der Kinder jener Besenbinderstochter, die die Heldin des Märchens von der grünen Jungfer ist. In der Hubertussage, in der solch ein Hirsch fast zu Tode gehetzt wird, erscheint zuletzt ein leuchtendes Kreuz im Geweih des Hirsches, das unübersehbar signalisiert: Auch hier ist Heiliges. Die Hirsch-Natur, vielfach ja auch mit der Sexualität gleichgesetzt, wird hier in Gestalt des goldenen Hirsches als hoher Wert erkannt, der aber vorerst noch verbannt in der Tiefe des Waldes lebt. Auch die Heldin dieses Märchens schweigt und wahrt das Geheimnis auch noch angesichts des Todes auf dem Scheiterhaufen und kann damit den Hirsch und die grüne Jungfer erlösen. Was das eigentlich heißt, muß uns noch beschäftigen.

Begegnet man aber schließlich – nach den Schlangen, der grünen Jungfer und dem goldenen Hirsch – auch noch einer grünen Gans im Tabuzimmer, so fragt man sich nun doch, warum gerade die Gans ein solches Tabu auf sich gezogen haben könnte, daß auch ihr Auffinden lebensgefährlich sein soll. Sie weist wohl auch schon auf den ersten Blick in den Bereich des Weiblichen: «dumme Gans» ist z.B. ein Schimpfname ausschließlich für Frauen. Im germanischen Bereich gehörten die Gänse in die Nähe der weisen Frauen, der sogenannten «Hexen»; keine Geringeren als die Hexen galten als solche, die mit Gänsefüßen ausgerüstet waren. Noch aufschlußreicher scheint mir in diesem Zusammenhang der griechische Mythos von der Göttin Nemesis zu sein. Nemesis ist bekanntlich eine Rachegöttin, die vor allem die Verstöße gegen die Gesetze der Natur ahndet. Wo die Gesetze der Natur gebrochen werden, taucht Nemesis auf, bekommt man mit ihr zu tun. Nach dem Mythos floh sie vor dem unerbetenen Liebeswerben des Zeus und verwandelte sich in zahlreiche Tiere, zuletzt in eine Gans, die Zeus dann aber in Gestalt eines Schwanes doch noch einzufangen wußte. Gerade in der Gans also verkörpert sich die Gottheit, die über die Gesetze der Natur und über deren Einhaltung eifersüchtig wacht, die als solche auch die Göttin des gerechten Zornes ist, also diejenige, die zurückschlägt, wenn wir uns gegen die Gesetze der Natur stellen. In der grünen Gans steckt eine Göttin Nemesis, eine Göttin des gerechten Zorns. Auch diese Göttin ist samt ihrem Symboltier unter das Tabu unserer Kultur geraten und damit auch das, was sich rächt, wenn wir gegen die Natur handeln. Daß es so etwas geben könnte, wollte man gar nicht mehr wahrnehmen und wahrhaben; aber in der Psychotherapie haben wir unentwegt mit dem zu tun, was geschieht, wenn die Rache der Natur einen Menschen verfolgt, weil er sich gegen sie vergangen hat.

Schließlich sind uns die Echsen und die Eidechsen in den verbotenen Zimmern begegnet. Als Schuppenwesen verkörpern sie frühe Tierarten, die symbolisch dem Mutterarchetyp zugehören. In der Eidechse steckt zugleich ein Wandlungsgeheimnis, da sie zweimal im Leben den Schwanz ganz abwirft, der jeweils wieder nachwächst. Sie hat deshalb eine symbolische Beziehung zu dem natürlichen Geheimnis von Tod und Wiedergeburt. Wenn man ihr im Märchen begegnet, begegnet man zugleich diesem Wandlungssinn der Natur.

In dem schon genannten Märchen aus dem Harz kommt schließlich die grüne Jungfer selber vor. Als Grüne ist sie eine Naturgöttin, eine Göttin des Wachsens, des Werdens, der Vegetation, und sie ist selbst im Werden, wie die schwarze Frau: erscheint sie doch in diesem Märchen in einer eigentümlichen Gestalt, nämlich halb als Fisch und halb als

Mensch. Schon darin wird ihr Unfertiges, wird ihr Werden gezeigt. Als die Verwunschene, die sie ist, raubt sie sich ein junges Mädchen, jene Besenbinderstochter, die durch besondere Schönheit ausgezeichnet ist. Es ist eigentümlich, daß diese abgedrängten Gestalten wie «Die grüne Jungfer» junge Menschen an sich heranlocken, wie in der Hoffnung, durch diese erlöst werden zu können. Als dieses junge Mädchen aber die grüne Jungfer selbst in deren Unerlöstheit sieht, erschrickt es zutiefst – und das Märchen nimmt zunächst einen ganz ähnlichen Verlauf wie das motivverwandte «Bei der schwarzen Frau». Das Mädchen wird in diesem Fall zuerst von dem «Goldenen Hirsch» geraubt, wird aber bald darauf von seinem Vater in dem Waldhaus der grünen Jungfer wiedergefunden, der dieses 15jährige Mädchen auf den Armen heimträgt; erschreckt sind sie beide, und man spürt dieser Szene an, daß sich hier auch eine sehr enge Verbindung zwischen Vater und Tochter darstellt. Das Mädchen ist nach der Begegnung mit der grünen Jungfer schöner als je zuvor, so daß es, obwohl es «nur eine Besenbinderstochter ist», vom König des Landes geheiratet wird. Es bekommt drei Kinder von ihm, und jedesmal wenn ein Kind geboren ist, erscheint während der Nacht die grüne Jungfer und stellt unter der Drohung, das Kind wegzunehmen, immer die gleiche Frage: «Hast du mich in meiner Drangsal gesehen?», nämlich in diesem ihrem Entwicklungsgeheimnis, in dem sie, halb Fisch, halb Mensch, wie sie jetzt ist, steht. Das Mädchen, obwohl es sie gesehen hat, bewahrt jedesmal das gemeinsame Geheimnis und antwortet: «Herzliebste Mutter, ich habe dich nicht gesehen.» Nichts Geringeres als «Mutter» kann dieses Mädchen die grüne Jungfer nennen. Sagt es damit nicht, daß es sich in seiner Existenz an das Schicksal dieser in eine grüne Jungfer verwunschenen Naturmutter gebunden weiß? Auch die Handlung dieses Märchens führt, wie schon gesagt, bis zum Scheiterhaufen, da man dem Mädchen vorwirft, eine Kindsmörderin zu sein. Die grüne Jungfer hat ihr ja die Kinder immer wieder genommen. Und auf dem Scheiterhaufen ein letztes Mal gefragt, antwortet sie noch einmal: «Herzliebste Mutter, ich habe dich nicht gesehen.» Auch hier wird die Bewahrung des Geheimnisses der grünen Jungfer belohnt, an dem Mädchen und an der Muttergestalt.

Das abgespaltene Weibliche, vor allem in seiner chthonischen, in seiner erdhaften Gestalt, tritt immer wieder in solchen grünen bzw. schwarzen Frauenfiguren in Erscheinung: Grün und Schwarz sind die besonderen Erscheinungsweisen der Mutter Natur. Sie haben als diese faszinierenden, aber abgespaltenen Gestalten eine gewaltige Macht und bergen eine große Gefahr.

So verhält es sich in dem Schweizer Märchen «Die drei goldenen Äpfel», in dem ein Junge ins verbotene Zimmer vordringt; ein Junge, der von seiner Mutter her nicht genügend Geborgenheit mitbekommen hat und der nun von einer weißen Dame in den Wald mitgenommen wird. Bei dem Märchen «Bei der schwarzen Frau» war es so, daß sich der Vater nicht in der Lage fühlte, das Mädchen großzuziehen; bettelarm wie er ist, übergibt er es einer schwarzen Frau; und jetzt ist dieser Junge, der von der Mutter her nicht genügend Geborgenheit bekommen hat, ebenfalls in die Situation versetzt, solch einer geheimnisvollen Frau, die hier allerdings in Weiß erscheint, zu begegnen. Verwandt ist in beiden Märchen die Mächtigkeit, die Numinosität dieser Frau aus dem Wald. Auch dem Jungen wird in deren Waldschloß, in dem sie ihn aufwachsen läßt, ein einziges Zimmer unter Todesdrohung verboten. Als er es schließlich doch betritt, sieht er zu seinem Entsetzen Leichen an den Wänden des Zimmers hängen. Nach maßlosem Erschrecken – er schlägt die Tür zu, rennt heraus – betritt er es ein zweites Mal. Das ist nun auch

einmalig unter den Märchen, die ich kenne: Der Junge geht ein zweites Mal hinein und wird diesmal von einem Licht im Hintergrund des Zimmers angezogen. Und hier findet er nun drei Tiere: ein Maultier, einen Esel und ein Pferd. Das Pferd gibt ihm dann drei seiner Haare: Mit Hilfe dieses Zaubers, das heißt dieses Anteils am Pferd, das seine Vitalkräfte, seine Körperlichkeit symbolisieren kann, kommt er aus dem verbotenen Zimmer frei, kann sich auch schließlich von der weißen Dame selbst befreien und, im Fortgang des Märchens, eine Prinzessin gewinnen. Auch er wird durch das Bestehen dieser Probe selbst beziehungsfähig.
Bemerkenswert ist an diesem Märchen, das einen Jungen zum Helden hat, daß hier eine weiße Dame auftritt: sie ist nicht schwarz wie die Frauen, die der weiblichen Heldin vor allem begegnen. Ihr Weiß, und das erweist sich auch durch ihr Verhalten in dem Märchen, zeigt sie vielmehr von einer ganz besonderen Kälte, wie Schnee und Eis; sie ist kälter als die schwarze Frau, sie ist schlimmer zu dem Jungen als jene zu den Mädchen; sie wird lebensgefährlich. Und diese Frau kann auch von dem Jungen nicht verwandelt werden. Er wird mit ihr fertig, er überwindet sie; er wird selbst stark an ihr, wird zum Mann an ihr, aber er kann sie nicht verwandeln. Die Verwandlung solcher negativ erlebten Muttergestalten selbst scheint in diesem Märchentypus, soweit ich ihn übersehe, immer nur die Aufgabe einer weiblichen Heldin sein zu können. In diesem großen symbolischen Machtbereich des Weiblichen scheint nur die Frau selbst etwas erlösen zu können. Wie gesagt, diese Herrinnen aus dem Wald sind ja nun keine Mutterfiguren im Sinn der individuell-persönlichen Mutter mehr, sondern sie sind archetypische Muttergestalten. Es ist ein bemerkenswerter Sachverhalt, den die Märchen hier zu zeigen suchen: daß am Bilde der archetypischen Mutter nur von der weiblichen Heldin her etwas ge-

wandelt werden kann, nur von ihr her kann diese fast übermenschliche Aufgabe angegangen werden. Der Mann allerdings hat auch keine geringe Aufgabe, eben im Bestehen der Begegnung mit dieser archetypisch-weiblichen Gestalt und im Wiedergewinnen seiner eigenen Naturkräfte an ihr, die ihn dann zu der realen Frau hin beziehungsfähig machen. Er muß auf seinem Entwicklungsweg diesen Bereich des archetypischen Weiblichen berühren, aber er ist offenbar nicht dazu aufgerufen, die archetypische Mutter zu wandeln. Der Junge muß sich, wenn die Zeit dafür reif ist, von der jeweiligen großen Muttergestalt wieder ablösen und durch konsequente Trennung von ihr auf seinen eigenen Weg gelangen.

In «Bekennst du?», einem finnisch-estnischen Märchen verwandten Typs, birgt das verbotene Zimmer einen an einem Kupferdraht erhängten Mann, ein nickendes Gerippe: Wenn man die Tür öffnet, nickt dieses Gerippe wie zur Begrüßung: Entsetzen erregend für die Märchenheldin, die hier eindringt. Diese Szene wird besonders beziehungsreich, wenn man die Ausgangssituation des Märchens mitbedenkt, in der nämlich der Vater der Märchenheldin aus bitterster Armut heraus mit dem Entschluß kämpft, sich zu erhängen, wobei er seine letzten Kupfermünzen hingibt, um einen Strick zu erstehen. Kupfer kommt in diesem Märchen also nur zweimal vor: in Gestalt der letzten Münzen, mit denen der Vater sich einen Strick ersteht, und schließlich in Gestalt des Kupferdrahtes, an dem das Gerippe hängt. Wenn man gewohnt ist, auf solche kleinen Zeichen zu achten – an welchen Stellen dieses Märchens z. B. das Kupfer vorkommt –, merkt man, wie uns das Märchen hier einen fast kriminalistisch zu erschließenden Zusammenhang aufweist zwischen der Ausgangssituation, in der der Vater sich erhängen will, und dem, was das Mädchen in dem Tabuzimmer vorfindet, nämlich einen Erhängten. Im erzählerischen Gefüge des Märchens kann dies kein Zufall, muß vielmehr ein bewußt gesetzter Hinweis sein. Der Vater hat sich zwar nicht wirklich erhängt, aber das Märchen will wohl andeuten, daß das Mädchen, die Tochter eines Vaters, der am Leben verzweifelt war, latent an diesem Problem trägt und es nun im Tabuzimmer wiederfindet, um es von jetzt an bestehen und aufarbeiten zu können.

In dem Bild eines Mannes, der sich aus Verzweiflung am Leben selbst den Tod gegeben hat, der «am Ende» ist, stellt sich – vom kollektiven Bewußtsein her betrachtet – auch dar, daß das Männliche, der Mann, der seine Verbindung zur Großen Mutter Natur, zum Weiblichen überhaupt verloren hat, «am Ende» ist. Nur in der Wiederbegegnung mit ihr kann er leben. Auch in diesem Märchen hat es das Mädchen mit einer schwarzen Frau zu tun, die sich als Mutter anreden läßt und die ihr letztlich dazu verhilft, das Vaterproblem zu lösen. Das Mädchen kann dann auch diese Frau miterlösen. Hier sehen wir deutlich, daß das Männliche immer dort mitverwunschen ist, wo das Weibliche verdrängt wird.

Immer wieder finden wir «dunkles» Männliches in den verbotenen Zimmern, z.B. in dem Märchen «Graumantel», einem deutschen Volksmärchen (ebenfalls von Verena Kast gedeutet[8]). Der in unserer Kultur selbst um seine Ganzheit gebrachte Mann tritt in den verbotenen Zimmern als erlösungsdürftig in Erscheinung. Hier, in dem Märchen «Graumantel», springt dem Mädchen, das das Zimmer öffnet, ein entsetzenerregender «Graumantel» – so heißt es da –, ein ganz und gar unter einem grauen Mantel verhülltes männliches Wesen entgegen; ein Anblick, der dem Mädchen zunächst buchstäblich die Sprache verschlägt. Es bleibt dann stumm bis zu der letzten Szene, die auch hier wieder zum Scheiterhaufen führt.

Die Hexenverfolgung im Hintergrund all dieser Märchen erweist ein weiteres Mal, wie sehr diese schlimmste Verirrung patriarchal-christlichen kollektiven Bewußtseins mit der Dämonisierung hoher weiblicher Werte zusammenhängt, eine Dämonisierung, die den Mann mitverhext. Auf dem Scheiterhaufen zum letztenmal befragt, was sie in dem verbotenen Zimmer gesehen habe, sagt dieses Mädchen freimütig: «Was ich gesehen habe? Ich habe einen verwunschenen Graumantel gesehen.» Bis dahin war sie stumm gewesen. Man könnte lange nachdenken, was in dieser Wendung alles steckt, aber ich sehe hier vor allem eine gewisse Parallele zu dem Märchen «Froschkönig», wo die Heldin, aufs äußerste in die Enge getrieben, auch plötzlich in einer Art von heiligem Zorn ausdrückt, was sie wahrgenommen hat, nämlich die Verwunschenheit des Wesens, das sie so bedrängt. Sie nimmt es mit dieser Verwunschenheit auf, packt sie an – wie der Frosch gepackt und an die Wand geworfen wird –, nennt sie bei dem wahren Namen. In unserem Fall heißt er «Graumantel». Und dadurch, nur dadurch, bewirkt sie die Erlösung des Vermummten, des Verwunschenen. In diesem Moment vermag der Graumantel seine Vermummung abzuwerfen und ein Mensch zu werden, zu dem Beziehung möglich ist. Die beiden, das erlösende Mädchen und der vom Graumantel Erlöste, werden dann ein Paar.

Auch im Graumantel versteckt sich, wenn man näher hinsieht, ein Problem, das vom Vater dieses Mädchens herrührt. Im Wald, im Naturbereich, hat sich der Vater des Mädchens zu Anfang dieses Märchens verirrt. Und dort begegnet ihm Graumantel, der ihm den Weg aus dem Wald zu weisen verspricht, wenn ihm der Vater als Gegenleistung das überantwortet, was ihm zuerst nach seiner Heimkehr entgegenlaufen würde – und natürlich ist es seine Tochter, wir kennen dieses Märchenmotiv. Der Graumantel ist einer von denen, die sich im Wald, in diesem Geheimnisbereich auskennen, er gehört zur Natur und könnte im männlichen Bereich etwas

Ähnliches verkörpern wie die schwarzen Frauen in ihrem Bereich. Es gibt, wie wir sehen, männliche Gestalten, die ebenfalls ganz eng mit der Natur verbunden, mitverwunschen worden sind durch die Ablehnung der Natur. Mit dem grauen Mantel scheint er dem Gefolge Wotans anzugehören, von dem man auch sagt, daß er den grauen Mantel trüge. Das ist also der Gott der Sturmesstimmen, des Zornes, der Leidenschaft, aber auch – das wird oft vergessen – der Gott der Musiker und der Dichter, der schöpferischen Inspiration. Gemeinsam mit dem Wilden ist auch das Kreative im Mann verwunschen worden. Es wird hier ganz verdeckt unter einer finsteren Gestalt, unter dem Graumantel, der den eigentlichen Mann verhüllt. Man kann all diese Geschichten natürlich auch umgekehrt interpretieren: Für das Mädchen ist das Männliche jetzt zu «Graumantel» geworden. Doch hier wird das verwunschene Männliche, der Mann, der von seiner Verbindung zur Natur abgeschnitten ist, von einem Mädchen erlöst.

In einem tschechischen Märchen schließlich – «Das Mädchen des Schmieds, das zu schweigen verstand»[9] – findet das Mädchen in dem verbotenen Zimmer ganze dreizehn schwarze Männer, von denen es – und das ist nun sehr bedenkenswert – durch eine wundersame Musik in dieses Zimmer gelockt wurde. Dieses Mädchen öffnet, hier ohne Angst und unter einer ungeheuren Faszination, die Tür. Seit vierzehn Jahren hat es, so suggeriert das Märchen, in dem verwunschenen Schloß nichts Männliches mehr gesehen. Und diese wundersame Musik kennzeichnet die Art der Männer, die in dieses Zimmer des Schlosses gebannt sind. In diesem Schloß, das ebenfalls einer schwarzen Frau gehört, bei der das Mädchen aufwächst, ist es offenbar sehr still und einsam, die ganzen Jahre lang, bis das Mädchen etwa in die Pubertät kommt: Da hört es eines Tages aus einem Zimmer, von dem es nichts geahnt hat, eine wundersame Musik; es öffnet in diesem Fall ohne Angst, wie im Traum die Tür: und hat auf einmal diese dreizehn schwarzen Männer vor sich. Deren wundersames Musizieren offenbart eine vielfach aus der männlichen Welt verdrängte Seite, die Gefühlsseite, die mit der schöpferisch-künstlerischen Kraft des Mannes aufs engste verbunden ist. Auch dieses Mädchen gelangt auf einem analogen Weg, wie die verwandten Heldinnen ihn gehen, bis in die Gefahr des Todes auf den Scheiterhaufen. Sie leugnet und schweigt und wahrt, wie versprochen, diesen im Schloß verborgenen Männern die Treue und das Geheimnis. Und so kann sie schließlich das ganze Schloß, diese Männer samt der schwarzen Frau, erlösen.

Die Zahl Dreizehn, selbst eine Tabuzahl, in der diese Männer auftreten, mag einige Assoziationen auslösen. Handelt es sich bei der Zwölf immer um eine gewisse Ganzheit, wie die der zwölf Monate, der zwölf Jünger, der zwölf guten Feen, so auch hier um die geschlossene Ganzheit einer Männergruppe, die um einen Tisch sitzt. Nun ist aber ein Dreizehnter unter ihnen, und dieser eine, so heißt es, «stand aufrecht». Dieser eine, als der Dreizehnte, scheint die in sich geschlossene Situation der Zwölf aufbrechen zu wollen und scheint sich symbolisch mit der Dreizehn zu verbinden, die so oft als Kennzeichen des Tabuzimmers gilt. Die naheliegendste Analogie in den europäischen Märchen ist die zu den zwölf guten Feen, wie beim Dornröschen, zu denen die Überzählige, die Ungeladene, die Dreizehnte tritt, die wegen ihrer Aussperrung – das sagt das Märchen ausdrücklich – für Dornröschen zur bösen Fee geworden ist; demnach war sie vorher gar nicht böse gewesen. Gerade aber in dieser Funktion bringt sie letztlich die ganze Märchenhandlung in Bewegung. Ebenso scheint der Dreizehnte unter den schwarzen Männern, der hier aufgestanden ist, die bisherige Situation aus ihrer Stagnation zu lösen und ins Rollen bringen zu wollen. Er ist es ja auch, der dem Mädchen entgegengeht, der es beim Namen nennt, der sich mit ihm verbündet. Es kennt es – ganz eigentümlich: das Abgedrängteste in uns ist irgendwo trotzdem mit uns vertraut – und nimmt dem Mädchen dann auch das Versprechen ab, über das hier Gesehene unbedingt zu schweigen. Er verbindet sich mit dem Mädchen, das dazu bestimmt ist, die Gefühlsseite und die schöpferische Seite dieser Männer aus dem Bann, der über ihnen liegt, zu lösen. Es mögen einem zu dieser Szene des Märchens auch Analogien zu der Szene des letzten Abendmahls Christi mit seinen Jüngern in den Sinn kommen; auch dort steht der Dreizehnte auf, wenn auch zum Verrat: Doch damit wird die Passionsgeschichte Christi ins Rollen gebracht, ein sehr hintergründiger Zusammenhang. Es bleibt bemerkenswert, wie in unserem Märchen die Verbindung des Dreizehnten der schwarzen Männer mit der Tochter des Schmieds, die zu schweigen verstand, die Erlösung aller in dem Schloß verwunschenen Gestalten, der schwarzen Frau wie der ganzen schwarzen Männergesellschaft, mit sich bringt.

Um Dunkles also, von der herrschenden Kultur Abgespaltenes, geht es in allen der verbotenen Zimmer der Märchen. In ihnen allen ruft die kompensatorische Kraft des kollektiven Unbewußten, aus der die Märchen entspringen, befreiende Gegenkräfte auf den Plan. Um die charakteristische Skala dieser tabuierten Werte einigermaßen überblicken zu können, haben wir mit den Helden und Heldinnen der Märchen in die verbotenen Zimmer geschaut: Und hier fanden wir vor allem Gestalten des abgespaltenen Naturbereichs wieder, große, negativ gewordene Muttergestalten, aber auch eindrucksvolle männliche Figuren wie «Graumantel» oder die dreizehn schwarzen Männer, die das verkörpern, was von der Ganzheit auch der männlichen Natur in unserer Kultur abgespalten und der Verdrängung anheimgefallen ist. Wir fanden Aspekte, unter denen die Polarität von Gut und Böse neu gesehen, selbst der Tod neu verstanden werden kann, gerade indem wir älteste Weisheit der Natur, die in den Tabuzimmern verborgen war, wieder einbeziehen.

Daß es nicht nur in den Märchen, sondern in der Psyche heutiger Menschen, in uns allen, solche verbotenen Zimmer gibt, die wir selbst nicht kennen, beweisen zur Genüge die Träume, in denen ganz ähnliche Tabubrüche wie in den Märchen begangen werden, begangen werden müssen. Da muß z.B. eine junge Frau eine verbotene Mauer übersteigen, kommt in einen geheimnisvollen Garten und gelangt damit in eine bisher verborgene Landschaft ihrer eigenen Seele. Oder ein junger Mann muß den Eingang zu einer verwunschenen Burg finden, ja erzwingen, als ihm auf der Zugbrükke eine schreckenerregende weibliche Gestalt entgegentritt. Es kommt im Traum dieses jungen Mannes zu einem Ringkampf auf Leben und Tod mit dieser dunklen Frauengestalt. Ein Kampf, der in seinem letzten Ernst an Jakobs Ringen mit dem Engel erinnert.

Es wäre aufschlußreich, wenn wir uns einmal vorstellten, wir stießen selbst auf einen solchen verborgenen oder auch verbotenen Raum oder Bereich; und beträten ihn, trotz aller Angst vor einem Tabubruch, weil er uns zugleich unsäglich faszinierte. Es wäre wichtig, nun gerade im Vergleich mit den Märchen wahrzunehmen, was uns hier begegnete: Es könnte durchaus sein, daß sich unsere eigene Erfahrung mit den Inhalten der verbotenen Märchenzimmer träfe. Deren Skala ist ja groß: Tiere, vor allem gefährliche Tiere, auch Totes, von uns selbst, von unserer Kultur Ermordetes, besonders aber auch lebenschaffende Kräfte ließen sich hier finden. Es geht bei den tabuierten Inhalten um Probleme, die von weit her zu uns kommen und die uns dennoch treffen und

betreffen. Es ist z. B. anzunehmen, daß die Märchen, in denen der Scheiterhaufen vorkommt, die kollektive Erfahrung der Hexenverfolgungen mit ihren Verbrennungen auf dem Scheiterhaufen voraussetzen und das ihnen entsprechende Trauma in unser aller Psyche anrühren und aufrühren. Was sich dadurch eigentlich eingesengt haben mag in unser aller Psyche, das ist noch längst nicht ausgeheilt. Die Frauenbewegung, auch feministische Märchenforschung, geht in letzter Zeit diesen Spuren nach; tiefenpsychologische Märchenforschung vermag diese Fragestellungen bis zu der Frage nach möglichen Konsequenzen und Wandlungen im Bereich der Archetypen voranzutreiben. Ich finde es sehr wichtig, daß in der breiteren Öffentlichkeit eine Diskussion darüber in Gang gekommen ist, daß man diese traumatische Erinnerung an die Hexenprozesse überhaupt wieder heraufholt und sich fragt, wie es zu der damaligen Dämonisierung des Naturhaft-Weiblichen kam – und ob sie heute wirklich von der Wurzel her überwunden ist. Der Grundbestand vieler dieser Märchen allerdings mutet so archaisch an, daß sie noch auf frühere Zeiten als die der Hexenverfolgung zurückweisen.
Doch es rumort und arbeitet, wie ich glaube, in uns allen von weit her noch etwas Verdrängtes aus dem Bereich der Mutter Natur, das nicht freigesetzt ist. Und um unseres seelischen Gleichgewichts und unserer seelischen Gesundheit willen können wir es uns nicht leisten, die Probleme, die die Märchen so deutlich zeigen, noch länger unbearbeitet zu lassen. Es geht wohl darum, im umfassenden Sinn wieder Frieden mit der Natur zu schließen, der inneren in uns wie der äußeren, um dadurch auch einer Weiterzerstörung der Natur um uns und in uns zuvorzukommen, ihr Einhalt zu gebieten.
Auch ein Blick auf die Tabuzimmer der Märchen und die in dem Märchen arbeitenden erlösenden Kräfte kann, wie ich meine, dazu beitragen, Grundlagen für eine ganzheitlichere

Kultur der Zukunft zu gewinnen. Es geht dabei nicht nur um individuelle Probleme: Es ist in diesem Zusammenhang vielmehr sehr ernst zu nehmen, daß allmählich auch das kollektive Bewußtsein aufwacht, sensibilisiert wird für die wachsende Zerstörung der äußeren Natur. Es hängt hier alles sehr, sehr eng miteinander zusammen: An der Wurzel dieser verhängnisvollen Entwicklung steht die Entwertung und Entmachtung der Mutter Natur in unserer Seele. – Innerhalb der Märchenforschung, wie sie sich aus Jungs analytischer Psychologie entwickelt hat, ist die von mir gewählte Perspektive nichts völlig Neues: Um die Wiederentdeckung der Mutter Natur in uns ist es Jung gegangen wie um nichts anderes. Aber es ist vielleicht doch nicht überflüssig, daß wir Märchen auch einmal speziell auf das hin befragen, was sie über die Tabus unserer europäisch-christlichen Kultur wissen, daß die Märchenheldinnen und -helden unter Lebensgefahr diese Tabuzonen durchbrechen müssen, um die weggeschlossenen Inhalte und Werte wieder freizusetzen.

Die Patin

(Rätoromanisches Märchen)[10]

Es war einmal eine arme Frau, die im Taglohn arbeitete. Sie ist in einen Wald gekommen, und in dem Wald war ein altes Schloß. Es war spät am Abend, und sie ist hinauf und ins Schloß hinein und hat gefragt, ob sie übernachten dürfe. Das Schloß war nur von einer Dame bewohnt und die hat der armen Frau erlaubt, im Schloß zu bleiben. Während der Nacht hat die Ärmste ein Töchterchen geboren, und die Dame ist Patin gestanden. Die Patin hat die Frau einige Tage dort wohnen lassen und hat ihr dann gesagt, sie könne nun gehen wohin sie wolle, das Mädchen aber wolle sie behalten. Damit ist die arme Frau sehr einverstanden gewesen und ist gegangen.

Die Patin hat das Patenkind aufgezogen und unterrichtet, bis dieses zehn Jahre alt gewesen ist. Einmal im Tag verließ die Patin das Schloß und blieb eine große Weile weg. Eines Tages hat sie eine Schachtel und einen Spiegel in der Stube auf den Tisch gelegt und hat ihrem Patenkind befohlen, diese Dinge nicht zu berühren, sonst werde es ihm übel ergehen. Als die Patin weggegangen war, hat das Patenkind gedacht: Ich will doch sehen, was es in dieser Schachtel hat, die zu berühren die Patin mir so streng verboten hat! Es ist hingegangen und hat die Schachtel aufgemacht. Da war ein Quell drin. Die Kleine hat einen Finger hineingesteckt und der ist ganz schwarz geworden. Voller Angst hat sie den Finger verbunden. Dann aber hat sie auch in den Spiegel hineinschauen wollen und da hat sie gesehen, daß ihre Patin im Spiegel war und mit dem Bösen tanzte. Darauf ist sie gegangen und hat die Arbeit gemacht, welche die Patin ihr vorgeschrieben hatte.

Als die Patin zurückgekehrt ist, hat sie gefragt: «Maria Margareta! was hast du mit dem verbundenen Finger getan?» Das Patenkind hat es nicht zu sagen gewagt, aber die Patin hat gesagt: «Wenn du nicht sagst, was du gemacht hast, dann weißt du: dort, wo du hereingekommen bist, kannst du auch wieder hinausgehen.» Und sie hat das Mädchen gezwungen, die kostbaren Kleider auszuziehen und hat es aus dem Schloß gejagt.

Das arme Mädchen schämte sich und weinte und wußte nicht wohin gehen. Da hat sie eine Fichte gesehen, deren Äste bis zum Boden reichten, und sie ist unter diese Fichte geflohen. Da saß sie, weinte und bat den Lieben Gott, er möge ihr doch um des Himmels Willen ein Kleid geben, das sie anziehen könne, denn so dürfe sie vor keinen Menschen hintreten. Auf einmal heult ein Hund neben der Fichte. Es war der Hund eines Jägers, der grade dort vorbeiging. Der Jäger kommt herbei und entdeckt da einen Menschen. Da hat er gesagt: «Wer da drin ist, soll herauskommen!» Darauf hat das Mädchen geantwortet: «Ich kann nicht herauskommen, denn ich bin nackt.» Da hat der Jäger seinen Mantel hineingeworfen, damit sie sich in diesen wickeln konnte und herauszukommen wage. Als sie unter der Fichte hervorgekommen war, hat sie dem Jäger erzählt, warum sie nackt da drin verborgen war. Da hat der Jäger geantwortet: «Nun, so komm du nur mit mir auf mein Schloß.»

Das Patenkind ist mit dem Jäger ins Schloß gegangen, und der Jäger hat es dann geheiratet. Er war ein reicher Herr und ging nur zum Vergnügen zur Jagd. Seine Frau hat dann einen Sohn geboren, und in dieses Kind waren der Vater und die Mutter ganz vernarrt. Eines Morgens, als sie erwacht sind, war das Söhnchen tot.

Ein Jahr darauf hat die junge Herrin wieder einen Sohn geboren. Diesmal haben sie drei Frauen angestellt, welche das Kind bewachen mußten. Als eine bestimmte Stunde da war, hat ein so starker Schlaf die Frauen befallen, daß sie ihn nicht mehr zu vertreiben vermochten und sich einen Augenblick haben hinlegen müssen. Als sie wieder erwacht sind, war das Kind tot. Nun haben sie den Herrn gerufen. Der hat gesagt, irgend jemand töte einfach diese Kinder. Aber die Frauen haben mit «Nein» geantwortet und haben versichert, es sei niemand im Zimmer gewesen.

Nach einem Jahr hat die Herrin wieder einen Sohn geboren, und diesmal ist der Vater selbst beim Kind geblieben und hat gewacht. Zur bestimmten Stunde hat aber auch ihn ein starker Schlaf befallen, genau wie die Frauen, und er hat einen Augenblick schlafen müssen. Als er erwacht ist, war das dritte Kind tot. Der Herr ist sehr zornig geworden und hat zu seiner Frau gesagt: «Nun glaube ich, du bist jene, welche die Kinder getötet hat und niemand anders.»

Die Frau hat geschworen, sie habe sicher den Kindern nichts angetan. Er aber hat nicht auf sie gehört, hat sie gezwungen ihre schönen Kleider auszuziehen und sich in Lumpen zu kleiden und hat sie dann in einen Ziehbrunnen werfen lassen, in dem kein Wasser mehr war.

Da unten weinte und klagte sie bitterlich.

Eines Tages kommt ein Fuchs zum Ziehbrunnen und fragt: «Maria Margareta, Patenkind! Was hast du mit deinem Finger getan?» Nun hat die Frau alles bekannt. Da hat der Fuchs gesagt: «Halte dich an meinem Schwanz fest, so will ich dich hier herausziehen!»
Als sie oben war, stand dort anstatt des Fuchses ihre Patin mit drei schönen Knäblein auf den Armen. Und die Patin hat gesagt: «Seitdem du nun die Wahrheit gesagt hast, bin ich vom Bösen erlöst. Hier hast du deine drei Söhne, die ich dir weggenommen habe. Geh nun zu deinem Gatten, er wird dich sicher noch einmal aufnehmen!» Die junge Herrin ist mit den drei Kindern zum Schloß gegangen. Voll Freude hat der Herr sie wieder aufgenommen und hat sie um Verzeihung gebeten, weil er sie so schlecht behandelt hatte. Sie haben dann ein großes Gastmahl veranstaltet und mir haben sie einen Schöpflöffel voll Suppe auf den Kopf geschlagen und haben mich hinausgeworfen.

Dieses rätoromanische Märchen stammt aus Surselva, dem bündnerischen Vorderrheintal. Es beginnt mit einer armen Frau, die im Taglohn arbeitete. Dazu ist sie, wie das Märchen gleich berichtet, hochschwanger. Von einem Mann, dem Vater ihres Kindes, ist nirgends die Rede. Die Frau, von der dieses Märchen berichtet, ist in einer denkbar ausgesetzten, ausgelieferten Situation – ich kenne kein Märchen dieses Typs, in dem die Not so gross wäre –, und sie ist völlig auf sich gestellt. Vom Mann, von allem Männlichen ist sie in dieser Lage völlig verlassen und preisgegeben. Zwar hat sie noch Arbeit, wenn auch die denkbar niedrigste und einfachste; im Taglohn arbeiten heißt ja auch, daß das Arbeitsverhältnis jederzeit kündbar ist. Was das auch heute noch – oder heute wieder – heißt, wurde mir an einer jungen Frau klar, die einer chronischen Krankheit wegen auf Stundenlohn gesetzt wurde: Sie ist jetzt noch mehr in Gefahr, sich zu überfordern und den unübersehbaren Bedürfnissen ihres Körpers nicht nachzugeben als bisher schon, weil sie das Arbeitsverhältnis erhalten möchte.
Unsere Frau nun ist hochschwanger. Entweder ist der Vater

ihres Kindes verstorben – aber dies wäre, wie sonst eigentlich immer im Märchen, so wohl auch hier erwähnt –, oder er hat sich davongemacht. Was Schwangerschaft außerhalb der Ehe in den Jahren, in denen unser Märchen aufgeschrieben sein mag, bedeutet haben wird, an Ausgestoßensein und «Schande», noch über alle wirtschaftliche Not hinaus, das kann man nur ermessen, wenn man bedenkt, was es selbst heute noch in relativ in sich geschlossenen sozialen und konfessionellen Gruppen, z. B. auch in Dorfgemeinschaften, bedeutet. Diese Frau, von dem betreffenden Mann, von dem sie das Kind empfangen hat, und der mehr oder weniger patriarchalen dörflichen Gesellschaft völlig im Stich gelassen, gerät in dieser Situation «in einen Wald». «Der Wald nimmt einen auf», sagte eine Frau, die oft in Zuständen seelischer Wirrnis und Dunkelheit lange Gänge in den Wald unternimmt. Dem Wald entspricht seelisch der Bereich des Unbewußten, der zu bergen und in großer seelischer Not auch schöpferische Kräfte freizusetzen vermag. Oft stehen aus dem Symbolbereich des Waldes die tiefverborgenen archetypischen Gestalten auf, die weiterzuführen vermögen oder die selbst einer Bewußtwerdung oder Verwandlung bedürfen.

Die arme Frau stößt also im Wald auf ein altes Schloß. Alte Schlösser im Wald deuten, symbolisch verstanden, oft auf etwas schon lange Bestehendes, einst machtvoll Dominierendes, jetzt aber fast in Vergessenheit Geratenes hin, das der Verdrängung anheimgefallen ist. Daß dieses Schloß nicht mehr belebt, nicht mehr mit dem allgemeinen Leben verbunden ist, zeigt sich daran, daß es fast verwaist ist: Nur von einer Dame ist es noch bewohnt. Eine Unstimmigkeit wird hier sichtbar, wenn wir uns dieses große repräsentative Gebäude vorstellen, das nun nur von einer einzigen Dame bewohnt ist. Dieses Schloß erinnert auch an das verwunschene Waldschloß, das in dem Märchen «Jorinde und Joringel»[11] begegnet, in dem eine alte Frau ganz allein wohnt, von der es zusätzlich heißt: «Die war eine Erzzauberin.» Noch mehr erinnert es an das schwarze Schloß in anderen Parallelen zu unserem Märchentyp, z. B. an «Bei der schwarzen Frau», ein Donaumärchen, oder an «Die Tochter des Schmieds, die zu schweigen verstand», ein tschechoslowakisches Märchen.

Dereinst machtvolle weibliche Wesen, von der patriarchalen Kultur in den Wald verdrängt, leben hier ihr verborgenes Dasein, das sich nach neuer Belebung und Wiederanschluß an das Leben sehnt. So wird oft davon berichtet, daß sie ein junges Menschenkind in ihren Bannkreis ziehen.

Hier findet die arme, schwangere Frau von selbst zu der einsamen Frau, und von ihr wird sie ohne Umstände für die Nacht aufgenommen, für die Nacht, die zugleich die ihrer Niederkunft sein wird. Die Schloßdame wiederum überläßt sie nicht sich selbst, sondern «ist Patin gestanden». Das klingt, als habe sie auch bei der Geburt mitgeholfen und als habe sie sich bei der gleich nach der Geburt erfolgten Taufe als Patin zur Verfügung gestellt. Hier erkennen wir auch eine Verwandtschaft dieses Märchens mit dem später zu besprechenden von der «Sonnenmutter», wo die Eltern zu Anfang händeringend nach einer Patin für ihr Neugeborenes suchen, bis auch sie eine Gestalt aus dem Bereich des Archetypisch-Mütterlichen finden.

Die «Patin» also behält die Mutter dieses neugeborenen Mädchens noch für ein paar Tage bei sich, stellt ihr dann frei – oder legt ihr auch nahe –, wieder weiterzuziehen, während sie das kleine Mädchen bei sich behalten wolle. Die Armut dieser Frau ist so groß, daß sich die Frage gar nicht stellt, ob sie das Kind hergeben wolle oder nicht. Es heißt hier einfach: «Damit ist die arme Frau sehr einverstanden gewesen und ist gegangen.» Das junge weibliche Menschenkind also wird dieser Gestalt aus dem Bereich des «großen Mütterlichen» übergeben: Die Zukunft des Weiblichen beginnt im Schoß der Großen, von der bisherigen Kultur in den hintersten Wald verdrängten Mutter neu.

Von nun an schwenkt der Erzähler auf eine neue Erzählperspektive über: auf die des Mädchens. Wir wollen ihm folgen und das Märchen von hier an von dem Mädchen her interpretieren, als wäre es das Ich innerhalb einer Traumhandlung. Es wäre natürlich auch möglich, das Märchen so zu interpretieren, als handele es sich bei dem Mädchen um einen jungen Entwicklungsaspekt der bisher so sehr in Not geratenen Frau, eine junge Anima- bzw. Selbstgestalt, die sich durch Wiederbegegnung mit dem Aspekt der Großen Mutter neu entfalten kann.

Folgen wir aber zunächst dem Weg des neugeborenen Mädchens. Es wird von der Patin aufgezogen und unterrichtet – die Patin hat also auch einen geistigen Aspekt, nicht nur den einer Naturmutter –, als wäre es deren eigene Tochter. Es hat es gut bei der Patin und wird in den Bereich der weiblichen Natur sorgfältig und umfassend eingeführt. Dieses Mädchen wächst – so können wir dies verstehen – wirklich in naher Verbindung mit der Natur, im Wald gleichsam, auf. Es lernt auch die entsprechenden Lebens- und Wachstumsgeheimnisse frühzeitig kennen. – Das erinnert mich an eine heute 50jährige Frau, die, von ihrer gelähmten Mutter, die während ihrer Kindheit schon im Rollstuhl saß, kaum begleitet, den ganzen Tag über in der Natur umherstreifte, einer herrlichen Landschaft mit bis zum Meer hinabreichenden Wäldern, und die von dorther – aus der archetypischen Mutter Natur – sehr viele Lebenskräfte und auch die Grundorientierung über Lebensvorgänge empfing.

Zehn Jahre lang ist also das Mädchen unter der ständigen Obhut der Patin gewesen, so legt das Märchen zu denken nahe. Doch einmal im Tag war sie für eine große Weile weg:

Da führte die Patin ihr Eigenleben. Es ist nicht ganz deutlich, ob wir uns das so vorstellen sollen, daß die Patin nur innerhalb eines Tages viele Stunden weg war oder ob diese Zeit ihrer Abwesenheit sich weit über einige Tage hinaus erstreckte. Es ist auch nicht ganz sicher, ob das Mädchen zu dem Zeitpunkt noch nicht älter als zehnjährig vorgestellt werden soll. Eines Tages jedenfalls ließ die Patin eine Schachtel und einen Spiegel in der Stube zurück, ehe sie wegging, und verbot dem Patenkind streng, diese Dinge auch nur anzurühren, sonst würde es ihm übel ergehen.

Solche Verbote sind die Grenzen, die die Erwachsenen, die nahen Bezugspersonen, den Kindern setzen: um sie zunächst zu schützen, zur Unzeit sich in Dinge zu verwickeln, für die sie noch nicht reif sind. Zugleich wecken sie dadurch den Entdeckerdrang, die Neugier, das Autonomiestreben der Kinder unausweichlich. Wenn die Zeit reif ist, werden die Kinder die gesetzten Grenzen durchbrechen: Es gehört dazu, daß sie sich damit zugleich den Zorn der bisher fast übermächtigen Bezugsperson zuzuziehen wagen. Je mehr die Kinder nur an eine einzige Bezugsperson gebunden waren – wie hier bei der alleinerziehenden Mutter –, desto notwendiger wird diese Grenzüberschreitung für die schrittweise Entwicklung eigener Autonomie werden. Doch ist hier das Tabu mit solchem Ernst gesetzt worden, daß es sich nicht um Alltagsdinge und um Alltagsverbote handeln kann. Man bekommt vielmehr das Gefühl, als handele es sich hier um etwas Ehrfurchterweckendes und Gefahrvolles zugleich, wovor das Kind behütet werden soll.

Sehen wir uns zunächst einmal genau an, woran die Patin ihr Berührungsverbot knüpft, so werden wir wohl genaueren Einblick in den Bereich bekommen, der für das Kind unter ein Tabu gestellt wird. Da ist zunächst die Schachtel, ein Alltagsgegenstand, wie es auf den ersten Blick scheint: Doch

gehört sie in den weiteren Symbolkreis um Gefäß, Behälter, Schatzkästchen. Sie alle symbolisieren im weitesten Sinne das Weibliche, im engeren das weibliche Gefäß, den weiblichen Sexualbereich.
Der Spiegel ist im christlichen Religions- und Kulturbereich häufig abgewertet als Zeichen der Eitelkeit und der Wollust, wie z. B. auf einer Abbildung zu Sebastian Brants «Narrenschiff» (1494). Darüber läßt sich aber nicht vergessen, daß er ein sehr natürliches Symbol des in der Pubertät erwachenden Interesses an sich selbst, auch am eigenen Körper, ist, darüber hinaus ein altes Symbol der Selbstbetrachtung und Selbsterkenntnis. «Wegen seiner Klarheit ist der Spiegel ein Sonnensymbol, als indirekte Lichtquelle aber auch ein Mondsymbol; wegen seiner Passivität ist er ein Sinnbild des Weiblichen, in China auch ein Symbol des kontemplativen, nicht handelnden Weisen» (Herder-Lexikon). In Japan, wo der heilige Spiegel in zahlreichen schintoistischen Tempeln aufgestellt ist, ist er Symbol der vollkommenen Reinheit der Seele wie auch der Sonnengöttin selbst. In der mittelalterlichen Kunst begegnet er auch als Symbol für die Jungfräulichkeit Marias, in der Gott sein Ebenbild in Gestalt seines Sohnes spiegelt.
Beides also, die Schachtel wie den Spiegel, berührt die Heldin unseres Märchens, entgegen dem Verbot ihrer Patin. Als das Mädchen die Schachtel öffnet, findet es eine Quelle darin. Eigentlich ist das ein überraschendes Bild: Die Quelle des lebendigen Wassers wird hier in einer Schachtel aufbewahrt. Eigentlich geht das gar nicht: Lebendiges in einer papierenen Verpackung festzuhalten. Dieser Quell muß fließen, das legt schon das Bild nahe. Es wäre unnatürlich, ihn in der Schachtel festzuhalten. «Wenn alle Brünnlein fließen», beginnt ein altes Liebeslied. Der Quell in der Schachtel: Das kann kaum etwas anderes bedeuten als ein Hinweis auf die Lebensquelle,

bewahrt im weiblichen Schoß – den dieses sehr junge Mädchen zum erstenmal entdeckt, als etwas Sexuelles und etwas Heiliges zugleich. Als «die Kleine» ihren Finger «hineinsteckt», ist er «ganz schwarz geworden».

Das Mädchen entdeckt, berührt also zum erstenmal die Tabuzone seiner Sexualität, stößt auf die Quelle der Lebendigkeit und des Lebens – ungeahnte, überwältigende Gefühle überströmen es: Und sie erschrickt zunächst furchtbar über diese Entdeckung, so wie man wohl immer erschrickt, wenn man auf etwas stößt, was alles Bisherige übersteigt. Für dieses Erschrecken steht wohl das Bild, daß ihr Finger «schwarz» wird in der Berührung mit dieser Quelle und daß sie ihn zubindet «voller Angst», wie es hier heißt. Schwarz steht symbolisch für die Beziehung zu dem, was als dunkel, schattenhaft, als böse betrachtet wird – aber auch für alles Erdhafte, Geheimnisvolle, Erotisch-Sexuelle. Die schwarze Isis war im alten Ägypten die Große Mutter und Todesgöttin zugleich; sie war schwarz wie die fruchtbare Erde, die der Nil nach den Überschwemmungen hinterließ. Die schwarzen Madonnen haben noch etwas von ihr, Erdnähe, Geheimnisnähe, deshalb werden sie unter allen Marienbildern am tiefsten verehrt.

Dieses Mädchen, naturnah aufgewachsen, entdeckt ihre Sexualität sehr früh, zu früh, denn noch liegt das Berührungsverbot der Patin darauf. Es wird hineinwachsen müssen, auch in die eigene Autonomie, auch in das Ertragen der Angst, von der Patin verstoßen zu werden, den Verlust von deren Liebe zu erleiden: und wird doch dazu stehen müssen, daß es das Geheimnis des Lebens selber entdeckt hat.

Dieses Mädchen, so nahe der Natur und dem archetypisch Weiblichen, aber fern von allem Männlichen aufgewachsen, tut einen weiteren Blick in den Spiegel: Und sieht seine verehrte und geliebte Patin mit jemandem tanzen, mit jemandem, den es für den «Bösen» hält, ein männliches Wesen selbstverständlich. Sie sieht, daß irgend etwas an ihrer Patin «verwunschen» ist – bzw. ihre eigene Phantasie ist verwunschen, sie kann den männlichen Partner ihrer Patin für niemand anderen als für den Bösen selber halten –, es ist für sie, als ob die Patin, wenn sie ihr Eigenleben führt, mit etwas Dunklem in Kontakt stehe.

Für solch ein Mädchen, nur unter Frauen aufgewachsen, dessen Vater sich vor seiner Geburt aus dem Staube gemacht hat, wird der Mann, das Männliche als solches, zunächst immer als verwunschen, als unzuverlässig, lieblos, kurz: als böse gelten. Mit ihm aber tanzt seine Patin. Die Patin und der Böse also gehören irgendwie zusammen, haben etwas miteinander zu tun: So empfindet das Mädchen nach seinem Blick in den Spiegel. Das Mädchen muß durch den Blick in den Spiegel in seinem bisherigen Verständnis der Welt und seiner einzigen Bezugsperson zutiefst verunsichert worden sein, zuvor aber, durch die Berührung des Quells, zugleich sein bisheriges Selbstverständnis verloren haben. In einer tiefen Desorientierung tut es, was viele Kinder seines Alters tun: Es macht weiter, es verrichtet die aufgetragene Arbeit – als sei nichts geschehen. Es ist gewiß einer der kindlichen Versuche des «Ungeschehen-Machens» von etwas, das doch nicht ungeschehen zu machen ist.

Als die Patin zurückkehrt, sieht sie auf einen Blick, was geschehen ist. «Maria Margareta, was hast du mit dem verbundenen Finger getan?»: Das Mädchen wird auf einmal mit seinem vollen Namen angeredet – auch wir erfahren erst jetzt, wie es heißt –, das heißt, es wird zur Verantwortung gezogen, wird haftbar gemacht und als schuldfähig befunden. Es heißt zugleich: Es wird als selbstverantwortlicher junger Mensch behandelt, es hat den Schritt über die Kindheit hinaus getan. Es hat seine kindliche Unschuld verloren. Dieses

Mädchen leugnet nicht wie «Marienkind»[12] in dem gleichnamigen Märchen: Es wagt nur einfach nicht zu sagen, was es getan hat. Es wagt nicht, vor der gefürchteten Bezugsperson dazu zu stehen. Und eben dies – das nicht gewagte Bekenntnis zu der Autonomie, die es sich doch herausgenommen hat – bewirkt, daß das Mädchen zunächst verstoßen wird. Es bewirkt, daß eine «Vertreibung aus dem Paradies», der selbstverständlichen Einheit und Symbiose mit der Großen Mutter, erfolgt: Es bewirkt, daß ihm seine «kostbaren Kleider», sein hohes Selbstbild als Tochter der Großen Mutter, seine bisherige Identität genommen werden und daß es das Schloß seiner hochfliegenden Phantasien bzw. das Schloß seiner Kindheitsgeborgenheit verlassen muß.

Es hat verfrüht ein Tabu gebrochen, und in Gestalt der Patin rächt sich dies unerbittlich: Voll Scham über seine Nacktheit, seine Preisgegebenheit, mehr noch als über den halb unbewußt vollzogenen Tabubruch selbst, flüchtet es sich unter eine schützende Fichte, einen Baum, der als Baum zwar der weiblichen, seiner individuellen Gestalt aber mehr der männlichen Symbolik zugehört. Die bis auf die Erde herabhängenden Zweige der Fichte verbergen und bergen es in seiner Nacktheit.

Hier wird es denn auch vom Hund eines Jägers – einer freundlich-menschennahen Instinktseite, die dem männlichen Bereich zugehört – aufgefunden. Wie die Fichte die Nacktheit und die Scham des Mädchens schützend mit ihren Zweigen bedeckte, so wirft ihr auch der Jäger, ohne ihre Preisgegebenheit auszunutzen, ritterlich seinen Mantel zu, damit sie sich aus dem Versteck wagen kann. «Ich kann nicht herauskommen, denn ich bin nackt», ist die Antwort manch eines Menschen, der sich in Verwirrung über seinen eigenen Zustand in seiner momentanen Lage zu keinem Kontakt fähig fühlt. Ihm sollten wir – auch im psychologischen Sinne –

einen Mantel zuwerfen, eine Brücke bauen, eine Verständnishilfe oder Interpretation anbieten, damit er sich zeigen kann, ohne sein Gesicht zu verlieren. Wenn sich ein Mensch nackt, bloßgestellt sieht, kann er sich einem anderen nicht zeigen: vor allem nicht als Frau dem Mann, aber auch nicht als Mann der Frau.

Der Jäger holt sie nun auf sein Schloß, bietet ihr Obdach, Beziehung und schließlich die Heirat an. Die Parallele fällt auf: Sie kommt vom Schloß der Patin auf das Schloß des Jägers. Auch der Jäger hat ein Schloß, nicht nur ein Jagdhaus – auch der Jäger ist ein reicher Herr. Sein Schloß allerdings ist belebt, nicht verwaist, wie das der Patin es war, ehe das Mädchen kam. Als Jäger ist er vertraut mit dem Wald, mit dem Unbewußten, mit den Tiefen also der Psyche – er ist aber nicht Jäger aus Beruf, sondern nur, wie das Märchen sagt, «zu seinem Vergnügen». Er ist nicht schicksalhaft und wesensmäßig, nicht aus Berufung und Beruf mit Wald und Wild verbunden, nur von Fall zu Fall.

Immerhin wurde es deshalb möglich, daß er die junge Frau in ihrer verzweifeltsten und instinktfernsten Situation auffand. Die Begegnung scheint zunächst auch zu gelingen, sie wird fruchtbar: Die Frau gebiert einen Sohn, über den sich Mutter wie Vater gleichermaßen freuen; er verbindet sie wirklich miteinander. In dieser jungen Frau hat sich das Männliche, die Beziehungsfähigkeit zum Männlichen hin, sehr verstärkt. Gerade deshalb ist es schockierend und unerklärlich zu hören: «Eines Morgens, als sie erwacht sind, war das Söhnchen tot.» Daß das Söhnchen umkommt, ihr geraubt wird, bedeutet in Märchen dieses Typs immer, daß die Situation noch nicht reif ist, daß die Frau noch nicht wirklich Mutter werden kann. So gehen auch in der Wirklichkeit oft – vor allem während der Schwangerschaft – Kinder verloren, wenn die Frau psychisch noch nicht ganz bereit zur

Mutterschaft ist. Gründe hierfür gibt es viele: Einer ist in der Situation unseres Märchens dargestellt: daß die junge Frau noch irgendwie mit dem Problem ihrer Mutter bzw. mit einem Problem der Großen Mutter, der Patin, verwickelt ist: daß sie also überhaupt an dem Problem des Frau-Seins, des Mutter-Seins leidet. Häufig ist deshalb auch die Beziehung zum Mann noch nicht wirklich geklärt bzw. noch nicht wirklich erfüllt. Innerpsychisch heißt das auch, daß das sich entwickelnde Männliche in der Frau noch nicht recht lebensfähig ist. Der Frau wird nun auch der Verdacht angehängt, sie selber sei es, die das Söhnchen tötete. Dreimal passiert das gleiche Schreckliche. Das jeweils neugeborene Söhnchen wird tot aufgefunden, auch als drei Frauen als Wächterinnen aufgestellt werden, zur Verstärkung des Weiblichen in der Frau gleichsam, als Schicksalshüterinnen wie die drei Nornen; aber auch als der Mann selber die Wache hält, wird ihm das Söhnchen geraubt. Auch ihn hat Schlaf befallen: Auch er war nicht wach, war der Situation nicht bewußt genug, um das junge Leben, das in die Zukunft wies, zu retten.
Hierüber aber wird er – die Schuld an seinem Versagen auf die Frau projizierend – so böse, daß auch er sich verhält wie die Patin bei der ersten Schuld dieser Frau. In bemerkenswerter Parallele zu deren Tun zwingt auch er sie dazu, ihre schönen Kleider auszuziehen – die sie jetzt ihm verdankt –, was bedeutet, daß sie ein zweites Mal einen Zusammenbruch ihres Selbstbildes, ihres Bildes von sich als Mutter und Frau erleidet. Nun auch von dem Mann fallengelassen, erlebt manche Frau, die ein Kind vor der Geburt, bei der Geburt oder auch nachher verliert, einen völligen Zusammenbruch ihres Selbstverständnisses als gute Frau und Mutter.
So erfuhr ich es von einer Frau, die ihren 10jährigen Jungen durch einen Elektrounfall verlor, der auf dessen eigene Unvorsichtigkeit zurückging: Sie konnte sich darüber nicht trö-

sten, zumal ihr Mann ihr indirekt die Schuld gab und sie zu der Zeit tatsächlich kein harmonisches Verhältnis zu diesem Jungen gehabt hatte, der sich, seinem Alter entsprechend, sehr zu männlichen Interessensgebieten hingezogen fühlte. Eine andere Mutter – zudem vom Vater des Kindes, der anonym bleiben wollte, schon zu dessen Geburt im Stich gelassen – verlor ihr halbjähriges Söhnchen durch eine Blinddarmentzündung, die sie erst zu spät erkannt und dem Arzt gemeldet hatte. Beide Frauen waren so verunsichert in ihrem Selbstverständnis, daß sie mit dem nicht mehr alleine zu bewältigenden Problem in Therapie kamen. Bei beiden lag ein unbewältigtes Problem mit der eigenen Mutter zugrunde, so daß sie – weit über die Trauerverstörung hinaus, die auf den Tod des Kindes folgte – in ihrem Selbstwertgefühl als Frauen und Mütter völlig verunsichert waren.
Im Unterschied zu den anderen Märchen dieses Typs wird hier nicht ausdrücklich erzählt, daß die Patin selbst die Kinder raube: Es stellt sich aber am Ende des Märchens dennoch heraus, daß niemand anderes als sie dahintersteckt. Auch darin unterscheidet sich dieses Märchen von den anderen seines Typs: daß die unglückliche Mutter, auch wenn ihr Mann grausam genug mit ihr verfährt, nun doch nicht gleich zum Tode oder gar zum Scheiterhaufen verurteilt wird. Sie wird vielmehr in einen tiefen Brunnen geworfen, der zu der Zeit kein Wasser mehr enthält. Sie wird gefangengehalten, und zwar in der Tiefe: in der Tiefe eines wasserlosen Brunnens. Der Brunnen, selbst ein Symbol des Weiblichen, ja des weiblichen Organs, der Gebärmutter und des Geburtskanals, erinnert zugleich an die Schachtel, in der das junge Mädchen einst den Quell entdeckte: den Quell, der damals strömte. Dieser Brunnen ist leer. Der Brunnen, in den die goldene Kugel – das Symbol des runden Ganzen, des Selbst – entglitt, steht als zentrales Symbol in dem Märchen «Der Froschkö-

nig». In dem Märchen «Der goldene Vogel»[13] wird der Held von seinen falschen Brüdern schließlich in den Brunnen geworfen, woraus ihn auch dort ein Fuchs befreit. In «Frau Holle»[14] gelangt man durch einen Brunnen in das jenseitige Reich der Tiefe, ins Reich der Großen Mutter Holle oder Frau Hulda. Brunnen sind Orte des Selbstverlusts und der Selbstfindung in der größten Tiefe, auf dem Grunde des eigenen Wesens. Dorthin wird Maria Margareta nun zurückgeworfen. In dem tiefen Raum des großen weiblichen Selbst, wie in einem Gefäß, in dem sie ausharren muß, ist sie eingeschlossen: bis die «Große Mutter» selbst wieder zu ihr findet, bzw. sie in sich selbst das Weibliche und das Mütterliche entdeckt. Der Brunnen steht «symbolisch im Zusammenhang mit dem Wasser und damit zugleich mit der Tiefe des Geheimnisses und dem Zugang zu verborgenen Quellen» (Herder-Lexikon). Das Hinabsteigen in den Brunnen symbolisiert Zugang zum Unbewußten. Die Alchimie kennt den Lebensbrunnen als fons mercurialis, also einen Ort, eine Quelle der Wandlung im Sinne des Wandlungsgeistes Mercurius (vgl. Rosarium philosophorum, um 1550). Ort der Wandlung wird der Aufenthalt im Brunnen – wie schon für den biblischen Josef und für Jeremia – auch für die Heldin unseres Märchens. Zunächst «weint und klagt sie bitterlich», läßt also ihren ganzen Schmerz heraus: sagt ihn in den Brunnen hinein, wie ihn andere Märchenheldinnen in einen eisernen Ofen hineinklagen – den Schmerz um den Tod der Söhne, um den Mann, der sie fallengelassen und sie auf diese furchtbare Weise des Kindesmords verdächtigt hat; um den Verlust der Mutter, die sie schon ein erstes Mal auf ähnliche Weise verstoßen hat; und schließlich hatte sie um ihr von Anfang an gebrochenes Selbstwertgefühl zu klagen, als uneheliches Kind, das seinen Vater und auch seine leibliche erste Mutter nicht kennt. Die schwerste Verzweiflung aber muß dem Verlust ihrer Selbstachtung und ihres Selbstbildes entspringen: Das leibhafte Bild dafür ist, daß sie, ihrer schönen Kleider beraubt, in Lumpen am Grund dieses Brunnens hockt, der kein Wasser mehr gibt. Das Lebenswasser ist ihr ausgegangen, der Quell, den sie schon als junges Mädchen entdeckt hat. Ihr Lebenselixier, ihre Vitalität gerade im Bereich des Weiblichen, scheint versiegt zu sein.

Da kommt von ganz unerwarteter Seite die Rettung: Ein Fuchs erscheint beim Ziehbrunnen und stellt ihr nur die eine Frage: «Maria Margareta, Patenkind! Was hast du mit deinem Finger getan?» Indem er sie mit Patenkind anredet, gibt sich der Fuchs als ihre Patin zu erkennen. Wieder wird sie feierlich mit ihrem vollen Namen angeredet, als ginge es darum, sie auf ihre Identität festzulegen und ihr damit auch ihre verlorengegangene Identität wiederzugeben. Ihre Identität aber hängt an diesem lange zurückliegenden Tabubruch, zu dem sie noch immer nicht bewußt hat stehen können: Ihre Identität hängt daran, daß sie jenen Lebensquell entdeckt hat und zugleich damit die Beziehung ihrer Patin zum «Bösen». Im Brunnen, aus der Tiefe ihrer Existenz und ihrer Verzweiflung heraus, vermag sie sich nun dazu zu bekennen, dazu zu stehen, daß sie den Lebensquell und die Verbundenheit von Gut und Böse zugleich entdeckt hat. Es ist letztlich die gleiche Thematik wie bei dem Ur-Tabubruch von Adam und Eva im Paradies. Das schwerste für sie ist wohl, zu begreifen, daß die archetypische Mutter, die Patin, in einer Beziehung zum Bösen steht. – Damit aber wird sie zur erwachsenen, zur autonomen Frau. Ihr reicht der Fuchs seinen Schwanz hinab in den Brunnen: Und an diesem Fuchsschwanz vermag sie sich heraufzuziehen und zu befreien. Als sie oben ankommt – ihr Bewußtsein wieder erlangt nach dem langen Aufenthalt im Bereich des Unbewußten –, sieht sie dort an Stelle des Fuchses ihre Patin stehen, die ihre schönen drei Söhne auf dem

Arm hält. «Nachdem du nun die Wahrheit gesagt hast», spricht sie, «bin ich vom Bösen erlöst. Hier hast du deine drei Söhne, die ich dir weggenommen habe.» Es geht hier also um die Wahrheit, das heißt darum, daß die Heldin zu fragen wagt, was sie getan hat. Geleugnet hat sie nie, sie wagte sich nur nicht zu dem Entdeckten zu bekennen, ins Angesicht der geliebten und gefürchteten Patin hinein, die ihr eben diesen Zugang verboten hatte.

Dieses also, daß sie dazu steht – zu ihrem Autonomiegewinn, zu ihrer Entdeckung des Lebensquells und der Verbundenheit von Gut und Böse zugleich –, dies ist es, was die Patin selbst vom Bösen erlöst. Die Patin hat dieses mutige, neugierige junge Menschenkind gebraucht, um von ihrer Verkettung mit dem Bösen – mit dem Teufel also – erlöst zu werden. Was aber bedeutet das eigentlich? Stand sie wirklich im Bunde mit dem Teufel, war sie – nach damaligem Sprachgebrauch – wirklich bis dahin eine Hexe gewesen?

In gewisser Weise war sie im Bunde mit dem sogenannten Bösen und war infolgedessen von der herrschenden christlich-patriarchalen Religion und Kultur in den hintersten Wald verbannt worden, wo sie das Geheimnis des Lebensquells in einer Schachtel – selbst zu einer «alten Schachtel» geworden, wie man alte Frauen im Volksmund abfällig benennt – hütete. Es ist nur zu fragen, wer dieser sogenannte Böse eigentlich ist, mit dem sie tanzt. Wenn wir die Erscheinungsweisen des Bösen, wie sie in den Märchen auftreten, genauer betrachten – die Bockshörner, der Schwanz und der Pferdefuß charakterisieren ihn –, so erinnert er eigentlich an niemanden mehr als an den alten Naturgott Pan, auch an Dionysos und die Satyrn, auf jeden Fall an alte Naturgeister und Naturgottheiten. Daß diese alte Gottesgestalt im Raum der christlichen Religion und Kultur als «der Böse» erscheint, ist eine Folge der Panik, die immer dann auftreten kann, wenn Pans entfesselte Naturgewalt erscheint. Während sie aber bei den alten Völkern selbst als göttlich galt, wurde sie unter der Leib- und Naturfeindlichkeit des Christentums als ein Rückfall in das Heidentum dämonisiert. Aber bilden nicht in Wirklichkeit die Patin und der Böse das archetypische Paar, das letztlich die Beziehung des irdischen Paares, des Mädchens und des Jägers, garantiert und verbürgt? Wenn dieser «Böse», gemeinsam mit der Patin, entdämonisiert und als Naturgeist, als Naturkraft wiederentdeckt wird, dann wäre auch die Beziehung der Patin zu ihm entdämonisiert, dann wäre nicht mehr der Böse ihr Tanzpartner, sondern der alte Gott der Natur.

Das Mädchen, die junge Schloßherrin, hat an den verbotenen Gegenständen ja nichts anderes entdeckt als die Natur selbst: den Quell und jenen Tanz der «Guten» mit dem «Bösen». Warum aber erscheint die Patin ihr hier, am Tiefpunkt ihrer Existenz, als Fuchs?

Dieses Tier erscheint in der mittelalterlichen Kunst häufig als Symbol des Teufels, der Lüge, der List und schließlich der Wollust. So ist die Patin in dieser Erscheinungsweise selbst mit dem Bösen verwandt: Sie bildet in der Tat ein Paar mit ihrem männlichen Partner. Zugleich erscheint sie hier eindeutig als rettende Macht. Auch sonst in den Märchen erscheint der Fuchs häufig als hilfreiches Tier: am schönsten und überzeugendsten wohl in dem Märchen «Der goldene Vogel», wo er den Helden wie ein Seelenführer durch alle Gefahren geleitet und wo ihn dieser selbst zuletzt in einen Menschen verwandeln muß. Im japanischen und chinesischen Mythos spielt er eine bedeutende Rolle als zauberkundiges, weises, vor allem gutes, aber auch böses Tier, das über zahlreiche, vor allem menschliche Metamorphosen und Gestalten verfügt. Auch an dieser ihrer Gestalt als Fuchs bzw. Füchsin zeigt sich, daß die Patin und der Böse ein Paar bil-

den, das das Geheimnis des Lebens in seiner Polarität zwischen Gut und Böse verwaltet.
Erlöst wird die Patin gerade dadurch, daß dies nicht mehr als böse im bisherigen Sinne betrachtet werden muß. Die junge Frau kann, nachdem sie den Tabubruch begangen hat, nun voll zu ihm stehen und in ihre sexuelle und seelische Beziehung zu dem Jäger hineinwachsen: Das bedeutet zugleich, daß sie ihre drei Söhne, ihre Entwicklungsmöglichkeiten, zurückgewinnen kann. Sie werden ihr von der Patin persönlich zurückgegeben. Diese Patin hat ihr Patinnenamt erfüllt: Sie hat das ihr anvertraute Mädchen mit übergeordneten Mächten des göttlich Numinosen in Verbindung gebracht. Auch das böse gewordene Männliche in Gestalt von deren Ehemann – der sich brutal ihr gegenüber verhalten hat, vor allem, indem er den Verdacht, eine Kindsmörderin zu sein, auf sie projizierte – begreift, daß er an ihr schuldig geworden ist, wohl auch, was er ihr bisher schuldig geblieben ist: vor allem die Solidarität, die schon ihr Vater der Mutter verweigert hatte, zudem die Einsicht in kollektive Zusammenhänge, die es der vom Manne in der patriarchalen Kultur immer wieder fallengelassenen Frau so schwermachen, ihre Identität als sexuelles Wesen und auch als Mutter zu finden.
Dahinter steht natürlich auch das Problem, daß in der christlich-patriarchalen Kultur das naturhaft Männliche selber, wie es sich in «dem Bösen», dem Tanzpartner der Patin, spiegelt, dem Verdikt verfallen ist. Das Grollen und die Rache der weggesperrten Mutter Natur wirken sich im Männlichen und im Weiblichen gleichermaßen aus, und sie kann nur bei beiden zugleich und von beiden zugleich erlöst werden. – So hat in diesem Märchen der Herr und Jägersmann seine Frau mit Freuden wieder aufgenommen und sie – wie es in den Märchen dieses Typs nur selten berichtet wird – um Verzeihung dafür gebeten, daß er sie so schlecht behandelt hatte.

«Bekennst du?»

(Finnisch-estnisches Märchen)[15]

Es war einmal ein Schmied, der war ein so großer Trinker, daß er das Saufen nicht mehr lassen konnte. Schließlich vertrank er sein ganzes Gehöft, seine Schmiede und sein Handwerkszeug. Er hatte auch eine Frau gehabt, aber als diese bemerkte, daß alles dahinging, hatte sie einen Teil ihrer Habe an sich genommen und sich ein kleines Häuschen in der Nähe der Stadt gekauft.

Als nun der Schmied bis auf sechs Kupferstücke alles vertrunken hatte, ging er zum Seiler und kaufte sich einen Strick, um sich daran aufzuhängen. Der Seiler gab ihm ein gutes Stück und sagte: «Hier hast du einen, der hält!» Der Schmied ging in den Wald und sah sich nach einem passenden Baum um. Da fuhr ein altes Weib mit einem schwarzen Pferd an ihm vorbei und rief: «Mann, Mann, was hast du vor?» – «Ich will mich aufhängen», antwortete der Schmied. «Warum denn?» – «Das Geld ist alle. Das alte ist vertrunken, und neues ist nicht zu erwarten.» Da sagte die Hexe: «Aber deshalb häng dich doch nicht auf, versprich mir das, was deine Frau jetzt zur Welt bringt, so kann ich dir helfen.» Der Schmied überlegte erst, aber dann versprach er es unter der Bedingung, daß er es fünfzehn Jahre behalten dürfe. «So lange magst du es behalten», sagte die Hexe. Darauf gab sie ihm einen Beutel und sprach: «Hier hast du Geld, damit du dir helfen kannst.»

Der Schmied ging zu seiner Frau, bat um Teller und schüttete mehrere voll Geld. Dann kaufte er seine Schmiede und sein Handwerkszeug zurück, fing von neuem an zu arbeiten und lebte von da ab wie andere Menschen auch. Die Frau hätte gern gewußt, woher ihr Mann das Geld hatte, aber er wollte es nicht sagen. Mit der Zeit mußte er es aber doch sagen, daß er das Kind versprochen hatte.

Die Frau bekam ein Kind, und es war ein Mädchen. Als es vier Wochen alt war, fing es in der Wiege an zu sprechen: «Ich muß aufstehn und arbeiten, denn ich habe Eile.» Es stand auf und machte Spitzen und andere Arbeiten, wie sie nie zuvor in der Welt gemacht worden waren. Daher wurde das Mädchen von mancher Herrschaft zum Nähen genommen.

Eines Tages, als es bei einer Gräfin nähte, sagte es plötzlich: «Jetzt muß ich nach Hause gehen.» Daheim aber sagte es zu seiner Mutter: «Bringt alles in Ordnung, jetzt werde ich geholt.» Die Mutter erschrak und erzählte dem Vater, was ihre Tochter gesagt hatte. Der Vater rechnete nach, und es waren gerade die fünfzehn Jahre herum. Da brachten sie die Kleider ihrer Tochter in Ordnung. Die Hexe kam und sprach: «War es nicht so verabredet?» – «Das war es», antwortete der Schmied. Das Mädchen wurde fertiggemacht, um mit der Alten zu gehen. Die Hexe hatte wieder schwarze Pferde vor dem Wagen wie damals, und das Mädchen setzte sich neben sie. Da nahm sie das Mädchen auf ihren Schoß und fragte: «Hast du jemals weicher gesessen?» – «Was ist weicher als der Schoß der eigenen Mutter?» antwortete das Mädchen. Da gab die Hexe dem Mädchen aus einer Flasche zu kosten und fragte: «Hast du je etwas Süßeres gekostet?» – «Was ist süßer als die Milch der eignen Mutter?» antwortete das Mädchen. Neben dem Weg aber stand eine Ahlkirsche, und die Hexe fragte: «Weißt du, warum sie vertrocknet ist?» – «Ich weiß es», antwortete das Mädchen, «in dieser Truhe ist ein Rock, den ich aus ihren Blättern genäht habe.» Dann fuhren sie in einen tiefen Wald, und dort stand ein großes Haus. Dahinein brachte die Hexe das Mädchen und befahl ihm, dort zu bleiben. Sie gab ihm viele Schlüssel, von denen jeder zu einem besonderen Zimmer gehörte, und sie durfte in alle Zimmer gehen, nur im Flur war ein Zimmer, das sie nicht betreten durfte. Sie fand ein Zimmer mit allerlei Speisen und ein anderes, wo sie schlafen konnte. Als sie eine Zeitlang dort war, kam die Hexe, um nach ihr zu sehen. Da war noch nichts vorgefallen. Sie ging wieder fort und ließ das Mädchen zurück.

Als nun die Schmiedstochter einmal in den Flur kam, dachte sie: «Was mag wohl in der Kammer sein?» – und sie öffnete die Tür. Da hob von der Rückwand ein Toter den Kopf nach ihr, als sie die Tür öffnete, denn von der Tür bis zu dem Toten ging ein Kupferdraht. Sie schlug die Tür zu, und der Tote rief ihr nach: «Bekenne es nur nicht!»

Die Hexe kam nach Hause und sagte: «Du hast die Tür zur Flurkammer geöffnet.» – «Nein, das habe ich nicht getan», antwortete das Mädchen. Die Hexe sagte: «Da hilft nichts, du mußt deine Strafe haben. Willst du taub, stumm oder blind sein?» Das Mädchen dachte: «Wenn ich taub bin, so hör ich nicht, was die Menschen sagen, und höre die Vögel nicht singen, und wenn ich blind bin, sehe ich Gottes schöne Welt nicht.» Sie antwortete, daß sie am liebsten stumm sein wolle.

Es verstrich einige Zeit, da wurde die Hexe böse und sprach: «Das ist noch nicht genug!», und sie führte sie auf einen hohen Berg, und unter dem Berg war das Meer. Da zog ihr die Hexe alle Kleider aus und stieß sie von dem Felsen ins Meer. Aber da war sandiger Grund, und sie ging zu Fuß an das andere Ufer. Weil sie aber nackt war, wagte sie sich nicht in die Nähe der Menschen, sondern versteckte sich in einer großen hohlen Eiche.

Dort im Wald waren die Söhne des Königs auf der Vogeljagd. Und die Hunde, welche überall herumschnüffeln, fanden sie in dem Baum. Da ging der junge König hin und fragte: «Ist dort ein Mensch oder ein Spuk?», und er befahl ihr herauszukommen. Das wollte sie nicht, weil sie nackend war. Aber der König drohte, sie zu erschießen, und da mußte sie kommen.

Sie war ein unsagbar schönes Menschenkind, und der junge König nahm sie zur Frau, obgleich sie nicht sprechen konnte. Nun, und dann bekam sie ein Kind. Die Hexe erschien und fragte sie: «Bekennst du?» Da antwortete sie: «Nein!» Der Hexe konnte sie antworten, und wenn sie sonstwer gefragt hätte: «Bekennst du?», darauf hätte er Antwort bekommen. Die Hexe nahm ihr das Kind weg und legte einige Knochen neben sie, damit sie glaubten, sie habe ihr Kind aufgegessen. «Aus dem Wald ist sie gekommen», sagte sie, «und sie wird wohl auch ein wildes Tier sein.» Aber der junge König verteidigte sie, obgleich es ihn sehr betrübte, daß auf diese Weise sein Kind verloren war, denn seine Gattin war ungewöhnlich schön und ganz unvergleichlich in allem.

Nun bekam die Königin zum zweitenmal ein Kind. Die Hexe erschien wieder und fragte: «Bekennst du, daß du damals die Kammertür geöffnet hast?» Da antwortete sie bloß: «Nein!» Da nahm ihr die Hexe wieder das Kind weg und legte Knochen neben sie. Die Königin sollte zum Scheiterhaufen verurteilt werden, aber nicht einmal jetzt wollte es der junge König zulassen. Er hatte die Hexe gesehen und sagte: «Wie kannst du nur so einer Hexe antworten, und auf meine Fragen antwortest du nicht?» Das drittemal ging es ebenso. Beim drittenmal verurteilten sie die Königin zum Scheiterhaufen. Der Holzstoß war geschichtet, und viel Volks hatte sich versammelt. Der König führte sie selbst dorthin, denn er liebte sie sehr und hätte sie noch nicht hergegeben, aber das Gesetz verlangte es. Es waren aber dort drei Zauntüren, und jede Zauntür begann zu fragen: «Bekennst du?» Die Königin antwortete: «Nein!» Der König verwunderte sich: «Warum antwortest du den Zauntüren und mir nicht?»

Dann führten sie die Königin auf den Scheiterhaufen, das Feuer war angezündet, und die Flammen züngelten schon nach ihren Kleidern, als die Hexe erschien und rief: «Bekennst du?» – «Nein?» – Da blies die Hexe das Feuer aus und sprach: «Du bist stark geblieben, hier sind deine Kinder.» Es waren zwei sehr schöne Knaben und ein Mädchen. Dann konnte sie wieder sprechen. Freudig brachte jetzt der König sein Gemahl nach Hause, und einige Zeit darauf bat sie ihn um die Erlaubnis, ihre Eltern besuchen zu dürfen. – Aber die Hexe ließ sie von nun an in Frieden, weil sie ihre Probe bestanden und nicht bekannt hatte.

Etwas Zauberisches liegt über diesem Kind, der Heldin dieses finnischen Märchens. Es hat keine natürliche Entwicklung, sondern wirkt ungeheuer frühreif unter seiner Bestimmung, mit fünfzehn Jahren von der Hexe abgeholt zu werden. «Hexe» wird diese alte Frau mit dem schwarzen Pferd von Anfang an genannt. Das Mädchen scheint nur leben zu dürfen, wenn es nicht seinem Vater nachschlägt, sondern eine harte Natur entwickelt, die dem Sog zur Sucht widersteht. Es scheint das gerade Gegenteil seines Vaters zu werden. Andererseits kann man sich fragen, welche Hexe wohl den Vater von Anfang an in den Fängen hatte.
Ganz ungewöhnlich scheint mir für ein Märchen, daß die Ehefrau dieses Trinkers hier auszieht. Die Frau rettet ihre eigene Existenz, indem sie sich von ihrem Mann absetzt, obwohl sie zu diesem Zeitpunkt schwanger ist. Sie ist schon schwanger, als der Suizidversuch ihres Mannes stattfindet und dessen Begegnung mit der Hexe erfolgt. Es scheint mir ein Doppelaspekt des Mütterlichen genannt: Einerseits wird das Mädchen von dieser Mutter geboren und bestimmt, andererseits wird es geprägt von der Erwartungshaltung dieser Hexe. Es adoptiert gleichsam von sich aus die Hexe als Mutter. Wir können das Problem zugleich vom Vater her sehen: daß von ihm her Phantasien über das Kind bestanden, die das Kind übernimmt und die ihm schließlich in Fleisch und Blut übergehen.

Das Märchen wird in der ersten Phase vom Vater her erzählt, das ganze Geschehen wird vom Problem des Vaters her aufgerollt. Sein Problem wird als erstes dargestellt. In dieses Problem des Vaters wird dann das Mädchen hineingeboren. Wir haben als Vater einen Schmied, der von dem Märchen als Trinker gekennzeichnet wird. Er verarmt daran, und zwar so sehr, daß er darüber in völlige Verzweiflung gerät und sich umbringen möchte. Bemerkenswert geschildert wird seine Frau, die in dieser Situation einen Teil des gemeinsamen Vermögens an sich nimmt und dazu verwendet, sich in der Nähe der Stadt ein Häuschen zu bauen, in der Nähe der anderen Menschen. Sie läßt sich in die Katastrophe ihres Mannes nicht mit hineinreißen, ist sozusagen keine Co-Alkoholikerin. Es ist sicher ein ganz bedeutsamer Hintergrund für die Entwicklung des Mädchens, daß die Mutter hier als Selbständige geschildert wird, die sich auch unabhängig vom Vater zu erhalten weiß. In dieser Situation also erwartet sie ein Kind.

Es ist immer auch reizvoll und aufschlußreich, in einem Märchen nach dem Beruf des Vaters zu fragen, falls er genannt ist, und ihn genau zu bedenken. Hier haben wir einen Schmied vor uns. Schmied war ein schöpferischer Beruf, in der Antike noch viel mehr als heute geachtet und geehrt, als es noch ein kaum erschlossenes Geheimwissen bedeutete, wie man überhaupt mit Hilfe des Feuers Metalle umschmelzen konnte. Der Schmied steht als einer, der mit dem Feuer umzugehen weiß, in einer breiten Symbolik, er ist einer, der aus zunächst unedlem Material Geräte schmieden kann und der, was ungeheuer wichtig ist, Pferde zu beschlagen weiß.

All diese Künste waren diesem rundum schöpferischen Beruf zugeordnet, der auch mit dem Geheimwissen um die Wandlung zu tun hat. Auch eine hohe manuelle Geschicklichkeit gehört zu diesem Beruf. Man hat den Schmied erstaunlicherweise auch als Heiler von Krankheiten gekannt. Vielleicht sah man die Heilung der Krankheiten schon damals mit dem Wandlungsgeheimnis verbunden. Bis weit ins Mittelalter hinein übernahm der Schmied bzw. der Kunstschmied auch chirurgische Aufgaben. Noch vom hl. Franziskus wird berichtet, daß sein Augenleiden mit Brennstäben behandelt worden sei. Es war der Versuch, fortschreitende Entzündungsherde auszubrennen. Die handwerklichen Teile der Medizin lagen bei den entsprechenden handwerklichen Berufen. Schmiede wurden auch mit unterirdischem Feuer, mit der Magie in Verbindung gebracht. Hephaistos, der Schmied, wohnt in einer unterirdischen Höhle. Das Schmiedehandwerk gehört zu Vulkanus, dem unterirdischen Feuer. Es wurde lange Zeit von den Zwergen ausgeübt, die ursprünglich ins Gefolge der Großen Mutter gehörten. Im Laufe der Entwicklung löst sich das Schmiedehandwerk, das auch immer mehr zum Handwerk der Waffenschmiede wird, aus der Anbindung an die Große Mutter und wird zum Handwerk, das den Homo faber charakterisiert, der mit den Interessen der Großen Mutter in Widerspruch gerät. Wenn der Schmied aber nicht mehr von der Großen Mutter gestützt wird, gerät er in die Isolation und wie der Schmied in unserem Märchen in Verzweiflung: Er verzweifelt auch an der Abwesenheit der Großen Mutter.

Schöpferische Gabe und Sucht liegen oft nahe beieinander. Hat die Begabung zum Schöpferischen oft mit einer tiefen, urtümlichen Mutterbindung zu tun – wie z. B. auffällig bei Marc Chagall[16] –, so hat die Sucht immer mit einem unbewältigten Mutterproblem, mit einem unbewußten Sog zur Mutter zu tun. Schöpferische Gabe und Sucht können lange nahe beieinander liegen. So erinnere ich mich an einen jungen Mann, der das Goldschmiedehandwerk erlernt hatte, um sich nach einer Phase der Drogensucht hieran wieder zu stabilisieren. Er geriet in eine tiefe Faszination an diesem Beruf und spürte, daß er ihn selber in einer Art Sucht ausübte, die ihn vor allem daran hinderte, sich in menschliche Beziehungen tiefer einzulassen. So war auch dieses Engagement an das Goldschmiedehandwerk in irgendeinem Sinne noch eine Sucht und noch «verhext».

Es gibt mehrere Märchen, in denen Schmiede in solch eine seelische Zwangslage geraten, z. B. das tschechische Märchen «Die Tochter des Schmieds, die zu schweigen verstand». Das ist die Geschichte des Mädchens, das im Tabuzimmer der schwarzen Frau jene zwölf Männer, die wunderbare Musik machten, findet. Sie findet das Schöpferische des Vaters, das Schöpferische des Mannes im verbotenen Zimmer wieder. Der Vater jenes Märchens wollte sich erhängen, weil er in seiner Armut nicht wußte, wie er seiner kleinen Tochter das Leben ermöglichen sollte. Die schöpferischen Fähigkeiten des Vaters müssen wir mitsehen: liegen sie doch als Gabe und Geschick auch über dem Mädchen. Sowohl die Probleme, die den Vater in die Sucht treiben, als auch dessen Verbindung mit den tiefen Mächten der Erde sowie seine große Geschicklichkeit im Umgang mit Materie und Material gehören zu der Ausstattung, die der Vater seiner Tochter mitgibt.

Doch nun beginnt das Märchen mit der großen Notsituation, in die er geraten ist: Es ist alles vertrunken bis auf die letzten sechs Kupferstücke – ich weiß nicht, wie weit man dieses Material Kupfer hier im einzelnen interpretieren darf, da es ja Kupfermünzen auch als Währung gab –; Kupfer aber steht jedenfalls mit der Venus in Verbindung, ist in Astrologie und Alchimie dieser Göttin zugeordnet, gilt als warm, feucht und weiblich. Auch der rötliche Farbton mag bei der Zuordnung des Kupfers zur Venus mitgespielt haben: Es ist also noch eine letzte Potenz, ein letztes Stück Verbundenheit des Vaters mit diesem Venusprinzip vorhanden, das er nun nutzt, um sich einen Strick zu kaufen. Es ist oft so, daß in dem Entschluß zum Suizid – so desolat er erscheint – eine letzte Kraft und Entscheidungsfähigkeit steckt.

Der Seiler reagiert hier sehr trocken, indem er sagt: «Hier hast du etwas Gutes, das hält.» Es läßt sich nicht genau sagen, ob der Seiler nach der Absicht des Erzählers in die Absicht des Schmieds eingeweiht war oder nicht. Er verkauft dem Schmied jedenfalls einen guten Strick. Dann geht der Mann in den Wald und sucht einen passenden Baum. Auch dies ist paradoxerweise ein Gang in den Symbolbereich des Mütterlichen. Wir werden immer wieder in der Suizidalität die Sehnsucht nach der Heimkehr zur Großen Mutter erkennen können. Wir können überhaupt nur dann hoffen, Suizidalität therapeutisch angehen zu können, wenn wir diesen Zusammenhang sehen und therapeutisch zu nutzen vermögen. Wir dürfen nicht nur davon ausgehen, daß Suizidalität allem nein sagen wolle, sondern können dahinter eine aktive Sehnsucht nach der Großen Mutter spüren, die aus einer tiefen Ungestilltheit entspringt. Wenn wir mit dem Suizidanten etwas zu erschließen vermögen, eine Quelle, die diese Sehnsucht zu stillen vermag, können wir darauf hoffen, daß der Impuls zum Suizid sich auflöst.

Der Vater in dem Märchen also sehnt sich nach dem Untergang, aber in der Nähe der Großen Mutter. Und nun taucht tatsächlich – man könnte von Synchronizität sprechen – eine Frauengestalt auf. Es mag seine Phantasie sein: Nun sieht er eine alte Frau mit einem schwarzen Pferd an sich vorbeifahren. Mit einem schwarzen Pferd: Freya und Epona, die großen Muttergestalten der germanischen bzw. keltischen Mythologie, sind mit Pferden verbunden, ganz anders noch die russische Baba Yaga mit ihren Stutenherden. Sozusagen die Ersehnte – die Todesmutter, am schwarzen Pferd erkennbar –

kommt auf ihn zu. Sie führt aber auch ihre Kräfte mit, stellt ihn zur Rede, setzt sich mit ihm auseinander, statt ihn einfach mitzunehmen, wie er sich es wohl gewünscht hätte. Es ist noch einmal eine Begegnung mit ihr möglich, statt daß er ihr einfach verfiele. Auch er beginnt sich mit ihr auseinanderzusetzen. Zum Schwarz gehört immer Nacht, der ganze Bereich des Unbewußten – und auch die Erde. Die Symbolik läßt sich am deutlichsten an der ägyptischen schwarzen Isis ablesen, die etwas von der schwarzen Erde des Nils an sich hat, die jedes Jahr das Ackerland überschwemmt, zerstörerisch und befruchtend zugleich. Isis ist Lebens- und Todesgöttin wie alle die großen Muttergestalten. Es ist hier zudem eine alte Frau genannt, die also vom Leben viel weiß, auch vom Ende des Lebens. Und so ist es ganz klar: Es ist ein Aspekt des Todes selbst, der hier vorbeifährt und dem Lebensmüden begegnet.
Doch es geschieht etwas sehr Eigentümliches: Diese Muttergestalt schließt einen Bund mit ihm, spricht ihn auf das werdende Leben an, das seine Frau in sich trägt. Er soll ihr versprechen, was seine Frau jetzt zur Welt bringt, so kann sie ihm helfen. Die Forderung ist hier nicht verschlüsselt. Entgegen den Formulierungen anderer Märchen: «was in deinem Haus ist» oder «das, was du noch nicht kennst», spricht ihn die Alte hier direkt auf das werdende Kind an, das seine Frau in sich trägt. Es ist eine harte Herausforderung an ihn: Er kann gerettet werden, wenn er das neue Leben verspricht. Es kann ein Mann in seiner Tochter ja die Liebe finden, die er von der Mutter und vielleicht auch von der Partnerin her nie gehabt hat und die er sich ein Leben lang ersehnt. Auch das kann ein Grund sein, der ihn in die Sucht geführt hat. So kann ihm nun das Mädchen zur Rettung aus der Sucht werden. Die Sehnsucht nach der Mutter wird dann sozusagen psychologisch umgedeutet auf das Kind. Mit der Vorstellung

dieses Kindes, das ihm Liebe geben und einmal Mutter werden könnte, hält ihm die Hexe gleichsam eine Phantasie hin, die ihn hindert, sich das Leben zu nehmen.
Nun zögert der Vater und stellt eine Bitte, klarer als andere Väter im Märchen das tun: Fünfzehn Jahre lang möchte er sie behalten dürfen, auch wenn er sie dann der Hexe übergeben muß. Er möchte zumindest die ganze Kindheit der Tochter mit ihr erleben und sie um sich haben. Und nun ist es eigentümlich: Er bekommt von der Hexe sofort eine große Menge Geld angeboten, also neue Möglichkeiten. Er vollzieht aufgrund dessen eine totale Wende, er spürt die Kraft, seinen Entschluß zum Tode zurückzunehmen, kauft das vertrunkene Gut zurück und führt fortan ein Leben wie andere Menschen auch. In der Sprache der Alkoholikertherapie heißt das: er ist von nun an «trocken». Er fällt im Verlauf des Märchens weder noch einmal in die Verzweiflung am Leben noch in das Trinken zurück. Die alte Frau also hilft ihm therapeutisch radikal für diesen Augenblick.
Aber die Tochter ist damit schon vor ihrer Geburt in das Problem ihres Vaters verwickelt. Wir können uns das konkret vorstellen: Wenn ein Vater in der Zeit, in der ein Kind unterwegs ist, solch eine Suizidphantasie hatte, dann bleibt dieses Problem, auch wenn es das Kind nicht erfährt, irgendwie mit der Geschichte des Kindes verhakt. Es ist wie ein Vorschuß, was ihm die alte Frau hier gibt, ein Vorschuß auf Lösung gleichsam, die er eines Tages wird einlösen müssen. Er bekommt durch die Begegnung mit dem Unbewußten, das diese Alte auch verkörpert, so viel an Potentialität zurück, daß er auf dieser Basis ein neues, normales Leben beginnen kann, aber er lebt dadurch eigentlich über seine psychischen Verhältnisse. Er kann den Vorschuß noch nicht einlösen, sondern in der Hoffnung auf das Mädchen ist ihm neues Leben geliehen, verliehen. Das Mädchen erst wird das einlösen

müssen und können. Das Problem steigt ihm nach, und das Mädchen wird schon von der Hexe mitgeboren. Das Problem des Vaters, das Problem seiner oralen Fixierung, seiner Suizidalität, wird auf das Mädchen übertragen. Was das heißen mag, wird uns die Geschichte zeigen.

Zunächst erzählt uns das Märchen noch, daß die Mutter erst im Laufe der Zeit in sein Abkommen mit der Hexe eingeweiht wurde; daß also der Mann vor dieser selbständigen Frau seinen Pakt mit der Hexe gar nicht so gut vertreten kann. Aber es wird ihm ein Mädchen geboren, das von Anfang an in diesen Pakt eingeweiht zu sein scheint. Eigentümlich frühreif und hellwach wird uns dieses Mädchen geschildert. Es spricht schon mit vier Wochen: «Ich muß aufstehen und arbeiten, denn ich habe Eile.» Es ist schwer, diese Aussage wörtlich zu nehmen. Doch scheint sich darin eine Berufung und Beauftragung auszudrücken. Wie kann es kommen, daß ein Mädchen unter solch einer Konstellation sich ungeheuer rasch und lebendig entwickelt? Die Beziehung des Vaters zur Tochter ist offenbar so, daß es daran sehr früh reifen kann und muß. Die Beziehung war vermutlich sehr intensiv, der Vater klammerte sich an die Tochter, hat sie vermutlich mit Liebe überschüttet und das Mädchen wohl auch im ödipalen Sinne überstimuliert. Die spezifisch weiblichen Künste, Nähen und Sticken, gelingen ihr bald besonders gut, wobei sie die Geschicklichkeit des Vaters geerbt haben mag. Er macht sie zu einer kleinen Frau, sehr früh, auch ihr Spracherwerb ist offenbar sehr rasch vor sich gegangen; so ist es ja, wenn man sich einem Kind sprachlich sehr stark zuwendet. Es gibt Kinder, die schon mit acht Monaten oder einem Jahr sehr gewandt sind und sich in der sprachlichen Kommunikation sehr gut verständigen können. Immer liegt dem eine starke Zuwendung und Anregung von seiten einer erwachsenen Bezugsperson zugrunde; häufig läßt gerade der andersgeschlechtliche Elternteil sehr viel Libido in diese Beziehung zum Kind einströmen.

Hier jedenfalls wurden, durch diesen im Bann der Hexe stehenden Vater, außerordentliche Kräfte wie die weibliche Kunstfertigkeit, aber auch Zielsicherheit geweckt. Das Mädchen weiß genau, was es will. Es ahnt etwas von seiner Sendung. Auch Alice Miller hat darauf hingewiesen, daß Kinder ganz früh ahnen, welche Aufgaben sie ihren Eltern erfüllen sollen. Dieses Mädchen scheint eines jener «begabten Kinder» zu sein, die dem Vater an den Augen ablesen, was für eine Rolle sie für ihn zu spielen haben. So kommt es schon bald als hochbegabte Näherin zu vornehmen Leuten.

Es ist dabei etwas wie eine innere Uhr in ihr. Der vom Vater übernommene Komplex tickt wie ein Zeitzünder. Mit fünfzehn Jahren spürt das Mädchen plötzlich, obwohl sich die Eltern in dem Moment gar nicht klar sind, daß der Zeitpunkt gekommen ist, daß seine Initiation, seine Einweihung in das Weibliche, das auch hinter dem Problem seines Vaters steht, gekommen ist. So bestimmt es sehr selbstbewußt seinen Eltern gegenüber: «Bringt alles in Ordnung, denn jetzt werde ich geholt.» Es klingt unterschwellig in dieser Formulierung so etwas mit, als werde es jetzt vom Teufel geholt: Sie weiß, jetzt ist die Zeit reif, jetzt holt mich das ein, das Dunkle, das ich vom Vater her irgendwie mitbekommen habe. In der anbrechenden Zeit der Pubertät will das Mädchen die bisherige Beziehung mit dem Vater so nicht mehr haben, sie will selber weg aus dieser Konstellation und will dafür in den Bereich des Weiblichen hineinkommen. Sie ahnt wahrscheinlich intensiv, daß das Problem ihres Vaters und ihrer Beziehung zu ihm, das sie lösen soll, zutiefst mit dem Weiblichen zu tun hat. Jetzt wird es ihr selbst zu eng, zu dicht in dem Gegenüber zum Vater, und so läßt sie sich einholen, holen von ihrer inzwischen eigenen Phantasie von der dunklen

Frau. Sie empfindet: Jetzt will mich dieses mächtige dunkle Weibliche holen, und sie möchte sich auch davon holen lassen.

Die Eltern bringen, als wäre dies das Wichtigste, zunächst die Kleider des Mädchens in Ordnung: Gewiß hat man das zu jener Zeit, wenn ein Mädchen auszog, um seine erste Stelle anzutreten, so getan. Aber man kann auch sagen, daß die Persona des Mädchens schön zurechtgeputzt wird, damit es etwas darstellt. Doch sie ist auch zurechtgemacht, als solle es auf eine Beerdigung gehen. Könnte das Gefühl, Eile zu haben, bei dem Mädchen auch auf das Gefühl hindeuten, nicht lange zu leben zu haben? Könnte in diesem Lebensgefühl die Suizidalität, die über der Familie hängt, auch in dem Mädchen aufstehen?

Es scheint aber doch vor allem das Gefühl einer Berufung zu sein, was dem Mädchen den Antrieb gibt, nichts zu versäumen, und ein Initiationserlebnis.

Nun begegnet das Mädchen der Alten: Es sitzt, als wäre es noch viel jünger, ihr auf dem Schoß, im Schoß der Hexe, und wird gefragt: «Hast du jemals weicher gesessen?» Was kann diese Hexe mit so einer Frage meinen? Sie fragt das Mädchen, ähnlich wie Kinder sonst ihre Mutter fragen: «Hast du mich nicht am liebsten?» Der Komplex des Vaters will das Mädchen jetzt noch stärker in Beschlag nehmen: Die dunkle Frau, auf die sie sich eingelassen hat, läßt sie spüren, wie weich sie es bei ihr hat und wie gut man da ernährt werden kann. Sie wird auch gefragt, ob sie je Süßeres gekostet habe. Sie geht voll darauf ein und bestätigt der Hexe: «Was ist süßer als die Milch der eigenen Mutter?» So erklärt sie die Hexe als ihre eigentliche Mutter, adoptiert sie gleichsam als ihre Mutter.

Hier äußert sich eine Liebe zur Mutter und zugleich zum Tod: hier hängen beide zusammen. Sie verläßt hier die eige-

ne Mutter und wirft sich der archetypischen Mutter in den Schoß. Es könnte einem vorkommen wie eine massive Pubertätsdepression, die mit einer starken Regression einhergeht. Da sie gleich erwachsen wurde, muß sie hier wohl die Regression ins Kindsein nachholen, hier bei ihrer eigentlichen archetypischen Mutter. Von der schwarzen Frau kommt eine enorme Lockung, sie hat eine sehr große Anziehungskraft auf das Mädchen. Zum Glück hat dieses Mädchen wohl von der eigenen Mutter so viel Festigkeit mitbekommen, daß sie die Nähe dieser Hexe erträgt, ohne sich an ihr aufzulösen. Jetzt mit fünfzehn Jahren ist die Begegnung mit der dunklen Seite des Mutterarchetyps an der Zeit. Dieses Mädchen ist selbst eine kleine Hexe: Durch das Problem des Vaters ist es infiziert mit Hexischem.
Als die Hexe das Mädchen fragt, wovon die Ahlkirsche vertrocknet sei, ein Baum am Weg, sagt es, es habe sich einen Rock aus deren Blättern genäht. Das Mädchen hat also einen ganzen Baum entlaubt, um sich daraus einen Rock nähen zu können. Sie war, wie schon gesagt, eine gute Näherin. Einen Kirschbaum hat sie dazu ausgesucht: Die Kirsche aber ist ein altes Erossymbol. Den Laubrock, den sie sich aus den Kirschblättern genäht hat, muß man sich gewiß als ganz zauberisch und zauberhaft vorstellen.
Es könnte einem dazu auch der Brauch in vielen Initiationsriten einfallen, in denen sich die Mädchen aus Pflanzen ein Kleid zu nähen haben. Es war gewiß auch ein Versuch des Mädchens, sich ganz mit den Kräften der Natur zu verbinden. Ich finde es nur eigentümlich, daß der Ahlkirschbaum dabei gestorben ist. Der Baum ist ein Muttersymbol, das Laub gehört jedoch symbolisch oft zum Vatergeist. Zugleich hat der Kirschbaum Erossymbolik. Und es scheint, als sei bei der Plünderung des Kirschbaums etwas kaputtgegangen. Es scheint, als habe das Mädchen zu früh und zu radikal etwas

an sich gerissen, was noch nicht reif war. Dieses Mädchen hat das Weibliche an sich gerissen, in einer frühen ersten Phase, die durch den Vater wahrscheinlich angeheizt war. Die Erosbeziehung des geplünderten Kirschbaums weist auf eine intensive Beziehung mit dem Vater hin, jedenfalls der Tendenz nach. Wir haben gesehen, wie der Vater es braucht, daß die kleine Tochter ihm gleichsam die Mutter, ihre grenzenlose Zuwendung gibt.

Bei einem meiner Analysanden war es die Tochter einer Freundin, einer alleinstehenden jungen Frau, die er in ähnlich ausschließlicher Weise an sich zog. Er hat sich total und zumindest seelisch inzestiös mit diesem kleinen Mädchen verbunden. Es ist daraus eine schicksalhafte Konstellation geworden. Dieses Mädchen – damals vier Jahre alt – gleicht unserer Märchenheldin in vielem: ungemein beredt, wie eine kleine Erwachsene, ist sie total auf den Mann bezogen, besucht gemeinsam mit ihm z.B. Vorträge. Er ist zugleich keine Minute mehr vor ihr sicher. Das Mädchen ist ungemein aufgeweckt, ist an der Überstimulation dieses «Vaters» aufgewacht, aber in einer hektischen Weise. Auch jener Vater leidet tief an einem ungestillten Mutterproblem, an einer Verkettung mit der dunklen Seite des Mütterlichen, ehe er dieses Mädchen gleichsam an sich bindet.

Könnte das Mädchen, in heißer Konkurrenz gegen seine leibliche Mutter, den Mutterbaum auch in einem Todeswunsch gegen jene Mutter geplündert haben? Hat sie, wenn sie den Baum zu Tode plünderte, etwa dessen Geist auf sich übertragen wollen? Wir müssen es wohl in seiner Ambivalenz stehen lassen: Es ist klar, daß das Mädchen sich ein Stück wertvollster Natur aneignet, indem es die Blätter dieser Ahlkirsche plündert, und daß sie durch dieses Blattkleidnähen auch eingeführt wird in ein weibliches Naturgeheimnis; daß es aber dennoch auch etwas Destruktives an sich hat, bewirkt durch diese Unzeitgemäßheit und Radikalität, in der es die Plünderung des Baumes vollzieht. Mir ist aufgefallen, daß in dem Märchen «Der Teufel mit den drei goldenen Haaren»[17] auch danach gefragt wird, warum z. B. der Baum gestorben sei; doch dort muß der Held bis in die Hölle gehen, um es zu erfahren. Zeigt dieses Märchen, daß das Mädchen das nicht Maßhaltenkönnen des trunksüchtigen Vaters auch geerbt hat? Das Übermaß aber, das der Vater im Sich-Gehen-Lassen hat, besitzt sie in einem ungeheuren Leistungswillen, und dabei gelingt ihr offenbar zunächst auch alles. Durch den Vater sind in diesem Mädchen genau die Gegentendenzen zu dessen Sich-Gehen-Lassen geweckt worden. Es nimmt im Gegensatz zu ihm sein Leben fest, ja allzu bestimmt in die Hand.

So kommt es also in das Haus der Hexe. Es ist im tiefen Wald gelegen. Mit der Hexe fährt das Mädchen zugleich tief in sein eigenes Unbewußtes hinein. Der Wald gilt – z. B. auch Einsiedler ziehen sich in ihn zurück – auch als möglicher Ort der Sammlung auf sich selbst, ähnlich wie die Wüste, in der man sich den Gefahren des Unbewußten aussetzt, sie aber auch bestehen lernt. Dort findet sie zunächst ein großes Haus vor – kein Schloß, auch kein verwunschenes – und bekommt zahlreiche Schlüssel übergeben, bekommt also die Verantwortung für das Haus übertragen. Sie findet ein Zimmer mit allerlei Speise – für ihre orale Befriedigung also ist gesorgt –, dazu auch ein Zimmer zum Schlafen und schließlich im Flur ein verbotenes Zimmer.

Dieses tabuierte Zimmer gibt es nicht nur im Märchen, sondern – das Stichwort Initiation ist schon gefallen – in vielen Initiationsriten, zu denen es gehört, daß die Initiandin / der Initiand in ein geheimes Zimmer eingeschlossen werden, z. B. in eine unterirdische Kammer oder in eine Höhle, worin sie die Nacht oder mehrere Nächte verbringen: In dieser

Zeit werden ihnen bisher unbekannte Erfahrungen und Erkenntnisse zuteil. Das Motiv des verbotenen Zimmers weist weit zurück in die Frühgeschichte der Völker. Man darf diese Räume eigentlich nicht betreten. Wenn man sie aber betritt – wenn die Zeit dazu reif ist –, findet eben die Initiation in ihnen statt. Es gehört offenbar zur Initiation, auch den Mut zur Schuld zu haben und ihn gerade gegenüber Autoritätspersonen aufzubringen. Andererseits kann man aus Angst vor Schuld sein eigentliches Leben versäumen. Wenn das Mädchen nicht hineingegangen wäre, hätte es das, was dieses Zimmer birgt, sein Leben lang nicht bearbeiten können.

Die Hexe in unserem Märchen ist als besonders raffiniet geschildert: Sie läßt das Mädchen ganz allein in diesem Haus, seinem eigenen inneren Haus mit all diesen Schlüsseln und dem einen verbotenen Zimmer, und schaut offenbar regelmäßig nach, nur um sagen zu können: Es ist noch nichts vorgefallen. Sie ist auf den ersten Blick sehr ambivalent: Einerseits wirkt sie wie eine moralisierende Hüterin der von ihr aufgestellten Gebote, andererseits ist sie, im nachhinein darf man es sagen, um die Entwicklung des Mädchens und dessen notwendigen «Sündenfall» geradezu besorgt. Sie wirkt fast enttäuscht, daß so lange nichts vorfällt. Das haben die Gestalten, die die dunkle Seite des Archetyps verkörpern, alle an sich: Sie stehen im Dienst des Lebens und seiner ambivalenten Gesetze. Ihr als dunkler Mutter nehmen wir solches Verhalten auch leichter ab als der so licht erscheinenden Maria in dem Märchen «Marienkind»[18].

Nun geschieht also eines Tages der Tabubruch des Mädchens doch. Die Tür zur Flurkammer wird von ihm geöffnet, und hier stößt sie auf etwas völlig anderes, als sie sich je hätte ausdenken können: Sie stößt auf einen Toten. Er hebt den Kopf nach ihr, als wolle er sie begrüßen. Sein Kopf ist merkwürdig durch einen Kupferdraht – wieder ist von Kupfer,

wie bei den Münzen am Anfang, die Rede – mit der Türklinke verbunden. Das Venusprinzip des Kupfers ist also hier wieder im Spiel und verbindet die Entdeckung des Mädchens mit dem alten Schicksalsproblem des Vaters. Das Mädchen wird durch das Nicken auf schaurig makabre Weise von dem Toten begrüßt. Das alte Suizidproblem des Vaters also erhebt hier buchstäblich sein Haupt: Durch das Kupfer der Kupfermünze ist es an die Türklinke, die sie, die Tochter, nun selber niederdrückt, gekoppelt.
Es ist möglich, daß das Mädchen bisher noch nie etwas davon erfahren hatte, daß der Vater mit Todesgedanken umgegangen war, ehe es geboren wurde. Trotzdem ist nun die seelische Ladung des Problems auf es übergegangen. Vielleicht hatte es auch davon gehört, hatte es aber bisher nicht begreifen, nicht verarbeiten können. Jetzt steht sie ganz alleine davor. Sie schlägt die Tür zu, will sich also nicht länger an dieser Stelle aufhalten; aber sie hat gesehen, was sie gesehen hat. Doch da ruft ihr der Tote nach, er hat plötzlich Stimme bekommen: «Bekenne es nur nicht!»
Angesichts dieses Ausrufs müssen wir nun unterscheiden: Der Vater des Mädchens hat den Selbstmord ja nicht wirklich begangen. Es geht vielmehr um etwas anderes: Von dem tödlichen Aspekt des negativen Mutterkomplexes selbst, von dem Trinker- und Suizidproblem des Vaters her, wird ihr verboten, ein Bekenntnis dazu abzulegen, was sie hier gesehen und erkannt hat. Bei ihr ist es im Unterschied zum «Marienkind» wirklich so, daß sie sich nicht zu dem Gesehenen bekennen darf. Es würde sie offenbar zerstören, es würde ihre Identität, die noch schwach ist, verschlingen, wenn sie sich mit dem Gesehenen identifizieren würde. Sie darf sich keinesfalls mit der Hexe, die hier für den negativen Mutterkomplex des Vaters steht, verhaken und verwickeln. Ihre Identität könnte als die einer Tochter, die um die Suizidalität ihres

Vaters weiß, brüchig werden. Auch eine Solidarität zum Vater ist darin zu spüren.
Das Problem vieler junger Leute, gerade auch das Drogenproblem, ist übrigens durch solche Hintergrundprobleme ihrer Eltern konstelliert.
Was eigentlich darf sie nicht bekennen? Ist es die Tatsache, das Problem des Vaters überhaupt erkannt zu haben? Darf sie es sich selbst nicht zugeben? Es ist doch so, daß wir manchmal schon als junge Menschen ein schweres Problem unserer Eltern ahnen, daß sich aber zugleich etwas in uns gegen eine solche Erkenntnis wehrt, da wir ja selbst leben wollen, leben müssen: Wir wissen dann darum und wissen es doch zugleich nicht. Es schlägt zu sehr auf unsere eigene Identität, unser Selbstverständnis zurück; es nimmt uns einen Teil unserer Lebenssicherheit, zu erkennen, daß die Eltern selbst die Lebenssicherheit nicht haben. Was tun Kinder nicht alles, um sich das Elternbild zu erhalten! Man tut Kindern und auch Jugendlichen keinen Gefallen, wenn man, um psychologischer Erkenntnisse willen, deren Elternbild niederreißt; es sei denn, sie selber müssen es tun, weil das Elternbild sie sonst erdrückte. Kinder schämen sich, wenn sie das Gefühl haben müssen, sie hätten keine guten Eltern gehabt.
Unser Mädchen also will nicht wissen, was sie im Zimmer gesehen hat. Nun kommt die Hexe, die alles zu wissen scheint. Vor ihr bekennt sie es nicht. Sie bekennt weder, daß sie das Gebot gebrochen hat, nach dem sie diese Tür nicht öffnen sollte, noch was sie gesehen hat. Es war ja ein doppelter Tabubruch. So war es auch beim Marienkind. Überhaupt hineinzugehen war ein gewaltiger Schritt der Autonomie gegenüber der Autorität der dunklen Mutter. Indem sie sich ein Stück weit von ihr entfernt hat, ist sie nun auch aus der Geborgenheit, aus deren Schoß herausgefallen und fällt in das schwerste Problem ihrer Familiengeschichte hinein. Da-

mit kann auch eine erste Ahnung eigener potentieller Suizidalität aufgekommen sein. Es fällt am schwersten, sich eine eigene Affiziertheit vom Problem der Eltern einzugestehen. Es ist sehr schwer, zu realisieren, daß wir jeweils selbst mit dem spezifischen Problem unserer Eltern zu tun haben. Dieses Mädchen hatte ein hohes Selbstbild, hatte sich von allen andern zu unterscheiden und sie zu überflügeln gewußt. Die Inflation ihres Selbstgefühls wird durch eine Deflation, eine starke Selbstentwertung abgelöst. Es gehört zur Erfahrung der Pubertät, daß wir zum erstenmal mit der Realität des Todes in Kontakt kommen. Das ist durchaus zur Initiation gehörig. Doch hier ist es nicht nur der Tod überhaupt, sondern der Todesaspekt, der vom Vater herkommt, der dieses Mädchen aufstört und verstört.

Diese Hexe fragt nicht lange zurück – im Vergleich zu Maria in «Marienkind» –, sondern sie läßt das Mädchen, ziemlich sadistisch, überhaupt nur wählen, ob es zur Strafe blind, taub oder stumm werden wolle. Nun erleben wir doch auch wieder eine Eigenart des Mädchens: Es will nicht darauf verzichten, die Menschen zu hören und die Welt zu sehen. Sie verzichtet, wenn es denn sein muß, eher darauf, sich eine Zeitlang selbst ins Leben einbringen zu dürfen, indem sie die Stummheit wählt. Aber sie verzichtet nicht darauf, auf die Welt und die Menschen durch Hören und Sehen bezogen zu bleiben.

Sie, die so früh mit der Hexe identifiziert war, verliert nun ihre Fähigkeit, mithexen zu können, überhaupt sich einmischen zu können in die Vorgänge des Lebens. Sie behält und gewinnt dafür vielleicht ganz neu die Fähigkeit, wahrzunehmen, aufzunehmen, sich einzufühlen. Sie wählt ganz bewußt die Bezogenheit. Es gibt vielleicht Menschen, die als letztes die Sprache hergegeben hätten. Sie aber möchte vor allem anderen weiterhin miterleben können, was um sie herum geschieht.

Warum allerdings rebelliert dieses Mädchen nicht gegen diese Strafe, wenn es doch nie bekannt hat, überhaupt in dem Zimmer gewesen zu sein? So stark scheint sie doch noch nicht zu sein. Wir spüren die Macht und die Autorität der Hexe ihr gegenüber gerade darin, daß sie sich nicht gegen das Bestraftwerden wehrt. Hier fühlt sich das Mädchen ausgeliefert: Es ist hier zugleich sehr menschlich geworden, hat seine Hexeneigenschaften eingebüßt. Sie muß hier gerade das opfern, was bisher ihre überlegene Stärke über andere Menschen war: Wie schnell, wie schlagfertig war sie bisher im Sprechen, wie souverän im Sich-Ausdrücken! Im Moment wählt sie das Empfangenkönnen als wichtiger denn das Sichausdrücken-Können.

Offenbar war das Mädchen noch einige Zeit, wenn auch «zur Strafe» stumm, bei der Alten, da überfiel diese erneut der Zorn über den unerhörten Tabubruch. «Das ist noch nicht genug», sagt sie, führt das Mädchen auf einen hohen Felsen, unter dem das Meer ist. Nachdem sie ihm alle Kleider weggenommen hat, stürzt sie es hinunter, sie nimmt diesem Mädchen ihren gesamten Schutz und alle Darstellungsmöglichkeiten nach außen, die gesamte «Persona», indem sie ihr die Kleider nimmt. Auch aus Gründen der Scham kann das Mädchen sich so überhaupt nicht mehr unter Menschen wagen. Mit den Kleidern wird ihr ihre gesamte bisherige Selbstdarstellung, wohl aber noch mehr, ihr gesamtes Selbstbild, weggenommen. Sie fühlt sich wie nackt. Es handelt sich um nicht weniger als um einen Identitätsverlust.

Mehr noch: Dieses Mädchen, das durch seine Identifikation mit der Hexe bisher ein großartiges Selbstbild gehabt haben muß, fast eine innere Inflation, wird von dem hohen Bewußtseinsniveau, auf dem es steht, dem Felsen, hinuntergestürzt, auf eine radikal andere, erheblich tiefer gelegene Ebene: auf die des Meeres, in die Nähe des Unbewußten also, auf den Boden, den Grund ihres Wesens. Irgendwie erinnert diese Szene auch an die Versuchungsgeschichte Jesu: Auch er wird auf einen hohen Felsen geführt und wird aufgefordert, sich hinunterzustürzen. Immerhin bleibt ihm die freie Wahl. Das Mädchen hätte sich zu Tode stürzen können.

Dieser Sturz von einer inflationierten Ebene hinab auf den Grund der Persönlichkeit, wo sie Boden unter die Füße bekommen kann, wird von einer jungen Frau öfter phantasiert und auch geträumt. Sie erzählt, daß sie stundenlang bäuchlings auf der äußersten Kante der Klippen von Moher lag und, unerhört davon angezogen, auf das Meer in der Tiefe hinabschaut. Ein andermal träumt sie davon, daß eine hochgelegene Bergweide unvermutet in einen Steilabfall zum Meer hin abbricht. Auch sie ahnte einen unerhört steilen Niveauabfall zwischen dem hochgelegenen Niveau ihres Tagesbewußtseins und der Ebene ihres Unbewußten: ein Niveauunterschied, der eines Tages in einer psychischen Krise gebieterisch auf Ausgleich drängte.

Die Hexe selbst also, der konstellierte Archetyp des dunklen Weiblichen in ihr, stürzt sie von der Hexeninflation hinab in ihre Tiefenebene: in die Deflation. Der Sturz erweist sich, wohl weil es seelisch notwendig war, nicht im physischen Sinne als tödlich – obgleich er psychisch als ein Todessturz erlebt worden sein mag. Sie landet auf sandigem, also weichem Grund. Zudem verschlingt das Meer, das Unbewußte, das Mädchen nicht, es findet Boden und vermag sich zu retten. Doch ist es in dieser Verfassung auf doppelte Weise isoliert: in seiner Stummheit und in seiner Nacktheit. Das erinnert auch an Adam und Eva, denen ihre Nacktheit bewußt wurde, als sie den Tabubruch begangen hatten.

Es ist eine neue Phase innerer Isolation nach einem totalen Verlust des bisherigen Selbstbildes, in der sich solch ein Mädchen schämt, mit irgend jemandem über seine Lage zu sprechen, in der es ihr, wahrscheinlich sogar im Gegenüber zu sich selbst, die Sprache verschlägt. In dieser Situation findet sie Schutz allein bei einer großen hohlen Eiche, in der sie sich versteckt. Die große hohle Eiche erinnert an den Totenbaum, wie man in der Schweiz bis heute den Sarg nennt; sie deutet darauf hin, daß dieses Mädchen in seiner nackten Depression tatsächlich so etwas wie einen Wandlungstod erleidet. Zugleich gibt dieser Baum auch Bergendes: Der Baum ist ein Symbol des großen Mütterlichen, die Eiche, als dem Wotan heilig, zugleich des großen Väterlichen. Im Baum der Götter sucht sie Zuflucht, nachdem die Große Mutter sie ausgestoßen hat. Auch dieser hohle Baum steht natürlich wiederum unter dem Schutz der Großen Mutter: Er ist nur anders als der bisherige Schutz in dem Haus, er ist nicht mehr heimelig. Er ist eine Station der Wandlung von einer Lebensphase in die andere. Totenbaum erinnert auch an den Sarg, in den die ägyptische Muttergöttin Isis mit offenen Armen eingemalt ist; in ihre Arme wird jeder gelegt, der den Todesschlaf erleidet.

In eben dem Wald aber, in dem sie sich in ihrer Nacktheit verbirgt und versteckt, sind zu der Zeit die Söhne des Königs auf der Vogeljagd. Sie jagen mit den Vögeln ihren geflügelten Phantasien, wohl auch erotischen Phantasien nach. Als das Hexenprinzip das Mädchen ausgestoßen hat, beginnt sich Raum zu öffnen für das Prinzip der Bezogenheit und des Eros, das nach ihr zu suchen beginnt. Treue menschennahe Instinktseiten, wie sie sich in den Hunden darstellen, spüren das Mädchen in seinem todesnahen Zustand auf und machen es möglich, daß sie von dem jungen König – dem neuen obersten Prinzip, dem sie sich nach dem Wandlungstod anvertrauen wird – gefunden werden kann.

So träumte eine junge Frau (29), die sich mit Suizidabsichten im Unterholz eines Waldes verkrochen hatte, von drei treuen

Hunden, die ihr immer nachgingen, die sich auch von ihren Fußtritten und Steinwürfen nicht vertreiben ließen. Als sie sich erschöpft auf den Boden legte, kamen die Hunde ganz nahe zu ihr, leckten und wärmten sie, bis sie ihnen nicht mehr widerstehen konnte und warme, dankbare, ja zärtliche Gefühle für die Hunde in ihr aufkamen. Anschließend war sie nicht mehr in der Lage, ihrer Todessehnsucht nachzugeben, die Hunde hatten sie zum Leben zurückgeführt.

Auf die frühere Verwunschenheit unserer Märchenheldin weist auch die Frage des jungen Königs zurück: «Ist dort ein Mensch oder ein Spuk?» Er zwingt sie, noch einmal, unter Androhung des Todes, des Erschießens, herauszukommen, ist dann aber so überwältigt von ihrer Ausstrahlung – «sie war ein unsagbar schönes Menschenkind» –, daß er sie zur Frau nimmt, obgleich sie zu der Zeit stumm ist.

Sie ist ihm also eine Unbekannte, die ihr seelisches Geheimnis zu dieser Zeit nicht preisgibt, nicht preisgeben kann: Er aber traut ihrer Ausstrahlung, der besonderen Atmosphäre, wie sie um einen Menschen, der sich in der Phase der Verwandlung durch ein psychisches Sterben und Wiederauferstehen befindet, oftmals spürbar sein kann. Und die Verbindung dieses vertrauensvollen jungen Königs – subjektstufig (als Seelenanteil) ist er ihr neues Bewußtseinsprinzip – mit der geheimnisvollen jungen Frau wird fruchtbar. Die junge Königin bekommt ein Kind.

Nun könnte alles gut sein: doch die Hexe hat ihre Macht über sie, wie wir jetzt merken, keineswegs verloren. Was die junge Frau im Tabuzimmer gesehen hat – den Tod, die Suizidphantasie des Vaters –, ist noch keineswegs verarbeitet. Noch einmal wird sie gefragt: «Bekennst du?» Das Mädchen aber antwortet: «Nein.» Sie identifiziert sich in diesem Fall eben nicht mit dem, was sie getan und was sie gesehen hat. Hat diese Tat sie auch aus der selbstverständlichen Verbun-

denheit mit der dunklen Mutter gelöst, so ist die heimliche Verstrickung mit dieser immer noch tief. So fordert die dunkle Frau ihr gerade das, was eben fruchtbar geworden ist, ab. Sie fordert das Kind. Sie erweist sich ein weiteres Mal auch als Todesmutter, zeigt sich in ihrem Todesaspekt. Zudem ist sie selbst verwunschen, aus der öffentlichen Religion und Kultur abgedrängt, seit ihr nichts junges Lebendiges mehr zugeführt wird. Zugleich versucht sie die Mutter als eine, die das Kind getötet hat – oder nach einem alten Ritual der Göttin geopfert hat? –, darzustellen, indem sie anstelle des Kindes Knochen neben die Mutter legt. Das Volk, das Man, sagt – unter Berufung auf die Herkunft der jungen Königin aus dem Wald, aus dem Unbewußten –: «Sie wird wohl auch ein wildes Tier sein.» – Bei dieser Hexe, die die Kinder raubt, frage ich mich immer wieder: Stellt sie einfach den immerwährenden Todesaspekt der Großen Mutter dar, der nicht begründet werden kann, der hingenommen werden muß? Oder stellt sie die Große Mutter in einem Aspekt ihrer Verwunschenheit dar?
Das Mädchen hat eine Probe zu bestehen, wie sich im Märchen später erweist: die Probe, die darin besteht, daß es auch unter den härtesten möglichen Bedingungen, nämlich daß ihr die Kinder weggenommen werden, nicht bekennt, nicht bekennen soll. Wir dürfen also vielleicht gar nicht psychologisch fragen, wodurch es in ihrer inneren Verfassung begründet ist, daß die Hexe einbrechen und ihr die Kinder wegnehmen kann. Die Hexe hat im Sinne des Märchens einfach die Macht, dies zu tun, und es ist nur die Frage, ob sich die junge Frau dadurch das Bekenntnis abringen läßt, sie habe die verbotene Tür geöffnet und den Tod bzw. die Todessehnsucht (ihres Vaters) darin wahrgenommen. Es wäre gleichsam das Bekenntnis einer «Schuld», auch einer Schuld an dem eigenen Unglück, wie es z. B. auch dem gepeinigten Hiob im alt-

testamentlichen Hiobbuch von seinen Freunden abgerungen werden soll, entgegen dem, wie Jahwe selbst diese Prüfung sieht. Das Mädchen aber, wie Hiob, bekennt es nicht und hält damit den ihr möglichen, den menschenmöglichen Abstand von der Hexe. Es bekennt sich einfach nicht dazu, den vom Vater in sein Leben eingebrachten Todesaspekt, den Suizidimpuls, als eigenen zu übernehmen. Es hält Distanz zu dem Gesehenen, als habe es nicht gesehen.

Darum scheint es in dieser paradoxen Geschichte zu gehen, den Todesaspekt zu sehen, als sähe man nicht. Vielleicht geht es in diesem Märchen überhaupt darum, den Todesaspekt des Lebens zu erkennen, zu sehen, aber so, als sähe man nicht. Alle allzu nahe Verwicklung mit dem Tod lähmt das Leben, raubt ihm die Zukunft, die Kinder. Frauen, die sich in den Todesaspekt des Lebens verstricken, wagen z. B. nicht mehr, Kinder zu haben: so wie es in diesen Jahren häufig unter dem Aspekt der Atomkriegsgefahr geschieht.

Die Hexe hat also die Macht, der jungen Königin und damit auch dem jungen König dreimal die Kinder zu rauben – wir dürfen allenfalls die Identifikation mit der Hexe, die dem Mädchen von Kindheit an eigen war, als einen Grund dafür mit annehmen, daß diese Hexe noch immer besondere Einbruchsstellen in das Leben dieses Mädchens besitzt: Als psychische Erfahrung könnte das bedeuten, daß dem Mädchen seine Zukunftshoffnungen, seine begonnene neue Entwicklung dreimal dadurch geraubt werden, daß die alte Hexenidentifikation es wieder einholt. Die alte Hexenidentifikation: Das hieße psychologisch, daß sie die Entwicklungen wieder erzwingen will – wie damals, als sie die Ahlkirsche zum Verdorren brachte durch den aus ihrem Laub genähten Rock – vielleicht auch durch eine Einstellung wie jene: Ich habe keine Zeit, denn ich habe überhaupt nicht lange zu leben. Unter dieser «verhexten» Einstellung zur Zeit habe ich schon manche Entwicklung scheitern gesehen, die hochbegabt und verheißungsvoll begann, die sich aber, da forciert und ohne Gefühl für das, was reif war, um ihre Früchte, um ihre Kinder brachte.

Dieses Mädchen ist noch stumm, als es die Kinder gebiert, ist noch nicht wieder fähig, sich in seinem tiefen und schmerzlichen Erleben zum Ausdruck zu bringen; die Beziehung zwischen ihm und dem jungen König – seine neue Einstellung – ist noch unausgesprochen, kann daher zumindest «durch das Gesetz», ein übergeordnetes Überichprinzip, getrennt, zerrissen werden: auch wenn der König, soweit ihm das vom Gefühl und seiner menschlichen Verbundenheit mit ihr her möglich ist, zu ihr hält, sie sogar selbst auf dem schweren Gang zum Scheiterhaufen begleitet.

Als Mensch steht er ganz zu ihr: doch das Gesetz, das Kindsmord mit dem Tode bestraft, steht hier über ihm bzw. ihr. Was ist dieses Gesetz? Gewiß eine patriarchale Einrichtung, die gegenüber dem Opfer von Kindern an die Große Mutter, wie wir es aus einigen alten matriarchalen Kulturen kennen, eine Schranke setzt. Die junge Königin also wird als «Hexentochter» zum Scheiterhaufen verurteilt. Auch dem jungen König fällt auf, daß sie nur der Hexe und den mit ihr in Verbindung stehenden Zauntüren – der Begriff Hexe kommt von Hag, Zaun – antworten kann, mit ihnen sprechen kann, mit ihm selber aber nicht. Über das Todestabu, das sie gebrochen hat, kann sie bis jetzt nur mit der Großen Mutter selber sprechen, nicht mit dem Mann. So wird sie vom männlichen Prinzip zum Scheiterhaufen verurteilt. Der Kontakt mit der Hexe allerdings hat sie zwangsläufig dorthin gebracht.

Es bestehen übrigens in dem Märchen eigentümliche Zusammenhänge innerhalb dem Wortfeld des Holzes, von dem Baum an, an dem der Mann sich erhängen wollte, über die gestorbene Ahlkirsche bis zu der hohlen Eiche, die das Mädchen birgt, und dann weiter zu den hölzernen Zauntüren, die ja auch auf dem Weg in den Tod noch einmal mit der Frage «Bekennst du?» eine Tür zu entkommen öffnen, bis schließlich hin zu dem Holz des Scheiterhaufens, auf dem dieses Schicksalsholz sich selbst und sie verbrennen soll. Der Scheiterhaufen scheint die Konsequenz ihres vom Vater initiierten Schicksalsweges zu sein. Was ist aber der Scheiterhaufen psychologisch? Ein Untergehen im leidenschaftlichen Feuer der Gefühle, die ein Wandlungsfeuer hätten bedeuten können, die hier aber vernichtend wirken, zumal sie von entgegenstehenden Kräften angefacht sind. Hexe und Scheiterhaufen: Diese Begriffe und Vorstellungen führen uns wieder in einen Zusammenhang, in dem das zauberisch Weibliche, die Große Mutter in ihrem dunklen Aspekt, dämonisiert worden ist. Bis auf den Scheiterhaufen jedoch wahrt das Mädchen der dunklen Mutter die Solidarität, indem es nicht bekennt, indem es den Todesaspekt des Lebens eben nicht verteufelt, auch nicht angesichts des eigenen drohenden Todes. Diese Mutter ist «fressend», auch weil man ihr in der jetzigen Kultur die junge Göttin, die ihr nach dem alten Mythos zugehört, das göttliche Mädchen, verweigert, in dem sie sich erneuern könnte.

Das Nein der jungen Königin auch hier, ganz im Gegensatz zu dem unter Todesangst zusammenbrechenden Marienkind, erweist, daß sie die Probe, die ihr die dunkle Mutter selbst auferlegt hat, besteht. Als die Probe bestanden ist, als sich das Mädchen trotz Todesnähe nicht mit dem Todesaspekt des Lebens verstrickt hat, ist auch die Mutter wieder zum Geben bereit: Ihr positiver Aspekt konstelliert sich wieder, und sie gibt die drei Kinder unversehrt zurück. Die drei Ansätze zu Neuem, die begonnenen Entwicklungen können fortgesetzt werden.

Auch in objektstufiger Hinsicht verstanden, bedeutet es nun:

Diese junge Frau kann jetzt selber Mutter werden und bleiben. Sie kennt den Todesaspekt des Lebens, der Großen Mutter selbst – ist aber gefeit vor einer Verstrickung mit diesen archetypischen Gegebenheiten. Die Beziehung zwischen ihr und ihrem männlichen Anteil, dem jungen König, ist nun gefestigt: Sie hat zwei männliche und ein weibliches Kind bekommen, die ihr von der Hexe zurückgegeben sind.
Auch dieses ist eins der wenigen Märchen, in denen gegen Ende das Bedürfnis der Heldin aufkommt, als Gewandelte und Erneuerte noch einmal die Eltern aufzusuchen, damit die Kreise sich schließen können: Es drückt sich darin die Versöhnung mit dem aus der Kindheit, vor allem vom Vater, ererbten Problem an. Sie hat auf ihrem schweren Entwicklungsweg das Problem des Vaters, dessen Suizidalität und Trunksucht, dessen Verstrickung mit der Großen, dunklen Mutter, der Hexe, aufgearbeitet. Wie zur Bestätigung dessen lautet der Schluß des Märchens: «Aber die Hexe ließ sie von nun an in Frieden, weil sie ihre Probe bestanden und nicht bekannt hatte.»
Die «Hexe» bleibt also bestehen, sie stürzt nicht ab in den Feuerstrom, wie die russische Baba Yaga am Ende des russischen Märchens «Marja Morjevna», sie wird aber auch nicht ausdrücklich von einer schwarzen zu weißen Frau gewandelt, wie es in dem Donaumärchen «Bei der schwarzen Frau» oder in dem tschechischen «Die Tocher des Schmieds, die zu schweigen verstand» der Fall ist. Jedoch, indem sie aus der Todes- wieder zur Lebensmutter wird, indem sie sich aus der Kinderraubenden wieder zur Schenkenden wandelt, hat sie sich grundlegend genug gewandelt. Sie bleibt darin aber dennoch die uralte Lebens- und Todesmutter in einem.
Für unser Märchen bleibt wesentlich: «Die Hexe aber ließ sie von nun an in Frieden.» Es ist also zumindest ein Stillhalteabkommen, wohl aber mehr ein Friedensschluß zwischen

ihr und der Hexe erfolgt. Die junge Königin ist erfahren und erprobt im Umgang mit der Hexe, respektiert deren Macht, identifiziert sich aber gerade nicht mehr mit ihr.
So ist das Exzentrische und Verhexte von der jungen Königin abgefallen, sie ist keine Hexentochter mehr, sondern eine menschliche Frau, nun auf den männlichen Partner und auf drei Kinder bezogen: mehr noch: Als junge Königin verkörpert sie, die der Hexe begegnet und sie in ihren Licht- und Dunkelseiten kennt, das neue herrschende Prinzip im Lande, eine neue Bewußtseinsstufe des Weiblichen. Die neue Bewußtseinsstufe besteht gerade nicht darin, sich in Protest gegen die Dämonisierung des Weiblichen in der patriarchalen Kultur nun mit der Hexe stolz zu identifizieren – wie einige Zweige der feministischen Bewegung es tun –, sondern das Weibliche selbst zuerst wieder aus der Verhexung zu lösen, in die es durch seine jahrhundertelange Abspaltung von Kultur und Religion geraten ist.

Die Sonnenmutter

(Aus dem Banat)[19]

Es waren halt recht arme Leute, die sind in ein Bauerndorf gezogen, haben schon ein Kind gehabt von einem Jahr. Und kaum, daß sie angekommen waren, hat sich die Frau wieder ins Kindbett gelegt, mit dem zweiten. Sagt sie: «Was sollen wir nur machen? Wer wird uns das Kind taufen? Wir kennen ja niemand, sind ganz fremd auf der Welt!» Es war aber eine große Stadt in der Nähe. «Weißt du was», sagt die Frau, «geh du in die Stadt, und den ersten besten, den du triffst, den bittest du, daß er uns taufen kommt!»

Gut, der Mann macht sich fertig und geht in die Stadt, und wie er unterwegs an eine große Reibn (Biegung) kommt, steht da eine schneeweiße Frau, eine schöne. «Herr», fragte sie, «wohin so schnell?» Sagt er: «Ich geh in die Stadt einen Taufpaten suchen, wir haben ein kleines Kind zu taufen!» – «Ich kann es euch schon aus der Taufe heben», sagt die Frau. «Was habt ihr denn?» – «Ein Mädel!» – «Gut», sagt die Frau, «ich tauf es euch gern und geb euch auch viel Geld, aber nur, wenn ich das Kind zu mir nehmen kann.» – «Da kann ich nichts sagen», erwidert der Mann, «nicht ja und nicht nein, ich muß erst meine Frau fragen, ob ihr das recht ist.» – «Gut», sagt sie, «geh heim und frag deine Frau, und wenn sie will, so komm wieder.»

So ist der Mann heimgegangen. «Schau», sagt er zu seiner Frau, «ich hätte eine Gevatterin gefunden, eine schöne, stramme Frau, aber ich weiß nicht, ob es dir recht ist: sie will das Kind taufen und uns auch viel Geld geben, aber sie will das Kind mitnehmen!» – «Mein Gott», sagt die Frau, «hättest du ihr's doch gleich zugesagt! Wir sind doch so arm und haben noch das andere! Geben wir's halt hin in Gottes Namen!»

Am andern Tag ist der Mann den gleichen Weg gegangen, und wirklich steht da wieder die weiße Frau. «Nun, was hat deine Frau gesagt? Will sie mir das Kind geben?» – «Ja!» – «Na also, dann können wir's ja gleich taufen gehen.» Sie ist gleich mitgegangen und hat ihnen das Kind aus der Taufe gehoben, und hat ihnen viel Geld hinterlassen und das Kind mitgenommen.

Sie hat das Kind auf ihr Schloß gebracht und hat es aufgezogen, und das Mädel ist gewachsen wie am Wasser. Sie ist auch recht fleißig geworden, hat die Zimmer sauber gehalten und wäre wohl recht zufrieden gewesen, wäre die Stiefmutter nicht jeden Morgen fortgegangen und erst spät abends wieder heimgekommen. So war sie halt immer allein, und das hat ihr nicht gefallen.

Im ganzen Schloß hat das Mädel sich umschauen dürfen, nur ein Zimmer war ihr verboten. Einmal nun, als ihr wieder recht langweilig war beim Kehren, denkt sie: ob sie nicht doch einmal aufsperren sollte und schauen, was darin wäre? Es ist schon spät am Nachmittag, da geht sie hin und sperrt auf, und was geschieht? Kaum geht die Türe auf, fliegen viele tausend Sterne heraus, und fliegen alle zum Himmel hinauf. Da haben die Leute aber Augen gemacht. Denn damals hatte es noch keine Sonne und keinen Mond und keine Sterne gegeben, der Himmel war immer trüb, so trüb, und bei Nacht war's stockfinster. Nun aber hat es überall geglitzert und gefunkelt, und das hat den Leuten arg gut gefallen. Das Mädel aber ist erschrocken und hat zugesperrt.

Gleich darauf ist die Stiefmutter heimgekommen. Da hättet ihr sehen sollen, was die für einen Krawall gemacht hat, weil das Mädel ihre Kinder, die Sterne, ausgelassen hatte. Geschlagen hat sie sie und an den Haaren gezogen. «Wenn du das noch einmal tust, so sollst du sehen, was dir geschieht!» Und das Mädel hat hoch und teuer versprochen, nie wieder die Tür aufzusperren.

Als aber eine Weile darüber vergangen und ihr wieder einmal recht langweilig war, hat die Neugier sie doch wieder geplagt. Da denkt sie: heut sperr ich wieder auf! Und kaum geht die Türe auf, fliegt der Mond heraus und bleibt am Himmel droben hängen. Und die Leute sind aus den Häusern gelaufen und haben sich gewundert, was das wohl sei, und sind die ganze Nacht spazieren gegangen und haben sich über das Mondlicht gefreut. Die Stiefmutter aber war noch wütender als das erste Mal und hat das Mädel noch viel mehr geschlagen, und wieder hat sie versprochen: «Ich werd's nimmer tun!»

Sie hat es aber doch nicht lassen können. Mir ist alles eins, denkt sie, immer will ich ja doch nicht hier bleiben, werd halt noch einmal die Tür aufmachen und dann gehen! Diesmal ist die Sonne herausgeflogen und hat gleich hell und warm vom Himmel geschienen. Da waren die Leute erst recht froh, haben nicht genug staunen können über das Licht, auch die Wäsche ist gleich trocken geworden!

Die Stiefmutter aber ist wie eine Wilde nach Haus gekommen, nicht gegangen, geflogen ist sie. «Heut schlag ich dich nicht mehr!» hat sie geschrien, «weil alles Schlagen nicht hilft bei dir. Du mußt fort aus meinem Haus. Und zwei Stunden geb ich dir Bedenkzeit, ob du stumm und taub sein willst oder die Allerhäßlichste von der Welt.»

Da hat das Mädel sich hingesetzt und geweint und hin und her gedacht. Bin ich die Allerhäßlichste von der Welt, denkt sie, so kriege ich keinen Dienst, denn wer nimmt schon eine, die grauslich anzuschaun ist? Lieber will ich schon stumm sein und taub! Da hat die Frau sie auf den Mund und auf die Ohren geschlagen, daß sie weder sprechen noch hören konnte. Dann haben sie beide geweint und sich trotz allem geküßt und sind auseinander gegangen.

Nicht lang so ist das Mädel an den Königshof gekommen, da hat sie auf einen Zettel geschrieben, ob man wohl jemand brauchen könne, sie such einen Dienst, und hat den Zettel den Wachen am Tor gegeben. «O ja», sagt der König, «wir brauchen ein Stubenmädel, aber ein hübsches, das sich auch benehmen kann!» und ist auch gleich schauen gegangen, was das für eine wär, und er hat gar nicht genug staunen können, denn so etwas Schönes hatte er noch nie gesehen! So haben sie sie gleich in Dienst genommen, und sie war fleißig und freundlich, und allen war es leid, daß sie stumm war.

Vier Wochen danach ist der Königssohn von einer Reise heimgekommen, und dem ist es geradeso gegangen wie seinem Vater. Das Mädel wollte ihm nicht mehr aus dem Kopf, nicht einmal essen hat er mehr können, und nicht lang, so sagt er: «Vater und Mutter, ich will heiraten!» – «Das hättest du schon lang tun sollen», erwiderte der König, «wir werden uns gleich um eine Prinzessin umschauen!» – «Nein», sagt der Königssohn, «ich weiß mir schon eine! Ich nehm die Anna, die bei uns im Dienst ist!» – «Um Gottes willen! Eine stumme Frau willst du nehmen!» – «Die und keine andere, und wenn ihr das nicht wollt, so kostets mich nur eine Kugel und ihr seid mich los!» Nun, in Gottes Namen, er sollte sie haben! Also wurde die Hochzeit gehalten.

Bald danach war die junge Frau in andern Umständen, und alle haben sich gefreut, nur die alte Königin nicht, denn die hatte immer Sorge, die Schwiegertochter werde auch stumme Kinder zur Welt bringen.

Wie aber die Zeit gekommen und das Kind geboren ist, geht auf einmal die Tür auf, und wer kommt herein? – die weiße Frau. Die junge Mutter hat es noch gesehen, aber die Hofdamen sind im gleichen Augenblick eingeschlafen. Die weiße Frau aber geht her und schmiert der Mutter Blut um den Mund, dann packt sie das Kind und fort ist sie. Gleich darauf kommt die alte Königin und fragt nach dem Kind, und sieht, daß die Schwiegertochter den Mund mit Blut verschmiert hat. «Um Gottes willen, die hat ja das Kind gefressen!» Und gleich ist sie zu ihrem Sohn gelaufen: «Da siehst du, was du genommen hast! Eine stumme Frau, die auch ihre Kinder frißt!» Aber er hat gesagt: «Das glaub ich nicht! Und wenn sie es auch verzehrt hat, so hat sie's verzehrt. Wenn ich nur sie nicht verliere!» – «Die muß sterben!» sagt die Alte, der Sohn dagegen: «Weißt du was? Das eine Mal wollen wir es ihr noch verzeihen. Wenn es noch einmal vorkommt, dann soll sie sterben.» Also haben sie es ihr verziehen.

Nicht lang danach war die junge Frau wieder in anderen Umständen. «Diesmal müssen wir gescheiter sein!» hat der König gesagt. «Ich werde bei ihr bleiben und du auch, und fünf Hofdamen werden mit uns wachen! Einer wird doch sehen, was da geschieht! Werden doch nicht alle einschlafen!» Ja, auf einmal geht die Tür auf – sie hat noch gesehen, wie sie hereingekommen ist, die Stiefmutter im weißen Kleid, aber da ist sie auch schon eingeschlafen, und die fünf Hofdamen und der König und die Königin auch. Und wie sie wieder munter werden, ist das Kind fort, und die junge Frau hat wieder den Mund mit Blut verschmiert. Hat sie's wieder gefressen, das Kind! «Nein», sagt die Alte, «sie muß sterben!» Und der Sohn sagt nur: «Macht halt mit ihr, was ihr wollt!»

Als die sechs Wochen vorüber waren, haben sie sie gefragt – auf einen Zettel haben sie es ihr aufgeschrieben – ob sie aufgehenkt werden oder auf dem Scheiterhaufen verbrannt werden wollte. Und sie hat zurückgeschrieben, sie sollten ihr einen Scheiterhaufen machen, und den sollten sie mit lauter Samt auslegen, mit blauem Samt, und in der Mitte einen Stuhl aufstellen, auch mit blauem Samt gepolstert, und sie wollte ihr blaues Schleppkleid anziehen. Und anzünden sollten sie erst, wenn sie es sage. Sie hat auch den Pfarrer verlangt, hat gebeichtet und gespeist, und dann ist sie auf den Scheiterhaufen hinaufgestiegen, mit dem Gebetbuch und dem Rosenkranz in der Hand. Der Pfarrer und alle Männer und Frauen haben für sie gebeten, weil es ihnen leid war um sie, und alle haben ihre Schönheit bewundert.

Na, sie ist schon oben gesessen, macht noch einmal einen Blick – hat sich die Welt noch einmal anschauen wollen – da sieht sie von ferne jemand gelaufen kommen. Wer war's? Die weiße Frau. Sie hat ein Bübel mit drei Jahren an der Hand geführt und das andere im Arm liegen gehabt, und das war arg dick eingewickelt. In einem Lauf ist sie dahergekommen, geschwind, näher, immer näher. Endlich ist sie beim Scheiterhaufen angekommen.

«Da hast, Anna, deine zwei Kinder», sagt sie, «ich hab sie dir geraubt, weil du meine Kinder auslassen hast, die Sterne, den Mond und die Sonne. Ich hab mich versündigt, darum muß ich jetzt in den Sträuchern sitzen, Tag und Nacht. Abends geht die Sonne in meinen Schoß und der Mond fliegt aus, und in der Früh geht der Mond in meinen Schoß, und die Sonne fliegt aus. Eines geht hinaus, und das andere geht ein, aber eins muß ich immer in meinem Schoß halten. Diese Strafe hat mir der Herrgott gegeben, ich bin die Sonnenmutter bis ans Ende der Welt.» Und dann sagt sie: «Aber jetzt steig herunter, Anna, nimm deine Kinder und lauf nach Haus zu deinem Mann, denn der ist zum Sterben!»

Da hat sie ihr Schleppkleid zusammengerafft, die Kinder auf den Arm genommen und ist schnell zum Königsschloß gelaufen. Da haben sie ihrem Mann schon die Kerzen aufgesteckt. «Um Gottes willen», ruft sie, «du wirst mich doch nicht mit den zwei Kindern zurücklassen!» Da hat er sich gleich im Bett aufgerichtet vor lauter Staunen, daß sie reden konnte, und sie hat ihn um die Mitte genommen und hat ihm erzählt, wie alles gekommen war. Und die Schwiegermutter hat das kleine Kindl ausgepackt: das war in lauter Geld und viele Packen Schriften eingebunden, und darin war zu lesen, daß die Sonnenmutter jedem der Kinder ein Königreich vermacht habe. Jetzt waren alle glücklich, und der Königssohn war gleich wieder gesund, weil er seine schöne Frau und seine Kinder wieder hatte.

Und die Sonnenmutter – ja, die muß dort hocken! Wär sie halt nicht so böse gewesen!

Ehe wir mit der Interpretation dieses Märchens aus dem Banat beginnen, können wir uns fragen: Was ist das eigentlich, eine Sonnenmutter? Es ist ja auch von Bedeutung, unter welchem Titel die Märchen überliefert werden. Zunächst ist eine Sonnenmutter die Mutter der Sonne, und – wie es am Schluß des Märchens heißt – sie wird es auch bleiben bis zum Ende der Welt. Sodann könnte sie auch eine sonnengleiche Mutter sein, eine Mutter, wie die Sonne eine ist. Die Mutter der frühen Kindheit wird ja von jedem Kind wie die Sonne erlebt, sie ist seine Wärmequelle, sein Licht. Es hängt alles davon ab, ob sie scheint, ob sie gegenwärtig ist oder nicht. Insofern ist die Mutter für jedes Kind so etwas wie für den frühen

Menschen eine Göttin. Zwischen den Phasen der Anwesenheit und der Abwesenheit der Mutter spielt sich das emotionale Leben des Kindes ab. Für das Kind ist sie das ein und alles. Sie ist die Göttin, wie sie es auch in den frühen Religionen der Menschheit überall war. Wenn sie da ist, ist es warm. Die Fähigkeit, Wärme zu spenden, charakterisiert die Sonne wie nichts anderes. Sie ist selbstverständlich eine Frau, die Sonnenmutter. Die Sonne ist hier gemäß dem deutschen Sprachgebrauch als weiblich verstanden. Wir müssen es ernst nehmen, daß unsere Sprache «die» Sonne sagt, daß die Sonne für uns in der Region der germanischen Sprachen – die zugleich die gemäßigte Klimazone darstellt, in der die Sonne vor allem mild belebend wirkt – weiblich symbolisiert ist, im Unterschied zu den romanischen Sprachen und der griechischen, die mit *sol, soleil* oder *helios* die Sonne als männlich verstehen.

Nun fällt im Vergleich mit den bisher besprochenen Märchen auf, daß einerseits die Struktur der Märchen wie «Bekennst du?» oder «Marienkind» auch hier vorhanden ist, daß deren Märchenrahmen da ist, daß aber in das Märchen noch ein anderer Stoff eingeflochten ist: ein Schöpfungsmythos nämlich, der in sich noch etwas anders strukturiert erscheint als der Stoff der genannten Märchen, der nämlich die Entstehung des Lichtes und der Wärme überhaupt in der Welt beschreibt. Gewiß sind die Schöpfungsmythen kosmogonisch gemeint: Doch spiegelt sich in ihnen immer auch die Bewußtseinsentwicklung der Menschen. Die erste Bewußtseinsentwicklung konnte sich nicht anders ausdrücken, als so, daß sie die Entstehungsgeschichte des Lichtes erzählte. Es geht also einerseits um die Bewußtseinsentwicklung eines Individuums, der Märchenheldin, die auch wieder in der Pubertät vorzustellen ist, zugleich wird aber der Stoff eines Schöpfungsmythos ausgebreitet. Er zeigt, wie stufenweise immer mehr Licht und auch Licht verschiedener Qualität in das Dunkel des Unbewußten fällt. Das Ganze wird einerseits in enger Beziehung zur Sonnenmutter entwickelt und andererseits durch die schließlich notwendige Distanzierung der jungen Märchenheldin vor ihr, die ihr dann auch erst ermöglicht, selbst Mutter zu werden.

Wenn wir das Märchen in seinem Verlauf ansehen, entdekken wir: Die Familienkonstellation als Ausgangssituation ist wieder ganz klar geschildert. Wir haben arme Leute vor uns, und zwar in einer besonderen Lebenssituation. Sie sind soeben erst zugezogen, an den Ort, von dem das Märchen ausgeht: Sie fühlen sich fremd, sind sozial noch nicht integriert. Ihre Frage ist, da sie ein neugeborenes Mädchen haben: Wer wird uns denn das Kind aus der Taufe heben? Sie kennen noch keinen Menschen, der als Taufpatin des Kindes in Frage käme und der helfen könnte, das Kind sozial in die neue Umgebung zu integrieren. Die Familie ist auf Neuland: Es fehlt noch die Orientierung, sie ist noch im Dunkel. Dieser Umzug der Familie könnte anzeigen, daß es sich hier um einen Wandel auch des kollektiven Bewußtseins handelt, daß wir bewußtseinsmäßig mit diesem Märchen auf Neuland gegenüber dem bisherigen kommen.

Ein Kind ist in dieser Familie schon da, aber jetzt ist das zweite unterwegs. – Schon hier taucht die Zwei auf, die in dem weiteren Verlauf des Märchens immer wieder eine Rolle spielen wird. Die Unterscheidung zwischen zwei Dingen wird immer wieder angesprochen. Zwei ist die alte Symbolzahl der Unterscheidung, damit einer ersten Bewußtwerdung, einer ersten Differenzierungsmöglichkeit des zuvor noch Ungeschiedenen.

Die besondere Notsituation besteht also darin, daß eine Patin gesucht wird, nicht, daß die Familie das Kind überhaupt nicht ernähren könnte – es geht vielmehr um die soziale Integration und darüber hinaus vielleicht noch um mehr. Bedenkt man die alte Bezeichnung für Patin im Deutschen, Gotel wie in Hessen oder Gotte wie in der Schweiz, so kann man darauf kommen, was wohl dahinter stehen mochte, wenn eine Patin so dringend wie von diesen beiden armen Leuten gesucht wird. Im Englischen heißt die Patin gar *god mother,* damit wird deutlich, daß ein Bezug zu Gott, dem übergeordneten Leben, das über dem Kinde waltet, zu den Mächten, die es schützen, gemeint und gesucht ist. Es wird eine Gott-Mutter gesucht, die nichts Geringeres als Gott bei dem Kinde vertritt: Es ist ein religiöser Bezug gemeint, aber auch zugleich ein sozialer Schutz, der dann einzutreten hätte, wenn das Kind in Not geriete.

Die Initiative dazu, wie man eine geeignete Patin finden könnte, geht in dem Märchen von der Frau aus: Sie schlägt ihrem Manne vor, sich auf den Weg zur Stadt zu begeben und die erste beste, die ihm begegnet, zu bitten, sich als Patin zur Verfügung zu stellen. Die neuzugezogene Frau also sucht die Nähe der Menschen und stellt sich vor, daß unter den Begegnenden auch eine Patin sein könnte.

Der Mann geht auf ihren Vorschlag ein: Und so begegnet er an einer Wegbiegung einer schönen, schneeweißen Frau. Die Assoziation zu Schnee, der das Weiß in seinem höchsten Glanz spiegelt, liegt nahe. Weiß ist die noch nicht entfaltete, ursprüngliche, ungebrochene Fülle des Lichts, die sich noch nicht zu Farben ausdifferenziert hat. Weiß ist eigentlich eine Nicht-Farbe, die aber alle Farben in sich enthält und aus sich entlassen kann. Daran hängt die Symbolik der Farbe Weiß, in der Anfängliches, Beginnendes sich darstellen läßt, z. B. in den weißen Kleidern, die Neuanfänge symbolisieren: die Taufe, die Kommunion, die Hochzeit, in manchen Völkern auch den Tod. Weiß galt in vielen früheren Kulturen als das Gewand der Initiation. In Weiß erscheint eine noch unberührte, unaufgefaltete Vollkommenheit, Absolutheit, von der auch eine gewisse Kühle ausgehen kann.

Die schöne, schneeweiße Frau will helfen, will Geld geben, beansprucht aber dann auch das Kind für sich. Insofern unterscheidet sie sich nicht von den anderen numinosen Frauengestalten, die wir in den bisherigen Märchen kennengelernt haben. Die archetypische Mutter, die in dieser Frau erscheint, konstelliert sich auch hier, gerufen durch religiöse und soziale Not. Wir könnten auch hier wieder sagen, daß eine Phantasie der beiden Eltern, vor allem des Vaters, sie auf den Plan gerufen habe. Aber hier geht die Adoption des Mädchens durch die archetypische Frau ein bißchen anders vor, als wir es bisher kennenlernten: daß sich nämlich der Mann hier darauf beruft, er könne nicht alleine entscheiden, ob er das Mädchen weggeben dürfe, er müsse zuvor seine Frau fragen. Man hat überhaupt den Eindruck, daß die Frau in diesem Märchen eine beachtliche Rolle spielt. Sie allerdings gibt hier ihre Einwilligung, das Kind wegzugeben, fast allzu schnell, da sie schon ein Kind hätten und in Not seien. Sollen wir sie deshalb eher als gefühlskalt einschätzen? Im Mittelalter kam es relativ oft so, daß man froh war, wenn sich jemand fand, der bereit war, ein Kind zu übernehmen, weil man sich selbst nicht mehr in der Lage fühlte, ein weiteres Kind aufzuziehen. Man war dankbar, wenn sich ein Mensch fand, der für es sorgen wollte: In der allergrößten Not, wie sie z. B. in dem russischen Märchen «Marjuschka» geschildert wird, wird ja das letzte Kind sogar ausgesetzt, unter einen Baum gelegt in der Hoffnung, daß es jemand finden würde. Jene russische Familie hatte allerdings bereits «unzählige Kinder», wie es in dem Märchen heißt.

Für die Familie hier scheint die schwierige Lage vor allem daraus entstanden zu sein, daß sie auf Neuland umgezogen ist: Nun wird auch das Kind ans Unbekannte weitergegeben.

Diese Mutter ist nicht bereit, das Kind auf Leben und Tod zu verteidigen. Sie ist eher froh, daß eine solche Adoption stattfinden kann. Kühl ist sie insofern schon: «Wir sind doch so arm und haben auch noch das andere. Geben wir es hin, in Gottes Namen», so sagt sie und läßt das Kind damit los. «Hättest du es doch gleich gegeben», hält sie ihrem Mann entgegen. Sie hat offenbar direkt Angst, jene hilfreiche Frau könne wieder entschwinden. Auf alle Fälle wird das Kind hier sehr bewußt, bewußter noch als in den bisher betrachteten Märchen, von beiden Eltern jener Adoptivmutter übergeben, die dem Reich der Archetypen zugehört.
So gelangt das kleine Mädchen nun auf das Schloß der Sonnenmutter. Es wird sofort nach der Taufe dorthin gegeben, dorthin entrückt, also noch früher als Marienkind, das mit drei Jahren der Adoptivmutter übergeben wird. Es kann also nicht wissen, daß es einmal noch eine andere Mutter gehabt hat als diese. Die Sonnenmutter wird diejenige sein, die es trägt, an der es sich orientiert.
Wenn die Mutter gleich nach der Geburt gewechselt wird und die Beziehungsperson sich als zuverlässig erweist, dann muß die ursprüngliche Mutter dem Kind nicht fehlen; darüber hinaus hat es eine archetypische Mutter als Ersatzmutter bekommen, nicht einfach eine menschliche Person. Die archetypische Mutter ist in jeder Mutter-Kind-Beziehung von Anfang an anwesend: Erst wenn die reale zurücktritt, z.B. durch häufige Abwesenheit, wird die archetypische Mutter stärker erfahren, werden die Reifungsschritte mehr im archetypischen Sinne vollzogen. Statt daß es im Sinne einer natürlichen Entwicklung mütterlich-töchterlich zuginge, geht es dann stärker archetypisch mütterlich-töchterlich zu. Es ist dafür typisch, daß die Reifungsschritte in den Bildern und Vorstellungen eines Schöpfungsmythos erzählt werden.
Auch in diesem Märchen wird von einer ungemein raschen

Entwicklung des Kindes erzählt, wie sie uns schon bei der Heldin des Märchens «Bekennst du?» aufgefallen ist. Es heißt hier, das Mädchen sei «gewachsen wie am Wasser». Es ist ein anschauliches Bild dafür, daß das Mädchen hier mit einem Baum verglichen wird, der genügend Wasser hat. Die Kinder gedeihen natürlich in der Nähe der archetypischen Mutter, in deren Schlössern und Waldhäusern, in großer Naturnähe. Vor allem in ihrer frühen Kindheit blühen sie auf, sie haben, was sie brauchen. Es wird hier zwar nichts von irgendwelchen ungewöhnlichen Fähigkeiten dieses Mädchens gesagt, so wie es der Märchenheldin in «Bekennst du?» nachgesagt wurde, es wird nur festgestellt, daß dieses Kind sehr rasch und schnell heranreift. Auch dieses Kind hat Züge, wie sie aus dem Mythos vom «göttlichen Kind» bekannt sind. Seine Geburt steht unter mancherlei Bedrohungen, auch seine Entwicklung wird immer wieder von Gegenmächten zu hindern gesucht, aber es zeichnet dieses Kind aus, daß es gerade hieran besonders rasch heranreift und erstarkt, seinem besonderen Geschick entgegen, durch das es dazu ausersehen ist, etwas Wesentliches in der bestehenden Welt zu verändern.

Dieses Mädchen reift in seine weibliche Entwicklung hinein, ist «fleißig» , indem es z. B. die Zimmer des Schlosses in Ordnung hält. Es nimmt also die Ordnungsfunktionen im Bereich der Großen Mutter wahr, muß sie auch wahrnehmen, denn, so hören wir, die Sonnenmutter selbst ist ständig außer Haus. Das Mädchen leidet darunter, da es einerseits starken Anteil am Dasein dieser Sonnenmutter hat und nimmt, andererseits aber doch sehr auf sich selbst gestellt ist, meist alleine gelassen ist. Es ist deutlich gezeigt, daß es hier auf dem Schloß der Sonnenmutter schließlich langweilig werden muß. Diese Patin erweist sich also als eine abwesende Mutter. Sie braucht offenbar ein junges Menschenkind, das ihr alles in Ordnung hält und hütet, das an ihrer Stelle arbeitet: am Hellwerden, am Durchsichtigwerden dieses zunächst unbekannten und daher dunklen Lebensraumes. Schon hier kündigt sich die Frage an, die C. G. Jung oft stellt: ob es eigentlich nur so sei, daß das menschliche Bewußtsein die Begegnung mit den Archetypen brauche oder ob nicht umgekehrt auch die Archetypen irgendwie auf ein menschliches Bewußtsein angewiesen sind, das sie sozusagen selber erst erhellt und bewußtseinsfähig macht.

Nun öffnet auch dieses Mädchen eines Tages das ihm verbotene Zimmer und findet darin – zu seiner grenzenlosen Überraschung – tausend Sterne. Sie fliegen sofort hinaus an den Himmel – und wir erfahren, daß es das zuvor noch nie gegeben habe. Was kann es bedeuten, daß es gerade Sterne in der verbotenen Kammer findet? Sie sind wie viele kleine Lichter, die den nächtlichen Himmel aufhellen: Kinder können noch heute so unmittelbar darüber staunen wie dieses Mädchen im Märchen, wenn sie den sternbesäten Nachthimmel zum erstenmal mit Bewußtsein wahrnehmen. Gerade in den mondlosen Nächten des Winters erscheinen die Sterne besonders eindrucksvoll. Das erste Entzünden der Kerzen am Lichterbaum ist für Kinder ein ähnlich eindrucksvolles Erlebnis. Der bestirnte Himmel ist ein anschauliches Bild für das erste Auftauchen von Bewußtseinsinseln im Laufe der Entwicklung eines jungen Menschen (dem entspricht auch das Auftauchen von ersten Bewußtseinsinseln in der Menschheitsentwicklung). Das lumen naturae (Licht der Natur) leuchtet auf.

Da es ein Mädchen in der Pubertät ist, das dieses entdeckt, darf man vielleicht auch das hinzunehmen, daß Sterne Phantasien, Sehnsüchte und Ideale ausdrücken. All das, was ein junges Mädchen unter dem Sternenhimmel phantasieren mag, gehört in diesen Zusammenhang. Als mich mein

Deutschlehrer mit 12 Jahren dabei ertappte, daß ich unter dem Schulpult heimlich Rilke las, sagte er nur: «Man soll nicht schon in der Jugend nach den Sternen greifen.» Aber gerade dies gehört zum Charakteristischen der Pubertät, daß man nach den Sternen zu greifen versucht. Die Sterne gehören auch zu dem, was unser Schicksal zu bestimmen scheint: In der Pubertät beginnt man zum erstenmal nach seinen Schicksalssternen zu fragen. Der Traum eines jungen Mannes fällt mir ein, in dem er einen gewaltigen Kometen über den Himmel ziehen sah, in dem er seine künftige Lebensbahn entdeckte. Nach den Sternen, den Sternbildern, kann man sich auf der weiten Wanderung orientieren und Wegweisung finden. Dies alles mag mitklingen, wenn ein Mädchen zum erstenmal die Sterne entdeckt und aus dem bisher verbotenen Zimmer freiläßt. Auch die Sterne als Phantasien von Nachkommen – wie sie Abraham unter dem Sternenhimmel kamen – mögen hinzugehören.

Muß dieses Mädchen wohl auch deshalb nach den Sternen greifen, weil die Sonnenmutter immer wieder nicht greifbar ist? Es kann die Mutter allerdings mit nichts rascher herbeizitieren, als damit, daß sie immer wieder dieses verbotene Zimmer öffnet. Kinder stellen ja oft nur deshalb etwas an, um endlich die Mutter wieder in ihre Nähe zu holen.

Interessant ist nun allerdings auch, was die Tat des Mädchens, die Befreiung der Sterne, bei den «Leuten» auf der Erde bewirkt. Sie hatten, so erfahren wir, bisher tagsüber nur einen trüben Himmel und nachts nur die Stockfinsternis gekannt. Mit dem Erscheinenlassen der Sterne macht das Mädchen den Menschen auf der Erde eine große Freude. Bewußtseinsinseln aufleuchten zu lassen in der bisher überwältigenden Nacht des Unbewußten, seine Sterne, sein Schicksal zu entdecken, ist der Sinn und das Ergebnis dieser ersten autonomen Tat des Mädchens. Das Zusammenspiel von persönlicher Entwicklung und Entwicklung des Kosmos wird hier sichtbar. Es liegt hier, wie wir schon sagten, ein Schöpfungsmythos zugrunde, ein Rückbezug auf eine Zeit, in der es das alles noch nicht gab: Sterne und die ihm entsprechenden symbolischen Bewußtseinsstationen. Dieser Mythos scheint auf eine Naturmutter, die Sonnenmutter, anzuspielen, die noch alles in sich enthält, die es dem Menschen noch nicht übergeben hat, die ihm die ihr gegebenen Kräfte noch vorenthält, sie eingeschlossen hält, sie noch festhält. Sie wird dann auch entsprechend zornig, als das Mädchen diese Kräfte freigibt und sie damit für alle Menschen zugänglich macht, eine Tat, die an die Tat des Prometheus erinnert.

Die Sonnenmutter selbst wird in diesem Stadium noch als schweifend wie die griechische Göttin Artemis – und nicht als ordnend und klärend dargestellt. Das Licht, die Klarheit gegen die kosmische Ungewißheit – gegen die Urangst vor dem Chaos – enthält sie den Menschen noch vor. Das Mädchen ist im Grunde eine Lichtbringerin wie Prometheus, der das Feuer brachte. Von nun an ist nicht mehr alles ungeschieden und unbewußt in der Großen Mutter enthalten. Daß das Mädchen die Sterne brachte, hat den Leuten, wie das Märchen sagt, «arg gut gefallen», aber es wird seinen Preis kosten, den Menschen zu bringen, was bisher der Gottheit allein gehörte.

In all den bisher betrachteten Märchen wird auch der Preis betont, den es kostet, einen Schritt zur Bewußtwerdung zu tun.

Unser Märchen wird aus der Zeit eines frühen Kulturumbruchs stammen, in dem ein Schub kollektiver Bewußtwerdung einsetzte, der die selbstverständliche Einheit mit der Mutter Natur durchbrach. Aufgeschrieben wurde das Märchen demgegenüber relativ spät, zu einer Zeit, da es Pfarrer und Patinnen, also die christliche Kirche gab. Ein sehr früher matriarchaler Schöpfungsmythos scheint in unserem Märchen in den seinerseits schon weit zurückreichenden Typus der Märchen vom verbotenen Zimmer eingebaut zu sein. Der Tabubruch wird von diesem Mädchen überhaupt nicht in einer vergleichbaren Wucht empfunden wie von den Heldinnen der späteren Märchen, die wir schon kennengelernt haben. Zwar hat es dessen Folgen zu tragen, wie die Heldinnen der früheren Märchen auch, aber diesem Mädchen fehlt völlig das Schuldbewußtsein. Seine Schuldfähigkeit scheint überhaupt noch nicht ausgeprägt zu sein. Auch dies weist auf eine archaische Bewußtseinsstufe hin. Das Betreten der verbotenen Kammer ist nicht in der gleichen Weise tabuisiert wie in den späteren Märchen. Es scheint sich eher um eine Art Initiation zu handeln.

Es ist nicht so, daß das Mädchen bei diesem Tabubruch seine Identität verliert, wie es in den späteren Märchen nahezu immer der Fall ist. Die Folge ist hier einfach und elementar: Das Mädchen bekommt Angst, es sperrt die geöffnete Tür wieder ab, es vollzieht den Ritus des Ungeschehen-Machens, so wie ihn Kinder auf einer frühen Bewußtseinsstufe versuchen. Die Sterne sind zwar sichtbar draußen am Himmel, aber das Mädchen scheint dennoch zu hoffen, durch Wiederverschließen der Tür die ganze Tat rückgängig machen zu können. Wie es früher Bewußtseinsstufe entspricht, ist die Angst vor Strafe geringer als die Angst, von der Mutter künftig verlassen und fallengelassen zu werden. Die Angst, sich überhaupt gegen die Mutter zu stellen, dominiert. Aber dennoch: Daß dieses Mädchen nicht nur einmal, wie die anderen, sondern gleich dreimal in das verbotene Zimmer geht, zeigt an, daß es dies relativ unbefangen tut, auch noch nach der ersten Bestrafung.

Die Abstufung seines Erlebens bei dem dreimaligen Tabubruch ist hier schön zu erkennen: Das Mädchen muß sich herauslösen aus der Umschlossenheit von der Großen Mutter. Erst tut es den Schritt ins verbotene Zimmer halb unbewußt, aus Langeweile bzw. aus Neugier. Beim zweitenmal weiß es wohl, was darauf folgt, daß es geschlagen und an den Haaren gezogen werden wird. Beim drittenmal ist es bereits selbst zu seinem Weg entschlossen und nimmt alle vorauszusehenden Folgen bewußt auf sich. Im Vergleich zu den Parallelmärchen gibt es hier auch keine Frage der Sonnenmutter danach, ob es die Tat getan habe, und es gibt auch kein Bekenntnis des Mädchens. Diese Mutter weiß, was geschehen ist. Es mußte so geschehen, ebenso wie die jeweiligen Strafen und das jeweilige Versprechen des Mädchens gegenüber der Sonnenmutter immer wieder erfolgen müssen.

So kommt es konsequent zum zweiten Tabubruch. Die Autonomie des Mädchens ist stärker geworden, es kennt die Strafe, nimmt sie aber in Kauf. Jetzt entdeckt es den Mond. Was ist das Besondere an dieser Entdeckung gegenüber der der Sterne? Der Mond ist gegenüber den Bewußtseinsinseln, die diese darstellten, schon eine zentrale Lichtquelle. In vielen slawischen und romanischen Sprachen wird der Mond als weiblicher Archetyp empfunden, er zeigt eine spezielle weibliche Bewußtseinsstufe an. Der Mond ist das Gestirn, das in seinem Erscheinen als zunehmender und abnehmender einen Rhythmus anzeigt, die Rhythmen des Lebens, und der deshalb weitgehend dem weiblichen Bereich, dem des Schwanger-Werdens und des Monatszyklus, zugeordnet ist. Jenseits der Zuordnung zu einem der beiden Geschlechter symbolisiert der Mond die Rhythmen des Lebens überhaupt, das Auf und Ab. Nun ist es im Blick auf unser Mädchen, das ihn entdeckt, auch möglich, ihn in Beziehung zu einem ersten Erlebnis der Menstruation zu setzen und damit zu der Entdekkung seiner Weiblichkeit überhaupt. Doch darüber spricht das Märchen nicht ausdrücklich.

Dem Märchen ist vielmehr wichtig, daß die Leute sich über den Mond, den sie zum erstenmal sehen, so sehr freuen, daß sie die ganze Nacht mit Spazierengehen verbringen. Es ist eine Kommunikation unter den Menschen entstanden, wie es sie zuvor nie gegeben hat. Allenfalls in Japan sollen die Vollmondnächte während der Kirschblüte ebenfalls das ganze Volk auf die Beine bringen. Der Mond gehört zum Venusprinzip, das die Menschen untereinander verbindet, sie zueinander in Beziehung setzt. Dieses Prinzip macht die Nacht zum Tage. Bei Nacht findet die intime Kommunikation unter Menschen statt. Wir haben vor allem am Mond zum erstenmal ein zentrales Licht vor uns, wenn auch die Nacht, das Unbewußte also, während seines Erscheinens noch ein großes Gewicht hat. Er ist ein Licht der Nacht, er ist noch nicht der Tag selbst. Es folgt auf diesen zweiten Tabubruch des Mädchens eine noch zornigere Reaktion der Sonnenmutter als zuvor: zugleich ein erneutes Versprechen des Mädchens, die Türe nicht mehr zu öffnen.
Prompt aber folgt die dritte Öffnung des verbotenen Zimmers dennoch: Sie ist mit dem bereits bewußt gefaßten Entschluß zur Ablösung von der Sonnenmutter gekoppelt. Insofern hat das Mädchen durch deren Zorn nichts mehr zu verlieren. Bei diesem bisher mutigsten Schritt findet sie die Sonne selbst, die sofort mit ihrer Wärme alles zu durchdringen beginnt, als das mütterliche Prinzip, das Lebensprinzip schlechthin. Vom Märchenerzähler wird hinzugefügt, daß die Sonne auch die Wäsche trockne. Von Stufe zu Stufe, von Lichtentdeckung zu Lichtentdeckung, dient dieses Hellerwerden des Lebensraums auch der Lebensbewältigung im Alltag. Zunächst war einfach Freude da, daß es überhaupt Lichter in der Nacht gibt, im Mondlicht sodann wurden Beziehungen gestiftet und Lebensrhythmen erkannt, im Sonnenlicht nun wird die Lebensbewältigung in allen Bereichen

möglich. Die Sonne wurde von den alten Völkern vielfach als Göttin oder Gott verehrt, ist sie doch Verkörperung des Lichtes, auch des Geistes und des Erkenntnisprinzips. Licht und Wärme sind zwei ihrer Ausdrucksweisen, von denen die Wärme mehr zur Symbolik des Weiblichen und Mütterlichen, das Licht mehr zur Symbolik des Männlichen und Väterlichen verweisen mag, die Sonne ist dem Yin wie dem Yang-Prinzip zugleich verbunden. Mit ihrem Auf- und Untergehen gehört die Sonne zugleich zum Symbolbereich der Lebenserneuerung, des Lebens aus dem Tode. Dieses Prinzip also, dieses Licht, hat unsere Heldin den Menschen erschlossen, die außerordentlich beglückt darüber sind.

Die Heldin selbst aber muß für ihre prometheische Tat den Zorn der Sonnenmutter nun voll erleiden: Die Sonnenmutter, die künftig immer nur noch die «Stiefmutter» genannt wird, kommt wie eine Wilde herbei, sie ist so wutentbrannt, daß sie nicht nur nach Hause *geht,* sondern geradezu nach Hause fliegt. Sie ist offensichtlich in ihrer göttlichen Würde durch das berührt und gekränkt, was hier passiert ist. In dämonischer Wildheit tritt sie auf den Plan: Denn ihre stärkste Energie, die Sonne, ist ihrem Alleinbesitz entrissen. Sie ist freigelassen und den Menschen zur Nutzung übergeben. Plötzlich ihrer Potentialität beraubt, die bisher ihr allein gehörte, wird sie zur Rächenden, die das Mädchen aus ihrem bisherigen Lebensraum verweist. Sie bietet aber noch eine Wahlmöglichkeit – und hier merken wir, daß dieser Märchentypus immer wieder verwandte Züge birgt –: ob es das Mädchen vorziehe, künftig zur Strafe die allerhäßlichste der Welt zu sein, oder ob es lieber stumm und taub werden wolle.

Es gibt auch in der Realität die Situation immer wieder, daß eine Mutter, die eine schöne Tochter hat, zu deren Rivalin wird, sobald diese zur jungen Frau heranreift. In zahlreichen Märchen, z. B. in dem Harz-Märchen «Die grüne Jungfer», heißt es von der Heldin: «Sie war so schön wie die Sonne» oder «Die Sonne hätte sie beneidet um ihre Schönheit». Die Heldin unseres Märchens opfert gerade dieses nicht, was sie der Sonne ähnlich macht, nämlich ihre Schönheit. Lieber will sie taub und stumm werden müssen, wenn es denn nicht anders geht. Es gibt, wenn es denn sein muß, die Beziehungsfähigkeit hin: Das Mädchen hat also narzißtische Züge, jedenfalls in dieser Phase. Sie gibt das Sprechenkönnen, das Sichausdrücken-Können hin, aber auch die Fähigkeit, die Welt durchs Gehör wahrzunehmen: Das verweist sie in eine Phase der Introversion, wie sie eigentlich all den Mädchen in den Initiationsmärchen verordnet wird. Aber ihre Schönheit und Sonnengleichheit kann sie nicht lassen. Ihre Schönheit wird ihr auch in der Tat die Türe öffnen, wenn sie nach dieser Phase wieder mit der Welt in Bezug treten darf. Das Mädchen hat die Sonne aus der verschlossenen Kammer gelassen: Kann das nicht auch heißen, daß es zum erstenmal seine Sexualität entdeckt und erprobt hat? Kann es nicht auch sein, daß diese Entdeckung sie zunächst erschreckt und auf sich selbst zurückgeworfen hat, so daß nun erst eine Phase der Einsamkeit, des bewußten Alleinseins erfolgen muß, ehe es sich wieder hervorwagt?

Das Märchen erzählt nun den Abschied von der Sonnenmutter, der in dieser Weise auch nur diesem Märchen eigen ist: Die beiden Frauen weinen und küssen sich trotz allem. Ihre schicksalhafte Verbundenheit miteinander, sowohl die Notwendigkeit ihres Zusammentreffens wie auch ihres Sich-trennen-Müssens, wird in dieser Szene sichtbar. Das Mädchen hat inzwischen unendlich viel von der Sonnenmutter gewonnen. Es ist die Tochter der Sonnenmutter geworden. Im übrigen legt das Märchen auch den Gedanken nahe, daß jede und jeder zugleich ein Kind dieser Sonnenmutter ist und in eine ähnliche Entwicklung geführt wird wie dieses Mädchen. Es hat Sonne, Mond und Sterne freilassen müssen, um zu der Bewußtwerdung zu kommen, hat sich damit aber zunächst von der Symbiose mit der Großen Mutter gelöst und irgendwie vergangen an der selbstverständlichen und totalen Einheit mit der Mutter Natur. Sie haben sich voneinander unterschieden und geschieden – aber ihre gegenseitige Zuneigung ist geblieben.

Es ist eigentlich immer so in den Märchen, daß die Begegnung mit den großen Muttergestalten die Möglichkeit gibt, etwas Besonderes zu erwerben und zu werden, gerade wenn sie durch eine besondere Notlage bedingt war. Es gibt in diesen Märchen immer einen Moment, in dem die positive Entwicklung der Märchenheldin im Schatten der Großen Mutter gleichsam gebremst wird, wo die Probe darauf erfolgt, ob sie die empfangenen Gaben, diese Auszeichnung selber einlösen kann, ob sie gleichsam auf eigenen Füßen stehen kann, wie es in dem Märchen «Bekennst du?» ist, wo die Heldin nach dem Sturz vom Felsen auf eigenen Füßen das Meer durchschreitet und schließlich festes Land erreicht. Dabei wird dann die Aufspaltung des Mutterarchetyps in einen guten und einen bösen Anteil bzw. in eine gute und in eine böse Perspektive stark erlebt: Die negative Mutter konstelliert sich, nachdem bisher nur die positive erlebt worden war. Das Mädchen jedenfalls kommt dabei zu sich selber. Der psychische Fortschritt, der in einem einzigen Schritt genommen das Mädchen überfordern würde, muß Schritt für Schritt eingelöst werden. In diesem Entwicklungsprozeß geht es darum, daß das Mädchen an der weiblichen Macht der archetypischen Frau Anteil gewinnt, daß es Orientierung in seinem Lebensraum und auch seiner Lebenszeit, in deren Phasen, gewinnt, wie auch, daß es sich des archetypischen Komplexes, unter dem es steht und lebt, bewußt wird. Die zeitweilige seelische Inflation durch die Identifikation mit

der Sonnenmutter ist wohl unumgänglich, um den psychischen Prozeß überhaupt erst in Gang zu setzen.
Es ist dies eine Phase, in der sich ein junges Mädchen selbst als Lebensspenderin, als künftige Mutter vieler Kinder, mehr noch, als mögliche Helferin und Retterin vieler phantasiert. Wenn das Mädchen in dieser Identifikation bliebe, geriete es seelisch in Gefahr: So geht es auch psychisch mit rechten Dingen zu, wenn auf diese Identifikation hin immer eine Zurückweisung und eine Rückversetzung in die Realität erfolgt, eine gewisse Entwertung, die zunächst mit einer starken narzißtischen Kränkung erlebt wird.
Jetzt kommt also die Heldin unseres Märchens als Magd an den Königshof. Der alte König ist sofort von ihr bezaubert: ein seelisches Ereignis, das oft dann eintritt, wenn gerade der Vater – auch der alte König stellt ja eine Vaterfigur dar – das Mädchen auf seinen Weg gebracht hat. Über den alten Vater kommt sie an den Hof, wo auch der junge König sie kennenlernt. Auch er gerät bald unter die Faszination, die von ihr ausgeht. Das positive Verhältnis zu dem alten König wird von dem Märchen nicht mehr weiter problematisiert, es genügt, daß dessen Zuneigung zu dem Mädchen betont ist: Das Mädchen also gerät nach einer Phase, in der es deutlich unter matriarchalen Bedingungen lebte, nun in einen Bereich, in dem der Vater und das Väterliche dominieren. Das Patriarchat hat gleichsam seine Fühler nach ihm ausgestreckt. Kritisch wird in dieser Phase das Verhältnis zu der alten Königin: Das Mutterproblem geht ihr auf einer neuen Ebene nach.
Nun werden die Geburten ihrer Kinder geschildert: Nach jeder Geburt aber geschieht es, daß sie ihr wortlos, ohne jede Diskussion hierüber, von der «Stiefmutter», wie sie nun genannt wird, weggenommen werden. Hier wird das Mädchen nicht noch einmal, wie in den anderen Märchen, darüber be-

fragt, ob es sich zu dem Tabubruch bekenne, es wird kein Zusammenhang zwischen dem Tabubruch und dem Raub der Kinder durch die Stiefmutter hergestellt. Wie in den beiden übrigen Märchen aber geht die archetypische Mutter der jungen Königin nach, da die Ablösung von ihr noch nicht voll erfolgt ist, sie raubt ihr die Kinder und stößt dabei auf jenen «Giving-up-Komplex» der jungen Frau. Diese erlebt sich selbst als von der Mutter verlassen und verstoßen, und solange dies noch so stark in ihr wirkt, gibt sie sich selbst als Mutter sehr leicht auf. Dieser Giving-up-Komplex mag dabei mitspielen, daß es der archetypischen Mutter gelingt, ihr ihre Kinder zu entreißen.

Irgendetwas in ihrer Beziehung zu der Sonnenmutter ist noch nicht verarbeitet. Jedesmal schläft sie selbst und schlafen auch die Wächter, wenn die Sonnenmutter erscheint, um die Kinder zu rauben. Die wachsamen Instinkte und Bewußtseinskräfte der jungen Königin versagen eben vor jener ihr noch immer allzu nahen Sonnenmutter: Sie kann sich nicht abgrenzen, ihre Unterscheidungsfähigkeit sinkt angesichts der gefährlichen Großen Mutter ins Unbewußte zurück. So gibt sie das selbständig Gewonnene, die Kinder – wie ein Opfer an die Große Mutter –, wieder an diese zurück. Kindsopfer, die das noch ältere Opfer des jeweiligen Jahreskönigs ersetzten, werden aus matriarchalen Zeiten nicht selten berichtet. Es gehört zur Eigenart der Großen Mutter, daß sie neben der Lebensmutter auch die Todesmutter verkörpert, die jeweils etwas von dem Leben, das sie spendet, auch wieder zurückfordert.

In matriarchalen Zeiten wurde zunächst der Jahreskönig, der Geliebte und Prinzgemahl der jeweiligen Königin, als Opfer an die Mutter Natur zurückgefordert. Robert von Ranke-Graves beschreibt diesen Ritus wie folgt: «Die Stammesnymphe oder Königin wählte aus ihrem Gefolge junger

Männer den Liebhaber für ein Jahr, um ihn dann, bei Jahresende, zu opfern: Er war eher ein Symbol der Fruchtbarkeit als der Gegenstand ihrer Lust. Sein Blut wurde versprengt, um Bäume, Getreide und Vieh zu befruchten...»[20]
Es erwies sich mit der Zeit für die Regierungsform als schwierig, daß der König jeweils nur ein Jahr herrschte; so ging man zu einem Knabenopfer über: «Aber da die Felder und Ernten noch immer befruchtet werden mußten, war der König bereit, jährlich einen scheinbaren Tod zu erleiden und seine Oberherrschaft für einen Tag – den Schalttag, der außerhalb des heiligen Sternjahres lag – dem Ersatz-Knabenkönig, der am Ende des Tages sterben mußte und dessen Blut für die Besprengungszeremonie verwendet wurde, zu übergeben.»[21] Es gehörte durchaus auch zum Kult der Großen Mutter, daß man deren grausame Züge kannte und rituell beging: «Der Name Daphne ist eine Zusammenziehung von Daphoine, die Blutige. Sie war die orgiastische Göttin, deren Priesterinnen, die Mainaden, Lorbeerblätter als ein Rauschgift kannten und bei jedem Vollmond hinausstürzten, um ahnungslose Reisende zu überfallen und Kinder oder junge Tiere in Stücke zu reißen...»[22]
Die grausame Seite der Großen Mutter ist also von dem Mädchen noch nicht integriert, bzw. das Mädchen beginnt, diese Seite zu überwachsen und zu überwinden. Doch schließlich kommt es bei dieser jungen Königin, die des Kindsmords verdächtigt wird, zum Todesurteil. Es wird ihr nur die eine Wahl gelassen: zwischen dem Tod durch Erhängen oder dem auf dem Scheiterhaufen zu entscheiden. Es steht ihr also nur frei, entweder abgedrosselt zu werden oder ins Wandlungsfeuer zu gehen, wobei letzteres das ungleich schmerzhaftere sein dürfte. Im Vergleich zu der Atmosphäre der familiären Auseinandersetzungen zu Beginn des Märchens, im Schloß der Sonnenmutter, kommt nun ein harter,

dunkler Klang in die gesamte Stimmung der Szene. Jetzt steht nur noch die Todesart für die junge Königin zur Wahl. Sterben durch totales Abgewürgtsein und Verstummen drückt sich bildhaft im Erhängtwerden aus – Menschen, die sich total abgewürgt fühlen, sehen oft im Traum einen Erhängten –, während der Feuertod, unabhängig von seiner Grausamkeit, selbst bei den Richtern und Henkern den Aspekt erhielt, daß durch ihn die Seele geläutert und gereinigt in die Ewigkeit gelangen könne. Der Scheiterhaufen war nicht immer Hinrichtungsort: Älter sind seine Zusammenhänge mit dem Opferaltar und auch als Ort der Feuerprobe, an der sich gerade die Unschuld des Angeklagten erweisen konnte und sollte.

Die junge Königin wählt den Feuertod, aber auf eine ihr eigene und besondere Art: Sie gestaltet zuvor den Scheiterhaufen zu ihrem Thronsessel, sie läßt ihn mit blauem Samt auslegen und bekleidet sich selbst mit ihrem blauen Schleppenkleid. Blau ist die Farbe der Himmelskönigin, neben Weiß – als solche auch die Farbe Marias. Die junge Königin schmückt sich, als schreite sie zu einer Inthronisation. Sie legt sich die Kleider der großen Himmelskönigin an, nachdem sie Sonne, Mond und Sterne freigelassen hat. Das göttliche Kind, das von Anfang an in ihr steckt, schreitet zu seiner höchsten Verwirklichung: ins Feuer der Wandlung, das alles verändern kann und soll. Goethe schreibt: «Das Lebendige will ich preisen, das nach Flammentod sich sehnet...»

Die junge Königin tritt hier in ihre höchste Würde ein, sie erteilt zugleich selbst Befehle: «Angezündet wird erst, wenn ich es sage.» Sie hat ihren großen Auftritt in ihrer ganzen Schönheit, sie vermag alle Umstehenden für sich einzunehmen. Es ist, als löse hier die junge Königin als die menschenfreundliche, die die Kräfte und Schätze der Großen Mutter den Menschen zugewiesen hat und bereit ist, dafür den Tod zu erleiden, in ihrer geistig-seelischen Überlegenheit die alte Sonnenmutter ab. Und wenn wir nun auch aus den früheren Märchenverläufen ahnen, wer nun rettend erscheinen wird – die weiße Frau selber nämlich –, so geschieht dieses Auftauchen und Eingreifen jedoch auf eine ganz neue und überraschende Weise: Die weiße Frau nämlich bekennt sich selber als schuldig. In dem Märchen «Marienkind» mußte sich das Mädchen als schuldig bekennen. In dem Märchen «Bekennst du?» lag die Lösung gerade darin, daß das Mädchen das Bekenntnis verweigerte. Beide waren dort nicht schuldig, auch die Hexe nicht. Hier aber nimmt die Sonnenmutter die Schuld selber auf sich.

Was ist nun eigentlich ihre Schuld? Es scheint hier eine Nahtstelle zwischen Patriarchat und Matriarchat sichtbar zu werden, an der das Matriarchat vom Patriarchat abgelöst wird: Jetzt wird die Sonnenmutter «gestraft», weil ein höheres Prinzip, Gott, der Vater, die Herrschaft angetreten hat. Jetzt ist etwas über die Sonnenmutter gestellt. Zugleich hat das patriarchale Bewußtsein die Unterscheidungen, die Bewußtseinsschritte und Werte, die das Mädchen zutage gefördert hat, positiv aufgewertet und weitergetrieben. Es bezeichnet zugleich den Standort und Standpunkt, von dem aus das Märchen in seiner heutigen Fassung aufgezeichnet wurde. Die Sonnenmutter bekennt sich im Märchen vor allem dessen schuldig, der Königin die Kinder weggenommen zu haben: «Denn ich hab sie dir geraubt, weil du meine Kinder auslassen hast! Ich hab mich versündigt, darum muß ich jetzt in den Sträuchern sitzen. Abends geht die Sonne in meinen Schoß und der Mond fliegt aus – in der Früh geht der Mond in meinen Schoß und die Sonne fliegt aus. Eins muß ich immer im Schoß halten und eins immer hergeben – diese Strafe hat mir der Herrgott gegeben.» Es ist ein männlicher Gott-Herr als Strafender über sie gesetzt. Sie muß nun den

Kindern dienen und sozusagen häuslich werden. Die Sonnenmutter, die bisher die schweifenden Züge der griechischen Göttin Artemis trug, die immer unterwegs war, die um das Ihre in ihren Zimmern nicht wußte und es nicht hütete, die damit etwas sehr Junges und sehr Jungfräuliches an sich hatte, wird nun gleichsam «gebändigt» zu einer häuslichen Frau, zu einer mütterlichen Frau, die wie eine brütende Ente im Gesträuch sitzt.

Zugleich aber wird die junge Königin in Blau – die Himmelskönigin, wohl ein Bild der Maria, die die alte ambivalente Mutter-Göttin ablöst – inthronisiert. Die Sonnenmutter hat etwas an sich genommen, was ihr nicht zustand, und etwas nicht losgelassen, was sie loslassen mußte. Ihre Schuld bestand darin, daß sie dieses junge Menschenkind brauchte, um etwas loszulassen, was sie wohl aus eigenem Impuls nicht hätte loslassen können. Das Märchen ist eins der anschaulichsten Beispiele für das, was C. G. Jung immer wieder in Erinnerung ruft: daß der Archetyp nur bewußt wird durch die Bewußtseinsarbeit des Menschen; daß die archetypische Mutter z. B. das menschliche Mädchen, das dadurch zum göttlichen Mädchen wird, braucht. Die archetypische Mutter spürt hier, daß sie sich dieses Menschenkinds bedient hat, daß dieses Menschenkind enormes Leiden auf sich genommen hat auf seinem Weg, Bewußtsein zu schaffen, das ihr selber abgeht. Die Sonnenmutter hat das göttliche Mädchen genutzt und benutzt – und steht jetzt aber auch zu dieser Schuld ihm gegenüber und trägt die Strafe. Dennoch kann sie auch am Schluß des Märchens sagen: «In Ewigkeit bin ich die Sonnenmutter.»

Aber nun muß auch noch einmal bedacht werden, was diese Strafe für die Sonnenmutter eigentlich bedeutet. Sie muß künftig immer eines der Kinder im Schoß halten und zugleich eines hergeben, muß also das Los aller guten menschlichen Mütter auf sich nehmen – diese Strafe erinnert an Evas Strafe, die nach dem Sündenfall Kinder unter Schmerzen gebären soll. Nun erweist sich dieses Märchen wirklich als eine Parallele zur Sündenfallgeschichte – wie übrigens alle Märchen von den verbotenen Zimmern. Sie sind Geschichten von der unschuldigen Schuld bzw. der felix culpa der Bewußtwerdung. Man sieht zuletzt: Es hat alles seine Richtigkeit und Stimmigkeit gehabt, alle Angst, alle Leiden, alle Tabubrüche. Daß es überhaupt jetzt die Unterscheidung gibt zwischen Tag und Nacht, zwischen Bewußtsein und Unbewußtem, aber auch daß die Urmutter Kräfte freigegeben hat an die Menschen, die nun daran teilhaben, daß das menschliche Mädchen selber Mutter werden kann, ohne die Kinder an die Sonnenmutter gleich wieder zu verlieren – all dies hat seine Stimmigkeit und leitet zu einer neuen Epoche über.

Die Sonnenmutter muß sich nun einfügen in den Rhythmus von Festhalten und Loslassen, darf nicht mehr alles und jedes hineinsaugen in ihren unendlichen Schoß. Sie ist uns ja so eigentümlich dargestellt worden, daß sie zwar alles in ihrer Kammer verschlossen hält, sich dabei aber gar nicht um dieses Verschlossene und auch nicht um das Ordnung haltende Mädchen kümmert. Es war ihr bisher selber unbewußt, was sie in ihrer Kammer bewahrt. Das Mädchen erst hatte all das Verschlossene wahrzunehmen und weiterzugeben begonnen.

Unser Märchen kennt also den uralten Hintergrund einer alles in sich enthaltenden Lebensmutter. Davon hat vielleicht auch die Mutter, die die vier Winde hütet, in dem Märchen «Die sieben Raben» noch einige Züge, wie auch der Mythos von der schweifenden Artemis solche enthält. Diese Mutter ist allenthaltend, aber unbewußt und chaotisch.

Die jetzige Fassung unseres Märchens legt Wert auf die Ablösung eines weiblichen Individuums von dieser urtümlich chaotischen Mutter, legt Wert auf individuelle Bewußtwer-

tung im Weiblichen. Es geht in diesem Märchen, in dem all diese Himmelskörper vorkommen, gewiß auch um Zeiteinteilung, Zeitbewußtsein, Zeitrhythmen, die nun in dieser Welt wahrgenommen werden können und sollen. Das Menschenkind, das diese heiligen Ordnungen entdeckt hat, bringt letztlich auch die Urmutter dazu, in deren Rhythmus zu leben, und findet dabei den seinen. Das Märchen zeigt also den Übergang zu einem neuen weiblichen Prinzip, das sich künftig eher in Maria verkörpert. Zugleich sind die Kräfte des kommenden Patriarchats am Werk, der alte und der junge König sind gleichermaßen von dem jungen weiblichen Prinzip fasziniert und ziehen es in ihr Reich hinüber. Schließlich wird der patriarchale Herrgott genannt, der in diesem Märchen bereits die Macht hat, die Sonnenmutter zu strafen und zugleich zu kultivieren. Wir spüren hinter diesem Märchen auch die Lebensgesetze wirksam, die den Übergang vom Matriarchat zum Patriarchat notwendig machten: Das Prinzip der Großen Mutter, die Lebens- und Todesmutter zugleich ist, enthielt noch viel ungeschiedenes, unbewußtes und ungeordnetes Chaos, in welches das Patriarchat mit seinen neuen Bewußtseins- und Ordnungsprinzipien einbrach, freilich um einen hohen Preis, nämlich der mit der Zeit immer brutaleren Unterdrückung jener Sonnenmutter, die doch für die ursprünglichen schöpferischen Kräfte des Lebens selber steht, damals wie heute.
Dieses Märchen weist also zurück auf eine Zeit, in der die Mutter Natur – das Weibliche – noch alles in sich enthielt, als sie noch alles in allem war. Es zeigt die Notwendigkeit einer Bewußtseinsentwicklung aus einer allumfassenden Natur heraus auf und bietet uns deshalb einen Hintergrund für unsere Fragestellung, wie es denn überhaupt hat geschehen können, daß sich der Mensch so weit von der Natur entfernt, von ihr entfremdet hat, wie es heute der Fall ist.

Die drei goldenen Äpfel

(Schweizer Volksmärchen)[23]

Zwei arme Leutchen hatten nach neun Ehejahren nicht weniger als neun Kinder in die Welt gesetzt und wußten nicht recht, wie sie sie ernähren sollten. Sie beschlossen, den Ältesten, der neun Jahre alt war und sich vielleicht alleine fortbringen würde, loszuwerden. Sie schickten ihn also fort, obwohl er weinte, und das Kind verirrte sich bald in einer fremden und unwirtlichen Gegend. Da sieht es eine prächtige Kutsche kommen, gezogen von einem weißen Pferd. Darin saß eine große, ganz in Weiß gekleidete Dame. (In der Klammer sagen wir, daß es der Teufel in Person war.)

Der Verlassene hält kühn die Kutsche an und bittet die Dame, sich seiner anzunehmen. Sie hört ihn gnädig an, läßt ihn in ihre Kutsche steigen und fährt mit ihm zurück zu ihrem Haus. Dort bekommt der Knabe alles, was er wünscht, es fehlt ihm nicht an Speise und Trank. Die Frau des Hauses gab ihm die Schlüssel zu allen Zimmern, die er nun nach Lust besuchen konnte, ein einziges ausgenommen. Es war streng verboten, hineinzugehen.

Zu Beginn ging alles gut. Allmählich aber plagte die Neugier den Knaben, und bald war er besessen von einem brennenden Verlangen, ins verbotene Zimmer einzudringen und das Geheimnis zu ergründen, das darin verborgen sein konnte. Die Furcht hielt ihn lange davon ab, aber die Versuchung, das Verbotene zu kennen, wurde von Tag zu Tag mächtiger. Und er trat ins verbotene Gemach. Aber, o Schreck!, die Türe schloß sich von selbst, und er war gefangen. In dem fremdartigen Raum sah er in den Ecken Leichen von Menschen hängen. Er war nur wenige Augenblicke darin, da kommt die weiße Dame, die ihn schon gesucht hat, tritt zornig herein und droht dem Neugierigen als Lohn für seinen Ungehorsam mit dem gleich Schicksal, das die erfahren hatten, deren irdische Hüllen da hingen. Das Kind wirft sich auf die Knie und bittet um Verzeihung. Nach ziemlich langem Zögern geruht die Dame, ihm zu verzeihen, aber er muß von neuem versprechen, dieses Zimmer ja nicht mehr zu betreten, sonst wäre es ein für allemal um ihn geschehen.

So verging einige Zeit. Aber die Erinnerung an das verbotene Zimmer ließ den Geist des Knaben, der allmählich zu einem Jüngling herangewachsen war, nicht ruhen. Eines Tages glaubte er ein Mittel gefunden zu haben, um hineinzukommen und die Türe offenzuhalten, indem er nämlich ein Holzscheit hineinschob. So könnte er jedenfalls immer wieder hinaus. Gesagt, getan. Aber in dem Augenblick, in dem er die Türe ausläßt, bricht das Holzscheit unter dem Anprall, und neuerlich ist die Türe fest verschlossen. Der Neugierige glaubt sich nun unrettbar verloren. Während er das Innere des Raumes durchmißt, gewahrt er in einer Ecke etwas leuchten. Er nähert sich und geht hinein. Plötzlich befindet er sich in einem Stall, in dem ein Pferd, ein Maultier und ein Esel stehen, alle drei herrliche Tiere. Der Jüngling legt ihnen einem nach dem andern die Hand auf den Rücken und sagt voll Bewunderung: «Das ist ein schönes Pferd, das ist ein schönes Maultier, das ist ein schöner Esel.»
Das erste der Tiere beschwört ihn, diese Worte nicht zu wiederholen. Dann wird es vertraulicher: «Das, was du hier siehst, sind keine gewöhnlichen Tiere, sondern unglückliche Menschen, die ein Fluch in Tiere verwandelt hat. Du bist hier im Haus des Teufels, aber wir können dir heraushelfen, da wir über gewisse Mittel verfügen. Nimm drei Haare von meiner Mähne und gib sie nie aus der Hand. Immer, wenn du sprichst: ‹Im Namen der Haare meines Pferdes Bayard›, werden dir alle deine Wünsche erfüllt werden, und du wirst eine grenzenlose Macht besitzen. Setz auch diesen breiten Strohhut auf und nimm ihn nie vom Kopf. Deine Haare müssen immer ganz verdeckt sein» (sein vorher schwarzes Haar war inzwischen goldblond geworden). «Und dann nimmst du noch drei Dinge: ein Holzscheit, einen Eimer und eine Bürste.»
Mit all diesen Dingen versehen flüchtet er eilig, denn die weiße Dame war gewiß schon hinter ihm her.
So war es auch. Der Flüchtling sieht die weiße Dame hinter sich seinen Vorsprung aufholen. Da greift er zu den Mitteln der Macht, die man ihm gegeben hat. Er wirft das Holzscheit zu Boden und ruft: «Im Namen der Haare meines Pferdes Bayard wünsche ich, daß sich zwischen dem Teufel und mir ein riesiges Gebirge auftürme.»
In dem Augenblick wird der Wunsch Wirklichkeit und erlaubt ihm, vor seiner Verfolgerin Zeit zu gewinnen. Aber nach einiger Zeit war sie ihm schon wieder auf den Fersen. Er schleudert nun den Eimer zu Boden und ruft: «Im Namen der drei Haare meines Pferdes Bayard wünsche ich, daß zwischen dem Teufel und mir ein großes Meer entstehe.» Sofort war das Meer da, und er hatte noch einmal Zeit gewonnen.

Ein drittes Mal ist die höllische weiße Dame nahe daran, den Flüchtling zu greifen, als dieser seine Bürste wegschleudert und ruft: «Im Namen meines Pferdes Bayard wünsche ich, daß zwischen dem Teufel und mir ein ganz dichter Wald wachse!»

Auch das geschah. Der Teufel ist wieder weit hinter dem Flüchtling. Der hat nun nichts mehr zum Wegwerfen, aber er betritt endlich heiligen Boden, und damit will der Teufel nichts zu schaffen haben.

Nachdem er einige Zeit umhergezogen ist, stellt sich der Jüngling beim König vor, der gewillt ist, ihn als Gärtner einzustellen. Zuvor gibt er ihm noch Anweisungen: «In drei Tagen werde ich meine älteste Tochter verheiraten, und ich möchte, daß mein Garten zu diesem Fest nach meinen Plänen gestaltet wird.»

Der neue Gärtner versprach, alles zu tun, was man von ihm verlangte, aber anstatt sofort an die Arbeit zu gehen, ging er den ganzen ersten und auch den zweiten Tag spazieren. Der König war über soviel Müßiggang sehr überrascht. Er rief ihn am zweiten Tag zu sich und sagte: «Weißt du denn nicht, daß mein Garten zur genau festgesetzten Stunde fertig sein muß? Ich glaube, daß du nun keine Zeit mehr verlieren darfst.»

«Befürchtet nichts», erwiderte der Gärtner, «zur festgesetzten Stunde wird alles nach Eurem Wunsch fertig sein.» Und zum großen Erstaunen des Königs legt sich unser Schlaufuchs wieder auf die faule Haut.

Am Morgen des dritten Tages tut der Gärtner noch immer nichts. Der König ärgert sich grün und blau und droht dem allzu sorglosen Knecht mit der Entlassung. Nachdem dieser abermals feierlich beteuert, daß zur vorgeschriebenen Stunde alles bereit sein werde, beruhigt sich der König und willigt ein, daß der Gärtner nach eigenem Gutdünken handelt.

Schließlich trennen ihn nur mehr zehn Minuten von der festgesetzten Zeit. Da nimmt er Zuflucht zu seiner Zauberformel und sagt: «Bei den drei Haaren meines Pferdes Bayard wünsche ich, daß der Garten des Königs so aussehe, wie er ihn sich vorstellt.»

Und sogleich vollzieht sich vor den Augen der verwunderten Zuschauer eine ebenso grundlegende wie rasche Veränderung des Gartens. Da sagte der König nichts mehr von Entlassung.

Die älteste Königstochter hatte einen Prinz zum Mann genommen. Wenige Zeit danach heiratete die zweite auch einen Adeligen, und nun suchte der alte König für seine Jüngste einen ebenso wohlgeborenen Freier. Aber die junge Dame hinderte dieses Vorhaben, denn sie hatte sich inzwischen unsterblich in den Gärtner ihres Vaters verliebt. Eine seiner

goldenen Haarlocken hatte unter dem Hut, den er immer aufbehielt, hervorgeguckt und die Leidenschaft der Prinzessin entzündet.
Als der König davon erfuhr, war er sehr überrascht. Aber er mußte sich beugen vor dem hartnäckigen Willen des jungen Mädchens, das keinen anderen zum Mann nehmen wollte als den Gärtner. So wurde der Gärtner sein Schwiegersohn, ein Schwiegersohn, der nach außen hin so einfach und linkisch war, wie die andern beiden glänzend und hochmütig waren.
Der König gab jedem von den dreien einen Apfel und erklärte, er werde denjenigen als Thronfolger bestimmen, der seinen Apfel am besten verwahre und den größten Nutzen daraus ziehe.
Einige Zeit danach wurde der König in einen Krieg verwickelt. Da er schon alt war, sandte er seine drei Schwiegersöhne ins Feld. Die zwei ersten bestiegen zwei Prachtrösser, der Gärtner indes wählte trotz aller Vorstellungen, die man ihm deshalb machte, die schwächste Stute aus den Ställen des Königs. Man konnte ihm noch so sehr vorhalten, daß er mit diesem Tier von vornherein zur Untätigkeit verurteilt sei und im Ernstfall der Verfolgung des Feindes nicht entgehen könne, er bestand trotzdem auf seinem Willen und trottete ohne Eile hinter seinen beiden Schwägern her, die rasch am Horizont verschwanden. Der Gärtner traf etwas später als sie am Kriegsschauplatz ein. Als der Feind sichtbar wurde, sagte er nur: «Bei den drei Haaren meines Pferdes Bayard wünsche ich die Niederlage des Feindes.»
Wie er gewünscht, so geschah es. Die beiden Prinzen kehrten eilig zu ihrem Herrn zurück, um ihm den Sieg zu vermelden, den sie nur ihrem eigenen Verdienst zuschrieben. Der König glaubte ihnen. Wie hätte er auch annehmen können, daß dieser Tölpel von einem Gärtner, der noch so schlecht zu Pferde saß, auch nur zur geringsten Ruhmestat fähig wäre.
Bald darauf wurde der König krank. Der zu Rate gezogene Arzt erklärte, daß der König nur genesen könnte, wenn er das Fleisch der riesigsten und gräßlichsten aller Schlangen esse. Die drei Schwiegersöhne gingen sofort auf die Jagd, die beiden ersten hoch und stolz zu Roß, der dritte auf derselben Mähre, die ihn auch aufs Schlachtfeld getragen hatte. Nach langem vergeblichem Suchen und tausend Umwegen wollten die beiden Prinzen zurückkehren. Da sahen sie, welchen Fang der Gärtner gemacht hatte. Der hatte seine Zauberworte gesprochen: «Im Namen der drei Haare meines Pferdes Bayard soll die größte aller Schlangen tot zu meinen Füßen liegen», und im selben Augenblick war sein Wunsch Wirklichkeit geworden.

Die beiden Prinzen wünschten nichts sehnlicher, als selbst vor den König als Schlangentöter hinzutreten. Der Gärtner hatte nichts dagegen, wenn sie ihm dafür ihre goldenen Äpfel gäben. Sie wurden handelseins. Der Gärtner kam mit leeren Händen ins Schloß zurück und wurde mit Verachtung gestraft.
Der König erkrankte nach einiger Zeit abermals, und als Heilmittel wurde ihm das Fleisch des größten alle Adler verordnet. Abermals zogen die drei Schwiegersöhne mitsammen auf die Jagd. Es geht genauso zu wie bei den beiden ersten Malen. Der Gärtner tötet den Vogel, und die beiden Prinzen bringen die Beute dem alten König. Dies gelang ihnen aber nur dadurch, daß sie sich in den Hintern drei Ahlenstiche in Dreiecksform stechen ließen, was ihnen nicht wenig weh tat.
Endlich kam der Tag, an dem der König sich entschloß, seinen Thron an den tüchtigsten unter seinen Schwiegersöhnen abzutreten. Er rief sie und ihre Frauen in seinen Palast, damit sie ihm ihre Äpfel brächten. Die beiden ersten brachten nachgemachte Äpfel, da sie doch die echten verloren hatten. Der bescheidene Gärtner indes legte drei goldene Äpfel vor den König. Er erkannte sie sofort an einem besonderen Zeichen, das er heimlich eingeritzt hatte. Der König wollte wissen, wie sich die Dinge zugetragen hätten. Der Gärtner setzte ihm alles haargenau auseinander. Da wußte der Herrscher, wer den Feind besiegt hatte, wer die Riesenschlange und den ungeheuren Adler getötet hatte. Der Gärtner lieferte alle Beweise, während die Prinzen Maulaffen feilhielten. Er zeigte dem König sogar die drei Ahlenstiche in Dreiecksform, mit denen der Hintern der beiden Schwäger geziert war als Preis für den Adler.
Da er nun von seiner Tüchtigkeit und seinem Mut überzeugt war, erklärte der König den Gärtner zu seinem Nachfolger. Der mußte den zu seinem Glück getragenen Strohhut abnehmen und zeigte nun allen sein herrlich goldenes Haar. Da war der König über die Wahl seiner Tochter nicht mehr verwundert.

In diesem schweizerischen Märchen, das eine ähnliche Grundstruktur aufweist wie die bisher besprochenen des Typus 710, ist ein Junge der Held, der das Tabuzimmer betreten wird. Wir werden die charakteristischen Verwandtschaften, aber auch die Unterschiede, die den männlichen Helden, der das Tabu bricht, erwarten, wahrzunehmen suchen.

Wieder ist das Elternpaar als «zwei arme Leutchen» geschildert – immerhin hat dieser Junge beide Eltern, und keiner der Elternteile ist durch Suizidphantasien gefährdet. Sie waren fruchtbar gewesen und hatten in neun Ehejahren je ein Kind in die Welt gesetzt. Die Neun ist eine dynamische Zahl, die ausdrückt, daß eine Entwicklung in Gang gekommen ist und noch anhält: die aber nun in Ermangelung des Lebensnotwendigen nicht mehr weitergehen kann. Wenn es an Nahrung fehlt, dann fehlt es im tiefsten Sinne am Lebenserhaltenden und Nährenden, am mütterlichen Prinzip, es fehlt am Materiellen, an dem, was nur die mater naturae (Mutter Natur) geben kann. Dieses Elternpaar war nicht in der Lage gewesen, Vorsorge zu treffen – ob aus äußeren oder inneren Gründen, wird nicht gesagt.

Ich kenne eine moderne Familie, die neun Kinder hat, der Vater ist Geschäftsmann, es fehlt nicht an Geld, es fehlt auch nicht an geistig-kulturellen Anregungen: Aber emotional ist dieses Elternpaar nicht imstande, die große Kinderschar zu «stillen», sie wirken psychisch alle ein bißchen vernachlässigt und ausgehungert.

Intrapsychisch bedeutet diese Situation, daß zahlreiche Entwicklungsmöglichkeiten vorhanden sind, eine Menge Neuansätze, daß es aber letztlich an der Fähigkeit fehlt, sie durchzubringen, sie zur Reife zu führen: Der entsprechende Mensch vermag es nicht, sich selbst und seinen seelischen Kindern in der richtigen Weise Vater und Mutter zu sein.

Kollektiv betrachtet besagt diese Situation, daß das Nährende, das Weiblich-Mütterliche überhaupt, nicht recht zur Geltung kommt – wir erfahren bald, daß es verdrängt, ja daß es verteufelt worden ist.

Unser Ehepaar also weiß sich nicht anders zu helfen, als den Ältesten – den stärksten Esser wohl unter den neunen – fortzuschicken. So bitter die Not auch gewesen sein mag, es bleibt eine brutale Handlung, die noch einmal zeigt, wie sehr hier die mütterliche Einstellung fehlt: Es hätte bedeuten können, daß dieser Junge umgekommen wäre.

Zugleich ist in der Tat das Alter von neun Jahren das allerfrüheste, in dem sich vielleicht eine Chance bietet, daß solch ein Junge sich alleine durchzuschlagen vermag. In großen Notsituationen – wie sie der Dreißigjährige Krieg, der Zweite Weltkrieg, aber auch die Gegenwart in den Dritte-Welt-Ländern häufig verursachen – werden solche Kinderschicksale berichtet. Der neunjährige Junge, am Ende der Kindheit stehend, ist, wenn er sich seinem Alter gemäß entwickelt hat, recht geschickt im Umgang mit praktischen Dingen, vermag sich gut in der Außenwelt zu orientieren und ist von einem natürlichen Abenteuerdrang beseelt.

Daß dieser Junge neun Jahre alt war, als sein Ausnahmeschicksal begann, berichtet das Märchen aber weniger deshalb, um zu zeigen, daß er altersgemäß diesem Schicksal gewachsen sein konnte, sondern eben, um ihn als einen Ausgestoßenen, der zugleich eine besondere Lebensaufgabe bekommt, zu schildern, als ein «göttliches Kind» gleichsam, das unter lebensbedrohlichen Schwierigkeiten dazu bestimmt ist, etwas Neues heraufzuführen, was alle angeht. Die Neun, als das Dreifache der in sich schon ganzheitlichen und heiligen Dreizahl, deutet eine Entwicklung an, die zur Vollständigkeit führen soll. Sie meint wohl nicht einfach das reale Alter dieses Jungen, sondern daß er nun reif ist, in seine Bestimmung einzutreten.

Das Kind selbst hingegen ist zutiefst verschreckt, weint unter dem Schock des plötzlichen Verlassenseins und verirrt sich alsbald in einer fremden und unwirtlichen Gegend. Es verliert die bewußte Orientierung, öffnet sich damit aber zugleich den neu andrängenden Erfahrungen aus dem Unbewußten, wie es uns oft geschieht, wenn wir uns in völliger

Verlassenheit vorfinden. Fremd und unwirtlich allerdings wird die innere und die äußere Landschaft hier geschildert. Da steigt – in seiner imaginativen Phantasie – eine prächtige Kutsche auf, gezogen von einem weißen Pferd. Lichtweiß ist dieses Pferd – wie die Pferde der keltischen Göttin Epona es sind – und damit zunächst vertrauenerweckend, und darin sitzt eine große, ganz in Weiß gekleidete Dame. Gerade weil sie in ihrem Lichtweiß, einer Symbolik, die dem Lichten, Vollkommenen und Reinen, zugleich dem Anfänglichen und Initiatorischen zugehört, Vertrauen erweckt, wirkt es zunächst schockierend, daß der Märchenerzähler in Klammern hinzufügt, «daß es der Teufel in Person war».

Wir werden diesen Zusatz prüfen müssen, wie weit er dem inneren Zusammenhang des Märchens entspricht oder ihm etwa auch widerspricht.

Das Weiß freilich enthält auch die Kälte des Schnees. Als kalt hatte der Junge wohl seine eigenen Eltern erlebt, als sie ihn in ein ungewisses Schicksal fortschickten. Der Junge allerdings faßt sich nun ein Herz, ist kühn – schließlich geht es um sein Überleben –, er hält von sich aus die Kutsche an und bittet die fremde weiße Dame, sich seiner anzunehmen.

Noch nicht einmal einer der erwachsenen Männer, der Väter, denen in diesem Märchentyp meistens zuerst eine solche archetypische Frauengestalt begegnet, wenn sie in großer Not sind, hat je von sich aus den Mut, eine solche geheimnisvolle Kutsche anzuhalten. Auch die weiblichen Heldinnen, von denen die bisherigen Märchen berichteten, wählen nicht von sich aus die Begegnung mit einer archetypischen Frauengestalt: Sie nehmen zwar mutig das meist vom Vater eingebrockte Schicksal auf sich, wagen sich in diese unvermeidliche Begegnung mit der archetypischen Gestalt unerschrokken hinein, aber frei gewählt haben sie sie nicht. Frei wählt sie innerhalb aller mir bekannten Märchen dieses Typus nur

dieser Junge. Man mag dieses Verhalten im positiven Sinne als männlich bezeichnen. Es ist vielleicht um so mutiger, als der Junge sich in die Begegnung mit einem andersgeschlechtlichen Archetyp wagt.
Gleichwohl erweist sich die befremdliche Dame als mütterlich. Sie hört ihn gnädig an, nimmt ihn ohne Umstände in ihr Haus auf, und der Knabe bekommt nicht nur, was er zum Überleben, sondern alles, was er zu einem guten Leben braucht: Es fehlt ihm hier nicht an dem, was er zu Hause so bitter entbehrte, Speise und Trank. Er bekommt darüber hinaus «alles, was er wünscht», er erlebt sich zum erstenmal als einer, der so wichtig genommen wird, daß ihm Wünsche erfüllt werden. Er bekommt Bewegungsfreiheit, Verantwortung und ein Spielfeld für seine Neugier und Unternehmungslust: die Schlüssel zu allen Zimmern.
Mir fällt hierzu die köstliche Zeit ein, die ich gemeinsam mit einer Kinderschar – als unsere Familie ihr Haus in der Stadt durch Luftangriffe verloren hatte – in einer stillgelegten Ziegelei erlebte, wo es tausend Räume und Winkel zu entdekken gab. Nur ein Zugang war uns verboten: der zu dem großen Ringofen – der deshalb zugleich der Ort ungezählter Phantasien und Einstiegversuche wurde.
Innerpsychisch bedeutet diese Situation, daß der Junge – durch die Begegnung mit seiner Mutter-Anima – beginnen kann, auch sein eigenes inneres Haus – auch sein Körper ist mit gemeint – Raum für Raum zu entdecken und zu erschließen. Jungen haben in diesem Alter einen unbegrenzten Bewegungs- und Entdeckungsdrang: Und so wird es ihm schwerfallen, die einzige Grenze, die die weiße Frau ihm setzt, einzuhalten. Ein einziges Zimmer in diesem ganzen weiten Haus ist ihm verboten. Der Erzähler schildert sehr anschaulich, wie die Neugier und die Entdeckungslust sich allmählich zu einem brennenden Verlangen steigern, daß

man ihm geradezu physisch nachzuempfinden vermag, das Geheimnis nämlich des verborgenen Zimmers zu ergründen. Aber die Furcht, das Gebot der Frau, auf die er mit seiner ganzen Existenz angewiesen ist, zu übertreten, hält ihn lange davon ab. Es ist ja zugleich ein Teil von ihr, dieses Zimmer, Teil ihres Lebens- und Machtbereichs. Er fürchtet wohl auch besonders, ihr zu nahe zu treten, ihr Vertrauen zu mißbrauchen und zu verscherzen. Schon einmal ist er aus seiner Familie, und dort sogar grundlos, weggeschickt worden. Dennoch: nichts kann ihn abhalten, dieses Zimmer zu betreten. Es ist, als ginge es um sein Leben. Er muß die Türe öffnen.

Entsetzlich muß für ihn sein – und wir hören auch dies zum erstenmal in einem Märchen dieses Typs –, daß sofort in diesem Augenblick die Tür hinter ihm zufällt und daß er in dem kaum betretenen Geheimnisbereich festgehalten und gefangen ist. Es ist etwas absolut Unbekanntes, das ihm hier widerfährt. Und nun sieht er das Schreckliche: Er sieht in der Ecke dieses «fremdartigen Raumes» Leichen von Menschen hängen.

Er erkennt mit einem Schlag, daß diese weiße Frau, in deren Machtbereich er eingedrungen ist, einen todbringenden, einen tödlichen Aspekt hat. Er sieht, daß es in ihrem Umfeld Tote gegeben hat – wie die Braut des Ritters Blaubart es erkennen muß, als sie in dessen verbotener Kammer die Leichen seiner früheren Frauen entdeckt.

Es ist, wie der Junge begreift, etwas zutiefst Gefährliches um diese Frau, die nun auch sofort in dem verbotenen Zimmer steht, da sie ihn bereits gesucht hat, zornentbrannt. Sie droht, ihm das gleiche Schicksal widerfahren zu lassen, das sie den Toten, die hier hängen, schon bereitet hat. Die Situation ist lebensgefährlich für den Jungen: Er hat das Tabu dieser Frau gebrochen, hat ihr dunkelstes Geheimnis gelüftet. Sie kann Menschen töten. Und es kommt noch hinzu: daß diese Men-

schen unbefriedet, unbeerdigt bleiben. Ihr Tod bleibt unaufgeklärt, weist auf etwas Verdrängtes hin.
Ob der Junge hier das eigene Schicksal in aller Kraßheit vor sich sieht, das ihm seine Eltern nahezu bereitet hätten, als sie ihn ohne alle Wegzehrung in die Wildnis schickten? Erkennt er, daß die große Lebensmutter, die alles zu schenken vermag, wie seine eigene Mutter nun auch den Tod für ihn bereithalten kann? Geht ihm die furchtbare Seite der Mutter, des Mütterlichen hier auf? Geht ihm überhaupt auf, daß es den Tod gibt, nahe benachbart der schenkenden Seite des Lebens?
Bei den Leichen mag es sich auch um die Gescheiterten handeln, die den Aufgaben, die die weiße Frau ihnen stellte, nicht gewachsen waren: So gehört es zum Beispiel zum festen Vorstellungsbild der russischen Hexe, der Baba Yaga, daß sie auf den Zaunpfählen, die ihr Haus umgeben, die aufgespießten Köpfe der Gescheiterten um sich hat.
Nach ziemlich langem Zögern – sadistisch kann sie also auch sein – verzeiht die Dame dem Jungen, der sich in seiner Todesangst vor ihr auf die Knie geworfen hat: Sie verzeiht ihm wohl deshalb, weil er wirklich noch ein Kind ist, wie hier betont wird. Doch muß er «von neuem versprechen, dieses Zimmer ja nicht mehr zu betreten, sonst wäre es ein für allemal um ihn geschehen».
Eine große Herbheit, Strenge und Kühle charakterisiert das Verhältnis dieses Jungen zu der archetypischen Frauengestalt, in deren Bann er geraten ist: Es ist eine andere Atmosphäre, als sie etwa zwischen den weiblichen Heldinnen und der jeweiligen Muttergestalt in den Märchen herrscht. Dort, vor allem in dem Märchen «Die Sonnenmutter», bleibt eine Vertrautheit erhalten, trotz aller strafenden Strenge. Hier herrschen vom Knaben her Respekt und Angst vor der weißen Frau vor.

Um so bemerkenswerter und verwegener mutet es an, daß dieser Knabe – «allmählich zu einem Jüngling herangewachsen» – angesichts dieses dunklen Geheimnisses, das er entdeckt hat, nicht ruht, es nicht auf sich beruhen lassen kann, ehe er es weiter erforscht hat. Die Erinnerung daran, die er nicht verdrängt, läßt «den Geist des Knaben», wie es hier heißt, nicht zur Ruhe kommen. Es ist also auch etwas da, das seinen Geist, sein immer mehr erwachendes Bewußtsein herausfordert: Warum wahrt die weiße Frau, die er sonst nur gut und sorgend erlebt, ein solches Todesgeheimnis in ihrem verbotenen Zimmer? – Beginnt der Junge nun, wie es zum wachen Erleben der Pubertät gehört, auch über den Tod, der unabdingbar zum Leben und zur lebenspendenden weißen Frau gehört, überhaupt nachzudenken?
Die weiße Frau: Sie ist ja in der altgermanischen Religion auch als Todesbotin bekannt. Weiß ist, im Gegensatz zur Lebensfarbe Rot, auch die Farbe der Geister und Gespenster. Wieso enthält die Frau, die ihm das Leben gerettet hat, auch die Aspekte des Todes? Schon an ihrem Erscheinen in Weiß hätte er etwas ahnen können: Die Farbe Weiß steht dem Absoluten, dem Anfang wie dem Ende sowie deren Vereinigung nahe, und so wird sie häufig bei Geburts- und Initiationsriten sowie bei Hochzeits- und Todesriten verwendet. Der Junge ahnt allenfalls erste Zusammenhänge, der Todesaspekt der weißen Frau überschattet gewiß zu dieser Zeit alle übrigen Erfahrungen mit ihr – so wie Jungen von der Pubertät an nichts mehr fürchten als den sie vereinnahmenden und möglicherweise verschlingenden Aspekt ihrer Mutter.
So läßt er auch Vorsicht walten, als er ein zweites Mal den Versuch wagt, in das verbotene Zimmer einzudringen: Es ist für ihn keine Frage, daß er noch einmal hinein muß, um dieses quälende Rätsel zu lösen, es ist ihm nur unbedingt wichtig, daß diese Tür nicht noch einmal zufällt, ihn einschließt

und ihn so rettungslos der Rache der weißen Frau ausliefert. Er muß dabei schließlich um sein Leben fürchten. Er will und muß das Zimmer noch einmal betreten: Aber es muß die Möglichkeit geben, die Tür einen Spalt weit offenzuhalten, er braucht ein Stück Distanz zu diesem Zimmer, zu dem Komplex, den es beinhaltet, es darf dieses Überwältigende nicht noch einmal über ihm zusammenschlagen. Der Junge ist klüger geworden, wissender: Zwischen den Todesaspekt der Mutter und ihn muß etwas Schützendes, eine Distanz gelegt werden. Das Holzscheit, das Stückchen gewachsene Natur, das er zwischen die Tür schiebt, hält dem Aufprall der zufallenden Tür dennoch nicht stand.

Wieder ist die Türe fest verschlossen: Wieder ist er eingeschlossen in den lebensgefährlichen Komplex um die archetypische Mutter. Neugier und Wagemut, die den Jungen in diese zunächst ausweglos erscheinende Situation gebracht haben, versagen – nach einem Moment, in dem er sich verloren glaubt – auch hier nicht. Als er diesen Raum, den Raum des Mutter- und Todeskomplexes, nicht mehr verlassen kann, als er nicht mehr nach außen entfliehen kann, beginnt er, kurz entschlossen, sich in dem Raum selbst zu orientieren, ihn auszuschreiten. Er beginnt, ihn äußerlich zu durchmessen, innerlich wohl zu ermessen.

Wo ist er eigentlich hingeraten? Indem er so diesen Taburaum in all seiner Fremdartigkeit austastet, gewahrt er in einer Ecke etwas leuchten, erlebt er diesen Raum nicht mehr nur als grauenerregend, sondern auch als geheimnisvoll. Ein kleines Licht beginnt ihm zu dämmern. Er nähert sich diesem Licht und gerät in eine Ecke hinein – in einer Ecke stellt man sonst etwas ab, was man nicht mehr braucht –, dabei findet er sich plötzlich in einem Stall vor – welch ein Gegensatz zu der Leichenkammer, in die er anfangs geriet –, in einem Stall, der Lebendiges birgt, drei herrliche Tiere: ein

Pferd, ein Maultier und einen Esel. Wer den Tod angeschaut hat, vermag auch das Leben zu sehen, hat plötzlich Augen auch für das Lebendige bekommen.

Voll Staunen legt er einem Tier nach dem anderen die Hand auf den Rücken und drückt aus, wie gut ihm ein jedes von ihnen gefällt, er bewundert sie und würdigt sie in ihrem Wert. Welch eine Szene: Dieser junge Mann, der eben noch voll Entsetzen das Zufallen der Tür erlebte, der eben noch eine Leichenkammer durchschritt, ist jetzt so überwältigt von der Schönheit dieser Tiere, daß er steht und staunt und sie liebkost, als hätte er nichts zu verlieren. So reißt ihn das Tier aus seiner selbstvergessenen Bewunderung, indem es ihn beschwört, diese Worte nicht zu wiederholen. Es weist darauf hin, daß es bei diesen Tieren um etwas Verwunschenes, etwas Menschliches gehe, das es zu erlösen gilt.

Man muß aber zuerst verstehen, worum es sich bei diesen Tieren überhaupt handelt: Alle drei, vom Esel bis zum Pferd, sind vitale Tiere, die dem Menschen als Reit- und Zuchttiere dienen, die sich ihm sehr eng anschließen können, die aber wegen ihrer eigenen Triebenergie – der Esel gilt zum Beispiel als geil – auch als Symbole für menschliche Triebenergien gelten. Vom Esel bis zum Pferd handelt es sich um immer edlere Verkörperungen solcher Energien. Menschen, die in Esel, Maultiere oder Pferde verwandelt werden, sind damit zugleich auf diese Triebenergien festgelegt, fixiert, sind wie durch einen Fluch in diese zurückverwandelt. Als solche müssen sie dem Menschen dienen, bis sie sich ihm wieder angeschlossen haben, bis sie wieder ins Menschliche integriert werden können. Solche verselbständigten Triebenergien also, wertvollster, schönster Art – der Junge kann sich ja vor Bewunderung nicht halten –, sind im verbotenen Zimmer der weißen Frau festgehalten. Sie verfügt also über die vitalsten, wertvollsten Lebenskräfte, die sich denken lassen. Von der russischen Baba Yaga weiß das Märchen «Marja Morjewna» zu berichten, daß sie riesige Stutenherden ihr eigen nenne. Diese sind allerdings nicht in ein verbotenes Zimmer bzw. einen verborgenen Stall eingesperrt – es ist vielmehr Aufgabe des Helden, sie auf freier Steppe zu hüten, wenn er eins dieser Wunderpferde gewinnen will. Auch hier bei der weißen Frau gibt es ein Wunderpferd zu gewinnen, das sagenhafte Pferd Bayard.

Die weiße Dame dieses Märchens wirkt selber viel verwunschener, viel stärker unter einem Fluche stehend als die russische Baba Yaga. Mir scheint es wichtig, den Fluch zu erkennen, der die weiße Dame – die so viele Züge mit der mütterlich lebenspendenden schwarzen Frau verwandter Märchen gemeinsam hat – selber bannt. Es fällt auf, daß sie in diesem Märchen, das von einem männlichen Helden her erzählt wird, immer wieder als «der Teufel» bezeichnet wird. Wird hier nicht die Ursache mit der Wirkung vertauscht? Liegt nicht ein Fluch auf ihr, eine Verteufelung, die sie erst so böse gemacht hat, wie sie hier erscheint? Warum muß die Tatsache, daß sie von alters her Herrin und Hüterin der Pferde, der Triebenergien, ist, wie viele der weiblichen Göttinnen, sie als «Teufel» erscheinen lassen? Ist es nicht auch unstimmig, eine weibliche Gestalt mit dem Teufel gleichzusetzen – oder wird hier gerade eine unterschwellige Tendenz der christlich geprägten Religion und Kultur offenbar, die seit der Schlange im Paradies das Weibliche mit dem Teuflischen gleichzusetzen tendiert? Ist hier nicht entgegen dem ursprünglichen Menschenbild des Neuen Testaments die Frau, das Weibliche, zum eigentlichen Teufel geworden?

Schwieriger ist es, auch darin, daß die Frau Leichen hütet, eine Seite des ursprünglich nicht negativ erfahrenen Todesaspekts der großen Muttergottheit, die unter verschiedenen Namen verehrt wurde, zu sehen. Aus der schicksalhaften Todesgöttin ist in diesem Märchen die sadistische Hüterin einer Leichenkammer in Analogie zu dem Ritter Blaubart des französischen Märchens geworden.

Gewiß kann das Weibliche männermordend sein: Aber wird es dies nicht jeweils nach einer schon zuvor geschehenen Verteufelung der Frau, des Weiblichen, ihrer Stigmatisierung als Hexe? Gewiß, das Weibliche ist in diesem Märchen bösartig geworden, das Mütterliche trägt in dieser weißen Dame zugleich dämonisch-hexenhafte Züge. Aber, so kann man zurückfragen, ist nicht auch dies eine Maske ihrer Rache, die sie dafür nimmt, daß man sie in der bei uns herrschenden Kultur in den hintersten Wald verbannt hat? Es tut nicht gut, sie zu verharmlosen, um sich mit ihr in dieser ihrer negativ gewordenen Gestalt zu identifizieren: Es wird oft zu harmlos vorgegangen, wenn junge Frauen, im Widerstand gegen die Verteufelung der Frau als Hexe, sich heute selbst als Hexen bezeichnen und sich dadurch mit dem Verhexten an der Frau identifizieren. Es wäre nötig, zunächst die große Mutterfigur wieder aus den Zügen der Verteufelung, die sie selbst böse gemacht haben, zu erlösen, ehe man mit ihr in nahen Kontakt tritt.

Vor allem der junge Mann, der Sohn, kann vor dieser Seite der negativen Mutter nur fliehen, er kann sie nicht verwandeln. Ihre Verwandlung und schließliche Erlösung ist, wie die Märchen dieses Typus einhellig zeigen, eine Aufgabe für die weibliche Heldin allein. Menschliche Figuren wie Held und Heldin können einander erlösen, übermenschliche Figuren wie die weiße Dame oder – auf männlicher Seite – eine Gestalt wie Graumantel können nur durch Heldinnen bzw. Helden ihres eigenen Geschlechts gewandelt und von dem auf ihnen liegenden Fluch erlöst werden.

Für den männlichen Helden gilt es, die lebenswichtigen Kräfte und Triebenergien, die unter dem Bann der weißen

Frau stehen, zu befreien, sich anzueignen. Er tut den ersten Schritt, indem er sie in ihrer Schönheit erkennt und rühmt. Er, der von den Eltern ausgesetzte Junge, der deshalb unter einem negativen Mutterkomplex steht, muß sich seine realen Lebens- und Triebenergien erst aus dem Bannkreis der verhexten Großen Mutter rauben, die ihm, solange er unter dieser Konstellation steht, nichts anderes als ihr negatives Gesicht, ihren negativen Aspekt zeigen kann.

Dennoch gelangt er an ihre Reichtümer: Das Wunderpferd Bayard bietet sich selber an, ihn zu retten. Pars pro toto für das Pferd selber erhält er dessen drei Haare, mit denen er sich künftig alle seine Wünsche erfüllen kann – dafür war bisher die weiße Dame zuständig. Jetzt wird er über diese Kraft, aus ihrem innersten Bereich geraubt, selber verfügen können. Haar gilt in vielen Kulturen als realer Träger von Mana-Kraft, kann also auch für magische Praktiken genutzt werden. Zugleich wird dem Jungen auch die magische Kraft seines eigenen Haares bewußtgemacht. Seine bis dahin schwarzen Haare sind durch die Berührung mit der starken Lebenskraft, die sich schon durch das Leuchten in dem dunklen Raum zeigte, goldblond geworden: Sie sind nun selber mit magischen Kräften geladen – wie die des biblischen Helden Simson – und müssen deshalb mit einem breiten Hut verdeckt werden, bis es Zeit wird, sie wirken zu lassen. Doch stehen sie ihm für besondere Situationen nun als Kraftträger – wie die drei Haare des Pferdes auch – zur Verfügung.

Zudem werden ihm von dem Wunderpferd Bayard noch drei weitere Dinge anvertraut: ein Holzscheit, ein Eimer und eine Bürste. Eimer und Bürste dienen zum Reinigen, gerade des Pferdes, aber auch seiner eigenen Person. Geht es hier nicht um ein Reinigen dessen, was bisher als negativ, als teuflisch oder zumindest als in der Hand des Teufels befunden wurde, um die herrlichen Triebenergien, die sich in Esel, Maultier und Pferd verkörpern? Mit Eimer und Bürste ausgerüstet, könnte er auch den Stall reinigen, wie einst Herkules den Stall des Augias reinigte. Mit dem Holzscheit schließlich bekommt er den Gegenstand noch einmal anvertraut, mit dem er bereits selbst schon versucht hatte, Distanz und Befreiungsmöglichkeit zwischen sich und das Tabuzimmer, zwischen sich und den Tabukomplex zu legen.

Er kann das Pferd nicht mehr lange fragen, was es mit diesen Dingen auf sich habe, denn er spürt, daß er sofort fliehen muß. Er ahnt die bereits einsetzende Verfolgung durch die weiße Dame. Nun spielt sich eine richtige Verfolgungsjagd zwischen der weißen Dame und ihm ab, eine magische Verwandlungsflucht, wie man dieses in den Märchen nicht selten auftauchende Motiv in der Fachsprache nennt. Die magische Flucht hat immer den Sinn, zwischen den Helden und die archetypische Macht, die ihn als Übermächtige überwältigen und umbringen könnte, die lebensnotwendige Distanz zu legen. Die weiße Dame, in der sich für ihn der negative Aspekt des Weiblichen verkörpert, das Männer in Tiere verwandelt und gefangen bei sich festhält, ist hinter ihm her, will ihn nicht ziehen lassen und verfolgt ihn, bis er ein Gebirge, ein Meer und einen Wald zwischen sich und sie legt. Gewaltige Distanzen muß er zwischen sich und die weiße Dame legen, um ihrer – jetzt endgültig zerstörerisch gewordenen Macht – zu entkommen; er muß alles opfern, was er von dem Pferd bekommen hat, bis auf die drei Haare selbst, die ihm ermöglichen, die rettenden, verwandelnden Kräfte zu entbinden.

Wirklich gerettet ist er dennoch erst, als er endlich «heiligen Boden» betritt. Nicht die Flucht vor dem Bösen kann endgültig retten, sie verkettet ja noch immer mit dieser Macht, vielmehr erst das Betreten neuen, heiligen Bodens. So erweist es sich oft in Therapien, daß nicht der direkte Kampf

gegen überwältigende Mächte zu einer gewissen Befreiung führt, es geht vielmehr darum, den ungefährdeten Boden bzw. Neuland zu gewinnen, das von dem alten Komplex nicht befallen ist und auch nicht befallen werden kann.
Nun beginnt eine neue Phase für den Jungen. Er ist durch die Begegnung mit der weißen Dame, durch die Öffnung ihrer Taburäume, ein Gewandelter geworden: Er hat ihren Todesaspekt erkannt, das Mörderische an ihr, aber auch die vitalen Kräfte, die bei ihr gefangen und verzaubert lagen, für sich freigesetzt. Durch die drei Haare des Pferdes Bayard hat er den für sich selber notwendigen Teil dieser vitalen Kraft samt ihrer Zaubermacht aus dem Bannkreis der weißen Frau geholt. Er ist nun reif, Neuland seines Lebens zu betreten. So zieht er noch einige Zeit suchend umher, wie das Märchen berichtet, um dann den Entschluß zu fassen, des Königs Gärtner zu werden.
Beim König, also bei der herrschenden Instanz des Landes, die ihm Werte und Normen setzt, stellt er sich vor, er, der über ein neu gewonnenes Wissen aus dem Bereich des im Reiche Abgespaltenen und Bösen verfügt, und er möchte Gärtner werden, ein solcher also, der sich hegend und pflegend den natürlich wachsenden Kräften im nächsten Umfeld des Königs zur Verfügung stellt. Dem natürlichen Wachstum neuen Lebens im Umfeld der bisher herrschenden Werte will er sich zur Verfügung stellen. Mit dem Garten hat natürlich auch das Erosprinzip zu tun, mit dem Garten ist seit alters Erossymbolik verbunden. Und so berichtet der Erzähler denn auch im gleichen Atemzug, daß der König die gärtnerischen Arbeiten vor allem dazu brauche, um das Hochzeitsfest seiner Tochter vorzubereiten. Der Gärtner wird also auch dazu gebraucht, um im weiteren Sinne am Erosprinzip zu arbeiten, ihm zu dienen, um das Umfeld einer Hochzeit recht zu gestalten.

Und nun, angesichts dieser Aufgabe, beginnt er gerade nicht, wie der König erwartet, aktiv zu handeln, sondern überläßt sich dem Prinzip des «Nicht-Handelns», des Zuwartens, des Wachsenlassens, dem Prinzip der Weisheit und der Weiblichkeit im Sinne des Taoismus, er überläßt sich dem Prinzip des Yin. Er vertraut der Wunderkraft des Pferdezaubers: Recht verstanden, vertraut er damit gerade nicht einer Wundermacht von außen, sondern der natürlichen Wirkungskraft dessen, was er sich durch seinen mutigen Gang ins Tabuzimmer der weißen Frau erworben hat, die Pars-pro-toto-Teilhabe an der vitalen Kraft des Pferdes, nämlich der Natur selber. Der König, als das bisher herrschende Bewußtseinsprinzip, ist wütend über so viel Müßiggang und Faulenzerei, über so viel Muße und mangelnde Arbeitsmoral – und an dieser Reaktion des Königs sehen wir noch einmal, wie sehr eben das Leistungsprinzip in seinem Lande bisher dominierte. Im Bereich der Natur und des Natürlichen aber, auch des Eros, der zur innersten Natur gehört, ist alles Handeln nach dem Leistungsprinzip verfehlt. Hier gilt Zuwarten und die Bereitschaft zum Staunen, wie sie der junge Mann im Stall des Pferdes Bayard gelernt hat. Er fährt gut mit diesem Prinzip des Nicht-Handelns: Der Pferdezauber, der Zauber der Natur, wirkt nach drei Tagen wie von selbst. Der König kann buchstäblich zusehen, wie sich der Garten verändert. Symbolisch bedeutet das, daß sich im Bereich des Eros, für den der Garten steht, eine «ebenso grundlegende wie rasche Veränderung des Gartens» vollzieht. Der junge Mann hat im Bereich des Eros etwas entdeckt, was die bisher herrschenden Vorstellungen im Königreich revolutioniert.
Nach diesem Ereignis folgt in diesem Königshaus nun bald die Hochzeit der zweiten Königstochter. Beide Prinzessinnen heiraten im Sinne der bisher herrschenden Prinzipien standesgemäß, einen Prinzen bzw. Adligen. Bei der jüngsten

Königstochter hat das Neue, das mit dem Gärtner an den Königshof gekommen ist, statt dessen eine grundsätzliche Veränderung bewirkt. Sie verweigert sich dem bisherigen Prinzip, nach dem sie durch den alten König standesgemäß verheiratet werden müßte. Denn sie hat sich spontan von der Liebe zu dem jungen Gärtner des Königs ergreifen lassen, zu dem, der das Neue an den Hof bringt und der durch das Gold seiner Haarlocken, die unter dem Hut hervorspitzen, etwas von seinem Geheimnis verrät, von der Zaubermacht, die er durch die Entdeckung der vitalen Kräfte im Bannkreis der weißen Dame gewonnen hat. Eben mit dieser vitalen und erotischen Ausstrahlung, die er von dort her gewonnen hat, bezaubert er die Prinzessin, die ihm vom Schicksal zugeordnet ist, obgleich er die volle Kraft dieser Ausstrahlung noch verborgen hält, nach dem Rat des Pferdes noch verborgen halten muß. Es stehen ihm noch einige Proben bevor, die er, ohne diesen letzten Zauber einzusetzen, bestehen kann und soll.

Doch schon vom ersten Hervorspitzen der goldenen Locke an beginnt das neue Erosprinzip am Königshof zu wirken: Hartnäckig steht die junge Frau zu ihrem Wunsch, selber zu wählen, nicht länger den Vorstellungen des Vaters zu folgen. Sie durchbricht damit ein Grundprinzip des Patriarchats und beginnt, ein eigener Mensch zu werden. Auch durchbricht sie das damit zusammenhängende Prinzip der standesgemäßen Heirat: Ihr ist die Liebesheirat wesentlich. Sie setzt es durch, diesen Mann zu heiraten, den sie selbst gewählt hat, auch wenn er «nach außen so einfach und linkisch war, wie die anderen beiden glänzend und hochmütig waren».

Dem Märchen ist es sehr wichtig – sonst hätte es nicht die beiden Motive miteinander verknüpft –, daß diese Veränderung – auch im weiblichen Bewußtsein –, diese Umwertung der Werte, damit im Zusammenhang steht, daß der junge

Gärtner in den verteufelten Bereich des Weiblichen eingedrungen ist und sich dort, und nur dort, die besonderen vitalen Kräfte geholt hat, die – bisher negativ gestempelt – die herrschenden Werte im Beziehungsbereich verändern können. Der alte König dagegen schwankt noch, welchen der drei Schwiegersöhne, von denen zwei die alte Ordnung verkörpern, er zu seinem Nachfolger berufen, welcher also die Zukunft des Reiches und der ihr zugehörigen Gesellschaft bestimmen soll.

So teilt er drei Äpfel aus und will den zum Thronfolger bestimmen, «der seinen Apfel am besten verwahrt und den größten Nutzen daraus ziehe». Diese Aufgabenstellung erinnert in gewisser Weise an die Ringparabel, die Lessing in seinem Bühnenstück «Nathan der Weise» verwendet: Jeder der Betroffenen solle die Wahrheit seines Glaubens daran erweisen, daß er die Kraft des Ringes zu größtmöglichem Segen für alle nutze. Eine «Apfelprobe» ähnlicher Art kommt in den Märchen öfter vor.

Der Apfel ist ein uraltes Fruchtbarkeitssymbol, als roter Apfel vor allem Liebessymbol; er ist Symbol des ersten Sündenfalles, gilt aber auch als Attribut Marias als der neuen Eva. Wegen seiner Form, der Kugelgestalt, gilt er auch als Sinnbild der Ewigkeit, zumal wenn er auch mit der Qualität des Goldes ausgezeichnet ist. Die goldenen Äpfel der Hesperiden galten als Sinnbild der Unsterblichkeit, in der keltischen Tradition gilt der Apfel als Symbol spirituellen Wissens. Der Reichsapfel wiederum, als Sinnbild der Erdkugel, bezeichnet die Herrschaft über die Erde. In dem Apfel also, den der König in seiner Probe den Schwiegersöhnen anvertraut, auf daß sie ihn bestmöglich bewahren und nutzen, verbindet sich das Prinzip des Eros mit dem der Weisheit und der Macht. Wer diese drei Kräfte zu verbinden wüßte, würde mit Recht der neue Souverän des Landes, er könnte die neuen Normen und

Werte setzen. Zugleich ist der Apfel ein uraltes Symbol der Muttergottheit, die mit ihm Eros, Unsterblichkeit und Macht verleiht.

Eine kriegerische Auseinandersetzung, ein schwerer Konfliktfall also, in die dieses Königreich verwickelt wird, stellt die drei Thronanwärter auf eine erneute Probe. Zugleich zeigt sich daran, daß der König, das bisher herrschende Prinzip, schon recht alt geworden und darauf angewiesen ist, die Schwiegersöhne an seiner Stelle in den Krieg ziehen zu lassen. Während die beiden hochgeborenen Schwiegersöhne auf Prachtrossen ausziehen – auf solchen, die nach kollektiven Vorstellungen das Prestige geben –, besteigt unser Gärtner, geradezu herausfordernd, die schwächste Stute aus des Königs Ställen. Er also setzt auf das bisher schwächste Prinzip: Der Gärtner setzt auf die Werte, die bisher im Schatten standen; auch hier wieder trottet er ohne Eile und ist auch durch die Wahl des Tieres – wie man ihm auch vorhält – «von vornherein zur Untätigkeit verurteilt». Wieder stellt er dem Prinzip des Kämpfens das gegenteilige Prinzip entgegen, das des Vertrauens auf die tiefste Lebenskraft. Der Nekrophilie (Liebe zu Totem) stellt er, um mit Erich Fromm zu reden, die Biophilie (Liebe zum Leben) gegenüber. Wieder folgt er dem Prinzip des Nichtstuns, das im Taoismus als das Prinzip des Weisen gilt und als das des Yin, des Weiblichen, zugleich. Will er die Kraft seines Pferdezaubers geradezu auf die Probe stellen, indem er immer bis zum letzten Moment wartet und auf alles eigene Handeln verzichtet, um sich dann auf ihn als sein einziges Mittel zu beziehen? Fast scheint es so: Er aber, der sein Wissen und sein Vertrauen aus der wohlerworbenen Einsicht in die Lebens- und Todeskammer der weißen Frau bezieht, verläßt sich nicht auf irgendeine von außen kommende Hexerei, sondern auf seine aus dieser Einsicht hergeleitete innerste Kraft. So bewirkt er auch, obwohl

er als letzter auf dem Kriegsschauplatz eintrifft, die Niederlage der Feinde. Er ist ihnen durch diese seine innere Kraft weit überlegen.
Diese Szene erinnert mich an einen Film, eine Farce auf alle Kriegsmentalität und Nekrophilie, in dem die ihr Leben liebende, nur aus sechs Mann bestehende «Armee der Untauglichen», als letzte auf dem Kriegsschauplatz erscheinend, durch Maskerade, List und feine psychologische Einfühlung den gefürchteten gegnerischen General außer Gefecht setzt und bewirkt, daß er zum Rückzug bläst.
Die beiden anderen Schwiegersöhne des Königs schreiben sich unbesehen und unwidersprochen diesen Sieg selber zu, und der König glaubt es ihnen. Dem Gärtner, der noch dazu so schlecht zu Pferde sitzt, eine so schlechte Figur macht, traut keiner eine solche Tat auch nur zu.
Bald darauf wird der König auch noch krank. Damit drückt das Märchen aus, daß er seiner Funktion, die herrschenden Werte überzeugend zu verkörpern und durchzusetzen, bald nicht mehr nachkommen kann. Dem herrschenden Prinzip also, dem alten König – in dessen Reich die Leute ihre Kinder nicht mehr ernähren können, in dessen Reich die alte Mutter-Göttin zur weißen Frau verteufelt worden ist –, gebricht es immer mehr an der ursprünglichen Vitalität und Erneuerungsfähigkeit.
Der König hat nach der Diagnose seiner Ärzte ein besonderes Leiden, das nur durch das Fleisch der größten und gräßlichsten aller Schlangen geheilt werden könnte. Das Heilmittel wirft auch ein Licht auf die Art seines Leidens: Als die größte und gräßlichste aller Schlangen gilt die alte Schlange des Paradieses, die den Menschen zur Autonomie, zum Wissen um Gut und Böse, zur Sexualität und zum Tod verholfen hat. Sie gilt als Verkörperung des Teufels, genau wie die weiße Frau in unserem Märchen. Auch sie ist ein weibliches

Wesen. Die Schlange gehört zum Erdarchetyp, sie begleitet die große Mutter in vielen ihrer Erscheinungsformen, ist ein Aspekt ihrer Weisheit – von der im christlichen Raum nur der negative Aspekt übriggeblieben ist. In der Körpersphäre bedeutet sie eine tief unbewußte Sphäre, wohl mit dem Rükkenmark verwandt: Man träumt von Schlangen, wenn man entweder krank wird, oder auch, wenn sich in der Tiefe des Körpers etwas zur Gesundung hin verändert. Zudem ist die Schlange als Traumsymbol ein Symbol der Angst: der Angst vor dem, was man nicht kontrollieren und in die Hand bekommen kann, insofern auch der Sexualität, aber keinesfalls nur dieser.

Der König, das herrschende Bewußtsein, leidet also genau daran, daß ihm das Fleisch dieser Schlange fehlt, daß das, was diese Schlange verkörpert, von ihm abgespalten ist. Der Stab mit der Schlange ist ja übrigens das Symbol der Ärzte – seit Asklepios, der den Kranken während ihres Heilschlafs im altgriechischen Asklepieion schon damals in Gestalt einer Schlange erschien. Das Gift der Schlange, wohldosiert, dient von alters her als Heilmittel. Durch ihre periodischen Häutungen wurde sie auch zum Symbol der Wandlungsfähigkeit und Erneuerungskraft des Menschen durch Sterben und Wiederauferstehen hindurch. Als Schutz- und Herrschersymbol erscheint sie vor allem auf der Stirn der ägyptischen Könige: Als Uräusschlange galt sie als Repräsentantin einer mit vielen Namen belegten Göttin; auch das Auge des Sonnengottes sah man in ihr personifiziert. Man kennt eine Kobra-Göttin, die das Wachsen der Pflanzen – unser Held ist ja Gärtner – bewachte.

Aber auch der Hauptfeind des Sonnengottes, Apophis, hat die Gestalt der Schlange. Ouroboros, die sich in den Schwanz beißende Schlange, ist ein Symbol der Zeit. Hier geht es auch um Ablösung des alten Königs durch den jungen. In der altnordischen Mythologie, die unserem Schweizer Märchen näherstehen mag als die ägyptische, findet sich die Midgardschlange, eine riesige, Verderben bringende Schlange, die die als Scheibe gedachte Erde, Midgard, umlagert: ein Symbol der ständigen Bedrohung unserer Weltordnung. Im frühen Christentum wurde sie auch mit dem Leviathan gleichgesetzt, dem Ungeheuer, das das Chaos symbolisiert, das in der Bibel und der christlichen Kunst auch als Verkörperung des von Gott besiegten Chaos erscheint. Die Hydra wiederum, deren abgeschlagene Köpfe jeweils verdoppelt nachwuchsen, wurde von Herakles bezwungen, indem er die Halsstümpfe mit einem Holzscheit ausbrannte. Auch hier also kommt das Holzscheit vor, das in unserem Märchen, um Abstand von der überwältigenden Macht zu schaffen, eine Rolle spielt.

Gewiß ist eine Verkörperung dieser gefährlichen alten Chaosschlange gemeint, wenn der König als Heilmittel die größte und gräßlichste Schlange braucht. Sie ist zudem fast immer weiblich symbolisiert, wie das Chaos überhaupt: so in China, wo sie, mit Erde und Wasser verbunden, das Yin-Prinzip verkörpert. In vielen mittelalterlichen Abbildungen wird die Paradiesschlange gleich von vornherein als weibliche Versucherin dargestellt. Zweifellos ist die Schlange eines der ältesten Symbole für Weisheit und Gefährlichkeit der Mutter Natur.

Wieder kann keiner der Königssöhne, die auf stolzen Rössern ausreiten, die Schlange erringen: Allein der Gärtner vermag es aufgrund seines Zauberspruches, den er aus dem Bereich der abgesperrten Natur gewonnen hat. Als ihm die Prinzen seinen Fang abbetteln wollen, überläßt er sie ihnen ohne Kommentar: Aber er tauscht deren goldene Äpfel dagegen ein, so daß er nun die Dreiheit, die Ganzheit der goldenen Lebens- und Liebesäpfel sein eigen nennt. So kann er die

Verachtung ertragen, die ihm zuteil wird, als er mit leeren Händen an den Königshof kommt.
Das herrschende Prinzip im Lande, der alte König, ist nun zwar durch die Einverleibung der chthonischen Kraft der Schlange, der alten Kraft der matriarchalen Göttin, eine Zeitlang wieder regierungsfähig – so wird manches alte Prinzip durch Einverleibung eines neuen wieder stabilisiert –, doch er erkrankt in Kürze von neuem, erweist sich damit als eigentlich verbraucht.
Was er in dieser erneuten Krise braucht, ist das Fleisch des größten aller Adler. Benötigte er zunächst Ergänzung aus dem Erdbereich, so jetzt aus dem Himmelsbereich, dem Bereich der Luft, der schöpferischen Phantasien und des Geistes. Es ist nicht möglich, das Erdprinzip in sich aufzunehmen, ohne daß sich zugleich eine geistige Wandlung vollzieht.
Auch der Adler ist ein Tier: Und was er bringt an Flugkraft und Tragkraft, ist gekoppelt mit instinktgebundener Sicherheit. Er wird als sonnen- und himmelsverwandt empfunden und somit dem chthonischen Prinzip gegenübergestellt: Als solcher ist er Symbol des Lichtes und des Geistes. Für Friedrich Nietzsche waren Adler und Schlange vereinigt als Symbole eines neuen Menschen, der die Einseitigkeiten einer asketischen Moral und Kultur hinter sich gelassen hat. Als König der Vögel ist der Adler bereits im Altertum Königs- und Göttersymbol. Er galt als Begleit- und Symboltier des Zeus bzw. des Jupiter. Er wurde dadurch zum Souveränitätszeichen vieler Völker. Ähnlich wie der Vogel Phönix ist er im Mittelalter auch Symbol der Neugeburt und der Auferstehung: Als solcher wird er von dem alternden König wohl vor allem gebraucht. Auch ein geistiger Neuanfang wäre unabdingbar für das herrschende Prinzip im Lande, nachdem es sich dem erdhaften Prinzip angenähert hat.

Auch über den Adler hat allein der Pferdezauber des Gärtners Macht. Das zeigt, daß auch die Macht über ihn, auch über das geistige Prinzip also, in den Händen jener weißen Dame gefangenlag. Noch ein letztes Mal luchsen die beiden Prinzen dem Gärtner die Beute ab, um vor dem König groß dazustehen: Der Gärtner überläßt sie ihnen auch dieses Mal, aber um den teuren Preis, daß sie sich durch drei Ahlenstiche in ihren Hintern von ihm zeichnen und brandmarken lassen. Hier spüren wir endgültig, daß er sich nicht so tölpelhaft übers Ohr hauen läßt, wie die beiden Prinzen wohl meinen: Er hat vielmehr Zeit zu warten, bis seine Stunde kommt, aber er sammelt seine Belege und läßt es sich nicht nehmen, die arroganten Prinzen auf seine Art zu beschämen. Er kennzeichnet sie auf die Art, wie man Vieh kennzeichnet: nämlich als «Rindviecher». Wie weit die Prinzen sich selbst und ihrer Aufgabe entfremdet sind, zeigt sich nicht zuletzt daran, daß sie diese Beschämung auf sich nehmen, nur um eine Chance zu gewinnen, an die Macht zu kommen. Sie geben die Zeichen der Liebe und der Ganzheit, die goldenen Äpfel, hin, nur um groß herauszukommen vor dem alten König: Sie nehmen es auf sich, für immer beschämt und gebrandmarkt zu sein, wenn sie sich damit die Herrschaft erschleichen können.

Das Ganze aber fliegt auf, als der alte König das ihnen anvertraute Zeichen, die goldenen Äpfel, zurückverlangt: Die Prinzen bzw. deren Frauen legen in ihrer Verlegenheit unechte Äpfel vor, der Gärtner dagegen kann sie alle drei vor den König legen. Den Prinzen dagegen ist das Zeichen der Ganzheit als negativ, als Schandmal von hinten aufgeprägt. Dennoch sind auch sie, subjektstufig verstanden, als Schatten des Gärtners aufzufassen, die Versuchungen verkörpern, denen auch er ausgesetzt war, derer er jedoch letztlich Herr geworden ist.

Es fällt ihm nun nicht schwer, in aller stolzen Bescheidenheit nachzuweisen, daß er selbst derjenige war, der die Aufgaben gelöst und die Probe bestanden hat. Zuletzt darf er in seiner neuen Würde als designierter König endlich sein volles goldenes Haar zeigen: ein Erweis seiner Verbundenheit mit dem Licht, dem Geistigen und zugleich mit der Natur, dem Leiblich-Erotischen. Das neue Prinzip, das im Lande herrschen wird, verbindet die beiden Kräfte.

Durch das goldene Haar ist er zugleich, wie viele der Heldinnen und Helden im Märchen, als eines der göttlichen Kinder, als der Heros, gekennzeichnet, der durch sein Schicksal – das in Elend und unter großer Behinderung beginnt – dazu bestimmt ist, die vitalen Kräfte aus ihrer Abgespaltenheit und Verteufelung zu befreien und sie dem Kollektiv wieder zuzuführen.

Der Wunderschimmel

(Österreichisches Märchen)[24]

In einer kleinen Stadt wohnte vor Zeiten ein armer Mann. Die Arbeit ging ihm aus, und er geriet dadurch in das äußerste Elend. Eines Tages ging er in einen nahegelegenen Wald und wollte sich beim Förster erkundigen, ob ihn der nicht als Holzfäller brauchen könne. Doch er bekam eine abschlägige Antwort und wollte eben trostlos heimkehren, als ihm ein Jäger begegnete, der ganz grün gekleidet war, und fragte, warum er so traurig sei. Da klagte ihm der Mann seine Not. Der Jäger erwiderte: «Wenn du mir gestattest, das in neun Jahren zu holen, was du heute zu Hause finden wirst, so gebe ich dir ein Säckchen voll Goldstücke.» Der Mann ging den Handel ein und mußte auch sein Versprechen schriftlich geben, wofür er die Goldstücke erhielt. In der Stadt angekommen, hörte er, sein Weib habe einen Sohn bekommen, und nun erst begriff er, was er getan hatte.

Die neun Jahre vergingen, und der kleine Ferdinand war zu einem schönen Knaben herangewachsen. Da kam der grüne Jäger und nahm ihn mit sich fort, ohne den Eltern zu sagen, wohin er ihn führen wolle. Darüber gerieten sie in große Angst.

Der Jäger brachte den Knaben in ein fremdes Land, wo er einen Palast hatte, den ein schöner Garten umgab. Sobald sie dort angelangt waren, zeigte er Ferdinand alle schönen Sachen in Schloß und Garten und sagte zu ihm: «Überall darfst du hingehen, nur nicht an den Teich, der dort vom Gesträuch umgeben ist.» Der Knabe merkte sich die ihm bezeichnete Stelle recht gut. Einige Tage darauf verließ ihn sein Pfleger, indem er vorgab, zu verreisen. Dem Jungen ging nichts ab, da die Dienstleute für ihn sorgten. Er ging durch Schloß und Garten, bis er einmal zufälliger Weise in die Nähe des bezeichneten Teiches kam. Von Neugierde geplagt, schlüpfte er durch's Gebüsch und bemerkte in dem vor ihm liegenden Wasser viele tausend Goldfische. Er wollte einen von diesen fangen, aber kaum hatte der eine Finger das Wasser berührt, so war er ganz vergoldet. Er versuchte, das Gold herunter zu kratzen, doch alles war vergebens. Da umwickelte er den vergoldeten Finger mit einem Tuch. So lief er zurück und begegnete seinem Pflegevater, der sogleich den verbundenen Finger bemerkte. Er riß die Hülle weg, peitschte Ferdinand zur Strafe für sein Vergehen und klopfte mit einem kleinen Hammer auf den Finger, worauf sich das Gold loslöste.

Nach einiger Zeit verreiste der grüne Jäger wieder, und verbot dem Knaben, das letzte Zimmer im Schloß zu betreten. Kaum war er einige Zeit fort, so ging Ferdinand neugierig hinein. Hier traf er einen Mann, den er als seinen Großvater erkannte und der ihm eine Bürste, einen Kamm und einen gläsernen Krug mit den Worten gab: «Nimm diese drei Dinge mit, sie werden dir einst, wenn du in Not bist, von Nutzen sein.» Ferner sagte er ihm: «Geh in den Stall, dort wirst du einen fleckenlosen Schimmel sehen; zu dem sage: ‹Schimmel mit uns ist's aus›, und darauf wird er dir antworten.» Ferdinand tat, wie ihm anbefohlen war. Als er zu dem Pferd jene Worte sprach, erwiderte es: «Setz dich auf!» Ferdinand schwang sich auf dessen Rücken, und pfeilschnell setzte das Roß über die Gartenmauer und eilte mit ihm fort. In ununterbrochenem Lauf trug das Tier seinen Reiter, und als dieser schon mehrere Stunden lang über Berg und Tal geritten war, sagte der Schimmel zu ihm: «Schau dich um, ob er uns schon erreicht hat.» Ferdinand sah sich um und gewahrte den ihnen nacheilenden grünen Jäger. Das sagte er dem Pferd, welches erwiderte: «Wirf deine Bürste weg!» Er tat es, und sogleich erhob sich hinter ihnen ein dichter Wald, der dem Verfolger den ebenen Weg versperrte.

Wiederum trug das Roß seinen Reiter einige Stunden im schnellsten Lauf fort und ermahnte ihn dann abermals, sich umzudrehen. Da gewahrte er wieder von weitem den Nachsetzenden. Das Pferd forderte ihn nun auf, den Kamm wegzuwerfen. Nachdem er dies getan hatte, entstand hinter ihnen ein großer Teich, und der Verfolger mußte sich erst um ein Fahrzeug umsehen, während Ferdinand auf seinem braven Schimmel schnell fortritt.

Nach einer Weile mußte er sich zum drittenmal umsehen, und jetzt, da der grüne Jäger schon sehr nahe war, den gläsernen Krug wegwerfen, worauf ein gläserner Berg entstand, über welchen der Verfolger nicht mehr gelangen konnte.

Gegend Abend kamen sie in einem Dorf an, in dessen Nähe sich das Lustschloß des Königs befand. Als Ferdinand abstieg, sagte sein Pferd zu ihm: «Du bist nun einen Tag geritten und hast während dieser Zeit zehn Jahre deines Lebens zurückgelegt.»

Ferdinand stellte das Roß in einen Stall. Es gab ihm dann Geld und ein Kleid, auf welchem silberne Sterne gestickt waren und sprach zu ihm:

«Verdinge dich bei dem Gärtner jenes Schlosses, aber unter dem Vorbehalt, daß du nur des Nachts zu arbeiten brauchst.» Das tat Ferdinand auch. Man nahm ihn auf, und sobald es dunkel wurde, zog er sein Sterngewand an und arbeitete mit leichter Mühe. Alles was er pflanzte, gedieh am besten, und er wurde darum auch öfter von seinem Herrn gelobt. Am Tage fand er sich in der Schenke ein, um das treue Tier zu sehen und mit ihm zu sprechen. Abends kehrte er ins Schloß zurück, um seinem Geschäft nachzugehen, bei dessen Verrichtung er gewöhnlich muntere Lieder sang. Die Königstochter hörte ihm immer zu, und der schöne Jüngling machte ihr großen Eindruck. Eines Tages geschah es, daß alle Ärzte des Landes zusammenberufen wurden, da der König schwer erkrankt war. Keiner von ihnen kannte ein Heilmittel für den König, da erklärte endlich ein alter Mann, durch den Genuß von Wolfs-, Bären- und Hirschen-Milch könne der Kranke genesen. Der alte Mann war am andern Tag verschwunden, ohne die Arznei zu bringen, und der König schickte seine Jäger aus, diese Milcharten zu suchen. Aber alle kehrten unverrichteter Sache zurück. Da versprach der König, demjenigen seine Tochter zu geben, der ihm das Verlangte bringe. Ferdinand und zwei andere Gärtnerburschen beschlossen auszuziehen, um die drei Milcharten zu bringen. Ferdinand besprach sich mit seinem Schimmel darüber; dieser trug ihn in den Wald, wo sich sogleich eine Wölfin einstellte und sich von ihm melken ließ. Auf dem Heimweg begegneten ihm seine beiden Dienstgenossen, welche trostlos waren, da sie ihren Weg umsonst gemacht hatten; sie baten, er möchte ihnen einen Teil seiner Milch geben. Anfangs weigerte er sich und sah fragend seinen Schimmel an. Da dieser aber bejahend mit dem Kopf nickte, so gab er jedem ein Drittel. Des andern Morgens zogen die drei Burschen abermals aus, und Ferdinand erlangte wieder die Bärenmilch, die er auch mit ihnen teilte. Dasselbe geschah am dritten Morgen mit der Hirschenmilch.

Nun gerieten sie aber in Streit, wer von ihnen dem König die Arznei bringen solle. Ferdinand, dem der Schimmel geraten hatte, sagte: «Wir wollen losen.» Dabei fiel ihm das kleinste Los zu, und er war demnach der letzte.

Er murrte zwar darüber, allein sein Pferd tröstete ihn und sprach: «Der erste Überbringer der drei Milcharten wird den König so wenig heilen wie der zweite.» So geschah es auch; die beiden Gärtnerburschen wurden, da sich der Gesundheitszustand des Königs auf ihren Trank hin nicht besserte, nacheinander ins Gefängnis geworfen. Da übergab Ferdinand sein Milchgemisch, und der König wurde in kurzer Zeit gesund. Nun

wollte aber dieser sein Versprechen nicht halten und Ferdinand mit Geld abspeisen, das nahm er aber nicht an. Als endlich die Prinzessin ihren Vater selbst bestürmte, gab dieser nach, und Ferdinand heiratete sie. Die Festlichkeit dauerte vier Tage. Danach besuchte der Bräutigam seinen Schimmel; da bat ihn dieser, ihm den Kopf abzuhauen, was Ferdinand nicht tun wollte. Endlich ließ er sich von dem Tier doch überreden und schlug ihm mit seinem Schwert den Kopf ab. Der Schimmel fiel zusammen, und aus seinem Rumpf flog eine weiße Taube und war in wenigen Augenblicken verschwunden.
Alsdann ließ Ferdinand seine Eltern zu sich kommen. Nach dem Tod seines Schwiegervaters wurde er König und regierte lange in Glück und Frieden.

Wir haben ein Märchen vor uns, in dem das Männliche deutlich dominiert: ein armer Mann, der Vater Ferdinands, Ferdinand als der Held des Märchens, sodann ein Förster, der grüne Jäger, der Großvater, der König schließlich und zwei weitere Gärtnerburschen sind genannt. Acht Männern stehen nur zwei Frauen gegenüber, Ferdinands Mutter und die Königstochter, die schließlich seine Frau wird.
In der Situationsschilderung am Anfang des Märchens tritt die Armut des Mannes, des männlichen Bereiches, der kollektiven männlichen Bewußtseinslage, besonders kraß in Erscheinung. In einer kleinen Stadt, also in dem von Menschen kultivierten Bezirk, lebt er, sein Beruf ist nicht angegeben; jedenfalls geht ihm die Arbeit aus und er gerät dadurch «in äußerste Armut». Es herrscht Arbeitslosigkeit in der Stadt und dementsprechendes Elend. Auch in dem Bereich also, auf den sich in einer patriarchalen Gesellschaft die Männer noch am besten verstehen, im Leistungsbereich, auf dem Arbeitsfeld, herrscht ein totales Defizit. Es ist dadurch entstanden, so wird das Märchen zeigen, daß zu der Zeit keine Beziehung des Männlichen zum Weiblichen, zur Natur und dem von daher möglichen neuen Leben besteht. In dem Bereich, den menschliche Kultur und Gesellschaft bestellen, ist

also eine äußerste Notlage eingetreten. Aber sie kann – wie bei uns die Umweltschäden, vor allem des Waldes, zeigen – auch auf den Bereich der Natur übergreifen. Als sich der arme Mann an den Förster, den Hüter des Waldes, wendet, hat auch der keine Arbeit für ihn. Diese abschlägige Antwort stimmt den Mann trostlos. Er fühlt sich als ein Mensch, den keiner mehr braucht, weiß aber auch buchstäblich nicht mehr, woher er seinen Lebensunterhalt bestreiten und das Existenzminimum sichern soll. Psychisch wie wirtschaftlich stehen wir vor einer schweren «Depression», man verwendet ja diesen Ausdruck sowohl für den psychischen wie für den wirtschaftlichen Bereich.
In diese Stimmung hinein begegnet ihm ein Jäger, der «ganz grün gekleidet» ist und fragt, warum er so traurig sei, er spricht ihn also auf seine Gefühlslage und Gefühlsseite an. Das gibt dem Mann Gelegenheit, auch die gesamte objektive Seite seiner Not zu schildern: «Langzeitarbeitslosigkeit unterhöhlt das tragende Wertgefühl», so war kürzlich in der «Zeit» zu lesen. Der Jäger – es ist auffällig, daß das Grün seiner Kleidung, das die Farbe der Hoffnung ist, hier so betont ist – gibt ihm tatsächlich eine neue großzügige Lebenschance, ein Säckchen voll Gold. Hier taucht das Gold zum erstenmal auf, das künftig noch eine große Rolle in diesem Märchen spielen wird: hier zunächst von höchstem materiellem Wert, noch im Sinne des alten Wertsystems, in dem der Mann lebt. Hilfe im Sinne des bisherigen Wertsystems wird in Aussicht gestellt, im Sinne von Geld. Aber wie alle Hilfe, die aus dem Bereich der archetypischen Figuren kommt, hat auch diese ihren besonderen Preis, die die Familie des armen Mannes tief in die Belange des Unbewußten verwickeln wird: «Wenn du mir gestattest, das in neun Jahren zu holen, was du heute zu Hause finden wirst», dies ist die Bedingung, die der grüne Jäger stellt.

Das Versprechen wird von dem Manne in seiner großen Not ohne Zögern gegeben, sogar ein schriftlicher Vertrag mit dem Grünen wird geschlossen: Dem Grünen ist es sehr ernst mit der Einhaltung dieses Vertrags. Zu Hause erst zeigt sich, daß der Mann gar nicht wußte, was er tat, daß er also nicht Herr im eigenen Haus, geschweige denn in seiner eigenen inneren Befindlichkeit, wofür symbolisch das Haus steht, war. Er weiß gar nicht, oder hat jedenfalls keine Beziehung dazu, daß seine Frau zu der Zeit ein Kind erwartet. Ginge er innerlich damit um, wäre es ihm wohl auch eingefallen, als die Bedingung, es herzugeben, gestellt wurde. Als er zurück in die Stadt kommt, hat seine Frau ihm den Sohn geboren. Für die neue materielle Sicherheit also muß er das Lebendige geben, eine neue lebendige Entwicklungsmöglichkeit.

Dieser Vater ist, wie die kollektive Situation hier überhaupt, in bemerkenswerter Weise unbezogen auf das Weibliche und auf das Kind. Auch in der Not fallen ihm Frau und Kind nicht ein. Im alten Umfeld dieser Generation scheint es keine Entwicklungsmöglichkeit zu geben. Der Vater unternimmt auch nichts zur Rettung seines Jungen, sondern wartet passiv die drei mal drei, die neun Jahre ab, bis der Junge von dem Grünen abgeholt wird. Als es schließlich geschieht, reagieren Vater und Mutter nur mit begreiflicher Angst.

Die Drei spielt übrigens eine auffällige Rolle in dem Märchen; sie ist hier wohl im traditionellen Sinn für das Männliche und zugleich für dessen Entwicklungsdynamik gesetzt, in die es durch den Verlauf des Märchens hineingezogen wird. Drei Männer spielen in dem Märchen bereits eine Rolle, bis endlich mit Erwähnung der Mutter ein Viertes auftaucht; drei Männer sind wiederum im Spiel, bis endlich die Königstochter auftritt; erst am Schluß des Märchens, in den beiden Paaren, wird die Vier gleichgewichtig als eine Quaternio hergestellt. Solche Zahlensymbolik sagt in den Mär-

chen sehr viel über die jeweiligen Gewichtsverhältnisse zwischen Männlich und Weiblich aus.
Wer ist nun dieser Grüne, der so erstaunlich ähnlich handelt, wie es die Frauen in den bisherigen Märchen getan haben? Wer ist dieser Grüne, der den Sohn in ein fremdes Land geholt hat, aus jener Ausgangslage der individuellen und kollektiven Armut heraus, in der keine Entwicklung mehr möglich war? Der Grüne ersteht vor den inneren Augen des armen Mannes auf dem Heimweg, als er auch von dem Förster abschlägigen Bescheid bekommen hat. Beim Förster hatte er noch mit einer Gestalt zu tun, die der menschlichen Welt zugehörte, während der Grüne von Anfang an überpersönliche geheimnisvolle Züge trägt. Im Gegensatz zur Ausgangslage, aus der der Junge kommt, ist hier Reichtum vorhanden, der Grüne ist kein armer Mann: Er hat einen Palast, einen schönen Garten und darüber hinaus gibt es in seinem Bereich noch «viele schöne Dinge». Er wird als «Pflegevater» Ferdinands eingeführt und erweist sich zunächst auch durchaus als väterlich sorgend, auch wenn er zuerst wie dessen Entführer erschien und ihn schließlich, nachdem er dessen Ungehorsam drakonisch bestraft hat, auf seiner Flucht noch leidenschaftlich verfolgt. Er ist in dieser Ambivalenz durchaus eine Parallelfigur zu der weißen Frau aus dem Märchen «Die drei goldenen Äpfel».
«Grüne Geister sind in erster Linie Naturdämonen, deren grüne Kleidung usw. wohl mit den von ihnen bewohnten, beschützten Pflanzen in Verbindung zu bringen ist. Hierher gehören die ‹grünen Frauen›, welche Menschen in die Wälder locken, um sie dann erbarmungslos zu verfolgen.»[25] Die «grüne Jungfer»[26] in dem gleichnamigen Harzmärchen steht in diesem Zusammenhang. Hier aber haben wir den «grünen Jäger selber» vor uns, der unter den grünen Geistern eine große Rolle spielt. Er ist es, «der zu Beginn der Jagdzeit mit

seinen Gesellen und Hunden den Wald durchzieht und durch die Luft jagt. Er ist natürlich niemand anderes als Wotan, der Führer des Seelenheeres, der sich schließlich von der wilden Jagd loslöst und als Teufel im grünen Jägerkleide mit der roten Hahnenfeder am grünen (roten) Hut sich an die Menschen heranmacht. Manchmal verrät er sich dabei auch durch seinen fuchsroten Bart und den Bocks- oder Pferdefuß. Vielfach ist daher Grünrock auch ein Ausdruck für ‹Teufel›... In den Hexenprozessen kehrt der ‹Grüne› immer wieder. Denn als solcher pflegt der Teufel Umgang mit Zauberern und Hexen. Darum sind auch Hexen an ihren grünen Augen oder ihrer grünen Kleidung kenntlich... Im Prättigau erzählt man sogar von einer Teufelin, einem Mädchen in grünen Kleidern mit Geißfüßen.»[27]

Wie bei der weißen Frau stoßen wir auch bei dieser dem Naturbereich zugehörigen archetypischen Männergestalt des grünen Jägers auf die Verdächtigung, er sei der Teufel selber. In Wirklichkeit handelt es sich um niemand anderen als um den alten vorchristlichen Wald-, Berg- und Sturmgott Wotan in seiner zurückgezogenen, in den Wald verdrängten Gestalt. Er holt sich junges Leben, um seine Kräfte erneuern zu können.

Für den Knaben also ist es völlig fremdes Land, ein Bereich mit einem ganz anderen Wertsystem, in dem er von nun an lebt. Ferdinand bekommt weiten Spielraum, sein Leben zu entfalten, nicht nur im Schloßgebäude, auch im Garten draußen: Es ist zunächst auch nicht ein Zimmer, das ihm verboten wird, sondern ein Stück des Geländes, ein Teich, der von dichtem Gesträuch umgeben ist. Der Teich wird «oft anschaulich gedeutet als aufgeschlagenes Auge der Erde, gilt oft als Aufenthaltsort unterirdischer Wesenheiten, Feen, Nymphen, Wassermännern usw., die den Menschen anlokken, um ihn in ihr Reich hinabzuziehen» (Herder-Lexikon),

wie z. B. in dem Märchen «Die Nixe im Teich»[28]. In der Traumsymbolik gilt der Teich oft als Sinnbild des Weiblichen, gehört dem weiblichen Symbolbereich zu. Die sexuelle Symbolik des Geländes, des Teiches hinter dem Gebüsch, in dem sich viele Goldfische zeigen, ist wohl kaum zu übersehen. Diesen ihm so fremden und geheimnisvollen Bereich soll der Junge nicht betreten.
Kaum aber verläßt ihn sein Pfleger, der in diesem Falle nur vorgibt zu verreisen – wohl, um ihn auf die Probe zu stellen –, als er schon «zufälligerweise», wie es heißt, in die Nähe des bezeichnenden Teiches kommt und seine Neugierde nicht mehr zurückhalten kann: Er schlüpft durch das Gebüsch und sieht das Wasser vor sich liegen, die vielen tausend Goldfische darin – Botentiere aus dem Unbewußten, uraltes Symbol der Fruchtbarkeit, der Gestalt der Spermien verwandt. Schon will er eines von ihnen fangen, da vergoldet sich sein Finger unwiderstehlich, wie er sich bei Marienkind vergoldet, als es die verbotene Türe öffnet, und wie sich die Haare des Helden in den Märchen «Die drei goldenen Äpfel» oder «Eisenhans» vergolden, als sie das Tabu berühren. Hier tritt das Gold wieder auf, als Kennzeichen der goldenen, geheimen Schätze im Tabubereich des grünen Jägers, die für den Jungen jetzt noch unerreichbar, noch gefährlich, noch nicht zu fassen sind.
Der Jäger bestraft ihn streng, schlägt ihn – ja er «peitscht ihn», wie man einem Pferd die Peitsche gibt – und «klopft ihm auf die Finger», bis das Gold wieder abspringt. Der Junge soll es jetzt noch nicht haben, der grüne Jäger wacht eifersüchtig darüber und fordert das Seine zurück. Dennoch erinnert auch dieser Tabubruch an den Beginn einer Initiation für den Knaben, die, wie immer, mit schmerzlichen Proben verbunden ist. Auch dieser Junge wird ein zweites Mal auf die Probe gestellt: Jetzt wird ihm verboten, das letzte Zim-

mer des Schlosses zu betreten. Dieser Raum wirkt noch intimer, noch mehr dem persönlichen Bereich des Grünen zugehörig als die verbotene Region im Garten.
Nach einiger Zeit dringt Ferdinand auch hier ein und stößt – erstaunlich genug – hier, nach Vater und Pflegevater, auf einen dritten Mann, der zu seiner Lebensgeschichte und zu seinem Lebensschicksal gehört, auf seinen Großvater. Wieder haben wir die Dreizahl, den Dreier-Rhythmus vor uns, der hier wohl auf das Charakteristische einer männlichen Entwicklung, einer Entwicklung des männlichen Bewußtseins, hindeutet. Von der individuellen Lebensgeschichte her wäre dieses Auffinden eines Großvaters insofern bedeutsam, als auch mehr Licht in die Geschichte des Vaters fällt, der sich in eine solche Armut treiben ließ. Oft findet ein vom Vater verlassener Junge auch zum Großvater, findet das eigentlich Väterliche erst bei ihm, auch den Bezug zum Unbewußten, zu dessen Reichtümern, die dieser Großvater ja hat: wenn er auch selbst an der Abgetrenntheit des großen Jägers vom allgemeinen Bewußtsein teil hat. Ich erinnere mich an viele Berichte, auch von Analysanden, in denen sie als Junge oder als Mädchen erst beim Großvater wirkliche Zuwendung erfuhren und bei ihm auch Märchen, Sagen und Träume kennenlernten, die von ihm als etwas sehr ernst zu nehmendes an das Kind vermittelt wurden.
Es kann sich aber bei dieser Begegnung mit dem Großvater auch um ein kollektives Problem, um die Wiederbegegnung mit dem bisher unbekannt gebliebenen Großen Vater handeln, der dem ins Elend geratenen persönlichen Vater des Jungen so sehr abhanden gekommen war. Es geht jedenfalls um die positiv hilfreiche Seite des Vaterarchetyps, um die positive Entsprechung gleichsam zu dem grünen Jäger; der Große Vater ist es ja auch, der die rettenden Gegenstände als Geschenke für den Jungen bereit hält. In Gestalt dieses

Großvaters scheint die positive Seite des Vaterarchetyps – die dieser Sohn eines armen Mannes, der von seinem Vater dem Schicksal preisgegeben wurde, dringend entbehrte – seinem Bewußtsein näher gerückt als in der noch sehr fremdartigen Erscheinungsweise des grünen Jägers. Wenn wir das Wiederfinden des Großvaters im Sinne des kollektiven Bewußtseins betrachten, so scheint es eine Epoche gegeben zu haben – sie liegt noch nicht zu weit zurück –, in der das kollektiv Männliche noch mit der Natur, mit dem Animalischen und Instinktiven verbunden war; an sie wird in dieser Begegnung mit dem Großen Vater wieder angeknüpft.

Der Großvater weiß jedenfalls – er gehört zum Symbolkreis des alten Weisen – um die hilfreichen Kräfte und weist den Enkel liebevoll schenkend auf all das hin, was für ihn lebensnotwendig werden wird: zunächst auf Bürste, Kamm und gläsernen Krug, lauter Dinge, die zu dem Sich-Reinigen, Sich-Pflegen und Sich-Kultivieren des jungen Mannes gehören – aus dem Naturburschen soll ein kultivierter Mensch werden – und schließlich auf den «fleckenlosen Schimmel», den Wunderschimmel, der dem Märchen seinen Titel gegeben hat. Das weiße Wunderpferd, das sich in einem Stall des Grünen befindet, ist gewiß eines der Leibrösser Wotans: Wotan wird «nach wie vor mit dem Pferd verbunden..., heißt ‹Herr der Wut›, d. h. der Raserei des Sturmes, des Rossejagens, der Ekstase, des Zaubers. Wotan ist der jüngste – und deshalb bei der Bekehrung zum Christentum noch lebendigste Gott der Germanen... Wotan ist alter Sturm- und Totendämon und ursprünglich pferdegestaltig, dann Reiter»[29]. Wotans bekanntestes Roß war Sleipnir, der Achtbeinige, schnell wie der Wind, allerdings ein Rappe, der Verbindung zur Unterwelt hatte und die Verbindung von der Unterwelt zur Oberwelt herstellte.

Es paßt zu dem positiven Aspekt des grünen Jägers, den der

«Große Vater» verkörpert, daß er den Jungen auf ein weißes Pferd hinweist: In weißen Pferden wird die ursprünglich mehr dem Erdarchetyp zugehörige Symbolik des Pferdes nun auch dem Lichte aufgeschlossen: «Unter diesem lichten Aspekt wurde das Pferd, vor allem als weißes Pferd, zum sonnenhaften Tier und Himmelstier, zum Reittier der Götter.»[30] Auch Christus reitet das weiße Pferd. Es wird «zum Sinnbild der durch Vernunft gebändigten Kraft – wie auch in dem Gleichnis von den beiden Pferden in Platons Phaidros. Als Symbol für Jugend, Kraft, Sexualität und Männlichkeit partizipiert das Pferd sowohl am Erd- wie am Himmelsarchetyp, an der dunklen wie an der hellen Seite der genannten Symbolik.»[31]

Der Große Vater leitet den Jungen an, sich vor allem an die helle Seite des Pferdes, die dem Menschen hilfreich zur Verfügung steht, zu halten und lehrt ihn zunächst mit der Formel «Schimmel, mit uns ist es aus», gleichsam die Solidarität des Tieres, seinen Flucht- und Rettungsimpuls zu aktivieren und es dafür zu gewinnen, den Jungen aus dem Bereich des grünen Jägers zu befreien. Ferdinand hält sich, nach dem Rat des Großen Vaters, konsequent an die positive Seite der wertvollen Lebensmächte, die im Bereich des grünen Jägers gebannt sind und bereitstehen und beginnt seinen autonomen Ausritt aus dem Bannkreis des Grünen unter der selbständigen Führung des weißen Pferdes, also unter dem Geleit der freigewordenen Instinktkräfte selber. Unversehens gerät dieser große Ausritt über die Gartenmauer hinweg zu einer Flucht vor dem grünen Jäger, der – wie zuerst von dem Pferd bemerkt – ihnen beiden nachzusetzen beginnt. Mit seinem Zorn, seiner grausamen Bestrafung und jetzt mit der Verfolgung treibt der grüne Jäger, der im Dienst des Lebens steht, Ferdinand aus dem Nest, in dem er bisher gehütet und gepflegt wurde.

Ferdinand erlebt nun die negative Seite dieses verfolgenden Naturdämons, vor der er sich nur zu retten weiß, indem er die magischen Gegenstände aus der Hand des Großen Vaters ihm entgegenwirft, Kamm, Bürste und Krug – indem er alles opfert, was er hat, bis auf das Reittier selbst, und indem er den Wald, den Teich und schließlich den gläsernen Berg zwischen sich und den Verfolger setzt. Auch hier ist wieder die Situation gegeben, in der er alles dransetzen, alle Andenken an das Zauberreich des Unbewußten, die ihn dorthin zurückziehen könnten, opfern muß, um nur ja nicht in die Identifikation mit der archetypischen Gestalt zu verfallen, um nicht in der Distanzlosigkeit von ihr überwältigt zu werden, was, innerpsychisch erlebt, einer Psychose gleichkäme. Erst der gläserne Berg, also etwas gläsern Abweisendes, kann den grünen Jäger bannen. Wald, Teich und Glasberg sind Symbole des Unbewußten, mit dem Ferdinand nun sehr viel bewußter umgehen kann als zu Anfang, als er den Teich entdeckt: Sie ziehen ihn nun nicht mehr in einen Sog, sondern er vermag sie hinter sich zu lassen, bis schließlich auch der grüne Jäger selber «abhängt». Man darf sich auf solch einer lebensrettenden Flucht keineswegs mehr mit dem Unbewußten verwikkeln, keinesfalls in seinen Sog geraten. Manchmal werden Menschen nach durchgestandenen Psychosen so stark von der faszinierenden Erlebniswelt des Unbewußten, an der sie dort teilhatten, zurückgezogen, daß die Gefahr eines Verschlungenwerdens vom Unbewußten besteht.
Die Flucht, die so rasch und eindeutig zu gelingen scheint, war in ihrer psychischen Realität doch so langwierig und schwierig, daß – auch wenn der Ritt nur einen Tag zu dauern schien – in Wirklichkeit über ihm zehn Jahre vergingen. Das Pferd selber weist Ferdinand darauf hin. Er ist in ihr und an ihr zum jungen Mann herangereift, den wir, wenn wir die Angaben des Märchens realistisch nehmen dürfen, jetzt auf

19 Jahre schätzen müssen. Was ist mit Ferdinand, seit er sich im Bereich des grünen Jägers aufhielt, geschehen? Ferdinand hat in dem grünen Jäger und bei ihm den numinos naturhaften Hintergrund der Wirklichkeit kennengelernt, der Wirklichkeit, die ihn, vordergründig betrachtet, bei seinem Vater noch als unendlich arm und armselig erschienen sein mußte. Er hat beim grünen Jäger die Geheimnisse und Werte der Natur gefunden, die von der herrschenden Zivilisation abgespalten und in ein fremdes Land abgedrängt waren: die Begegnung mit den vitalen, wilden Ursprungskräften des Männlichen, und auch eine Ahnung von dem Weiblichen, wie es sich in dem goldenen Teich spiegelte. Er hat auch den doppelten Aspekt des grünen Jägers, der Natur kennengelernt: den zunächst pflegenden und gewährenden, der später seinen wild-grausamen Aspekt enthüllte, den Wotans-Aspekt, der ihn auspeitschte und mit grimmiger Wut verfolgte; der aber in einer verborgenen intimen Kammer den positiven Aspekt des Großen Vaters selbst enthielt, der den Jungen beschenkte und ihn mit den lichten menschennahen Vitalkräften des Wunderschimmels verband, der ihm auch die rettenden Gegenstände gegen die Verfolgungswut des Grünen zuspielte.
Kollektiv könnte sich darin spiegeln, daß zunächst – unter christlichem Einfluß – die wilde, ungebändigte Naturseite Wotans, seine Pferdegestalt überhaupt, verteufelt und vom kollektiven Bewußtsein verdrängt worden ist: wovon der Pferdefuß, der dem Teufel in christlicher Zeit zugeschrieben wird, ein beredtes Zeugnis ablegt. Grün wurde zur Hexenfarbe, der Grüne zum Inkubus der Hexe. Wotans Wut wurde mit Destruktivität, Brutalität und Tierhaftigkeit in Verbindung gebracht. Seine schöpferische Kraft, seine Leidenschaft, sein Dichter- und Sängertum, die Inspiration, die er den Seinen vermittelt, wurden übersehen und mit verbannt. Mit

ihm gemeinsam verteufelt wurden seine weiblichen Entsprechungen, die grüne Frau, die schwarze und die weiße Frau, im Grunde die eine Herrin der Natur. So kommt es zu der Verarmung und tiefgreifenden Verödung der herrschenden patriarchalen Kultur.

Nur indem der Held sich in den Gefahrenbereich des Grünen wagt, ist es ihm gegeben, vom Großen Vater selbst, wenigstens zunächst, die lichten Aspekte Wotans, den Schimmel, die menschennahen und geistverwandten Vitalkräfte wieder aus dem Verdrängungsbereich zu holen. Dieser Raub, unter dem Segen des Großvaters vollbracht, ist unabdingbar nötig, damit der Held zu einer neuen Männlichkeit findet, die die Seiten der Natur wieder integriert. Die Flucht allerdings wird ihm schwergemacht: Er muß alles Überflüssige, alles außer dem Reittier selbst, das ihn zum Land des Bewußtseins zurückträgt, opfern, muß es zwischen sich und den Verfolger legen, bis eine unüberbrückbare Distanz entsteht. Die dunkle Seite Wotans bleibt vorerst noch unerlöst. Doch daran reift unser Ferdinand. Gemeinsam mit dem Schimmel hat er selbst etwas von der vitalen Durchsetzungsfähigkeit und Aggressionslust Wotans gewonnen, die seinem Vater so sehr fehlten.

Besonders schön ist nun in diesem Märchen der Teil geschildert, in dem Ferdinand seine neu erworbenen Kräfte in den Dienst des Lebens zu stellen beginnt, indem er zunächst die Kunst des Gärtnerns erlernt. Ferdinand findet in diesem neuen Königreich die Arbeit, die ihn erfüllt. Im Gegensatz zur verzweifelten Situation seines Vaters am Anfang wird er gebraucht. Er tut nun alles in enger Bezogenheit auf das Pferd, auf dessen Rat hin, das ihn zunächst vor allem mit einem mit Sternen bestickten Gewand beschenkt, einem Sternenmantel, wie ihn der letzte Stauferkaiser, der Jüngling im Sternenmantel, getragen haben soll: einem Mantel also, der ihm seine Bestimmung zum König voraussagt, der ihn unter seines Schicksals Sterne stellt. Silber ist zudem ein weibliches Symbol – in Ergänzung zum männlichen Gold –, und das, was er nun zu tun hat, verbindet ihn immer tiefer mit dem Weiblichen. Das Gärtnern selbst, in seiner Behutsamheit, seiner Einfühlung und Geduld ins natürliche Wachstum, ist eine eher weibliche Kunst. Mit dem Sternenmantel ist er gleichsam selber mit Nacht umhüllt, auf die Nacht also bezogen. Er ist in eine weibliche Atmosphäre gerückt. In dem weiblichen Mantel kann sich ihm die Weiblichkeit besonders erschließen. Ins eigene Schicksal gestellt sein – das heißt für ihn von nun an, zugleich in eine weibliche Atmosphäre gestellt sein. Auch durch das Blau ist er bezogen auf die Farbe des Marienmantels, auf den Mantel der Sternenkönigin. Dieser Junge, der aus äußerster Not weggegeben war, wird nun umhüllt mit Schutz aus dem weiblichen, mütterlichen Bereich.

Die Arbeit des Nachts ist ein Arbeiten in Verborgenheit, unter dem Sternenhimmel, wenn der Tau fällt; es ist ein intuitives Arbeiten, den stillen Kräften des Unbewußten nahe. Dieses Arbeiten erinnert natürlich auch an unsere eigene nächtliche Arbeit, die Arbeit, aus der unsere Träume entstehen, die – sobald wir den Kontakt mit dem Unbewußten gewonnen haben – zu unserer eigentlichen Arbeit gehören. Das männliche Bewußtsein nimmt hier also Kontakt zu dem Bereich der Nacht auf, zu der in besonderer Weise das Weibliche und das Unbewußte gehören. Dadurch wachen reiche schöpferische Kräfte auf, es geht ihm alles von nun an leicht von der Hand. Hier entwickeln sich in diesem jungen Mann die Kräfte des Gefühls und der Beziehung, das Gespür für die unterschwelligen Dinge und für die natürlichen leisen Wachstumsprozesse. Hier hören wir, daß die Königstochter von ihm beeindruckt ist, vor allem von dem Ausdruck seines

Gefühls, das sich auch immer wieder im Singen zeigt. Es ist ein wunderschönes Bild: Singend im Garten des Nachts arbeitet dieser junge Mann im Sternenmantel. Man kann die Königstochter verstehen, die dabei neugierig wird. Er verläßt aber auch tagsüber seine Instinktsphäre nicht, sondern spricht immer wieder mit seinem treuen Pferd. Er ist ganz tief und ständig mit der Sphäre, die dieses Tier verkörpert, verbunden. Marie-Louise von Franz schreibt einmal, daß die Rettung des Helden von dem Moment an sicher sei, in dem er den Beistand einer Tierseele gewonnen habe. Dabei singt er «muntere Lieder», ist also guter Dinge, und seine Gefühlsseite schwingt ständig mit. Welch ein Unterschied zu der Anfangsstimmung des Märchens: hier ist Arbeit, die erfüllt, ausfüllt, hier wächst und gedeiht das Lebendige, hier ist Musik und eine erotische Schwingung, die diesen nur von Männern beeinflußten jungen Mann nun endlich in Kontakt mit dem Weiblichen bringt.

Doch kaum sind die Kräfte seines Gefühls ein wenig herangewachsen, da werden sie auch schon dringend gebraucht: Der König dieses Reiches ist schwer erkrankt, die Ärzte werden zusammengerufen, aber keiner weiß Hilfe. Hier erfahren wir es wieder, es gilt auch für das neue patriarchale Reich, in dem er sich jetzt aufhält: Das bisher regierende Prinzip ist an irgendeiner Stelle schwer krank. Die professionellen Ärzte können nicht helfen, nur ein alter Mann weiß Rat. Auch hier haben wir eine gleichsam archetypische Arztgestalt, in der Nähe des alten Weisen, vor uns, die weit über das professionelle Wissen hinaus zu helfen weiß. Keiner weiß Rat außer diesem alten Mann – er ist wie eine menschliche Erscheinungsweise des Großen Vaters aus dem Bereich des Grünen –, der erklärt, daß der König allein durch den Genuß von Wolfs-, Bären- und Hirschmilch von seinem Leiden genesen könne. Der alte Mann verschwindet, ohne die Arznei

geliefert zu haben, und gibt damit dem jungen Gärtner Gelegenheit, eine letzte Probe zu bestehen und selbst derjenige zu werden, der das Heilmittel für den König beschaffen kann.
Auf die Krankheit dieses Königs wirft die einzige Arznei, die es für sie gibt, ein Licht: Milch muß es sein, also Nahrung aus dem weiblichen Bereich, von lauter Muttertieren. Auch hier fehlt es zutiefst an Nährung und Nahrung aus dem mütterlichen Bereich. Es sind aber lauter wild- und freilebende Tiere, von denen die Milch geholt werden müßte: Die Wölfin gilt als reißend und gierig, allerdings als eine sehr gute Mutter; sie säugte auch Romulus und Remus, die Gründer Roms. Auch sie gehört zu Wotans Begleittieren. Der Aspekt des Aggressiven, Sich-Nahrung-Verschaffens, dürfte also beim König gestört sein: Ferdinand muß sich auf ihn einlassen, um der Wölfin Milch abzugewinnen. Die Wölfin kann durchaus gezähmt und eine treue Begleiterin des Menschen werden, wie ich von einer jungen Frau weiß, die eine Wölfin aufzog, sie täglich ausführte und so in einen tiefen Kontakt mit ihr geriet.
Es ist deutlich, aus welchem Bereich die Heilung für den König kommt: Es sind alles Waldtiere, sie weisen zurück auf das Revier des grünen Jägers, letztlich also auf diesen selbst. Die zuerst aufgetauchte archetypische Gestalt steht in Bezug auch zu dem, der jetzt dem König helfen kann. Unser Junge also, der mit dem Bereich des grünen Jägers vertraut geworden ist, hat die Chance, derjenige im Reich zu werden, der den König heilen kann. Es sind zugleich alles Tiere, die schon lange von den Menschen verehrt werden, seit der Steinzeit ist der Kult dieser Tiere belegt. Der Wolf war von unseren Vorfahren vor allem wegen seiner Gier gefürchtet. Er fiel ein, riß die Tiere, wurde als der immer Hungrige erlebt. Dennoch galt ihm ein Kult als Totemtier und numinoses Tier. Er ist eines der Tiere, die sehr gut in der Dunkelheit

sehen, ein sehr instinktsicheres Nachttier. Man hat ihn deshalb ambivalent betrachtet: Einerseits gilt er als wild und teuflisch, als der Alles-Verschlinger, der Fenriswolf, der durch sein Geheul den Weltuntergang anzeigt (er ist mit der Riesenschlange verwandt, die den König in dem Märchen «Die drei goldenen Äpfel» heilt). Andererseits gilt der Wolf als dem Geistigen verwandt, auch wegen seines enormen Witterungsvermögens und Spürsinns. Er wird hier als erstes von den Tieren genannt, die den König retten können: Die Milch der Wölfin muß dem Instinktbereich, den sie verkörpert, abgerungen und dem kranken Regierungsprinzip einverleibt werden. Es gibt eine besonders köstliche unter den Legenden um den hl. Franziskus, die von dem «Wolf von Gubbio», von der Integration der Wolfskräfte in ein Gemeinwesen spricht: Dieser Wolf, der täglich ins Gelände von Gubbio einfällt und Tiere und Menschen reißt, ist die große Herausforderung an die Gabe des hl. Franz, Frieden zu stiften. Er geht schließlich wirklich vor Franz, der ihn so verständnisvoll auf seinen Hunger anspricht, in die Knie und gebärdet sich ganz menschlich. Das kann aber nur deshalb geschehen, weil Franz das ganze Gemeinwesen dazu gewinnt, dem Wolf täglich die ihm nötige Speise zur Verfügung zu stellen. Der Wolf hat auch Beziehung zur Unterwelt: Hades, der Herr der Unterwelt, trägt einen Mantel aus Wolfspelz. Die christliche Symbolik kennt die Wolf-Lamm-Antithetik. Das Mittelalter hat den Wolf vor allem zum dämonischen Tier erklärt: Zauberer, Hexen oder der Teufel selbst werden in Wolfsgestalt dargestellt. So finden wir ihn auch als sehr gefährlich in den Märchen «Der Wolf und die sieben Geißlein» oder «Das Rotkäppchen» dargestellt.

Nun kommt also Ferdinand noch einmal mit den aggressiven Aspekten, die er bei dem Grünen kennengelernt – zum Teil aber als dessen negative Aspekte noch bei ihm zurückgelassen hat –, in Berührung und muß sich nun noch tiefer mit ihm einlassen, um sie für sich und für das Königreich zurückzugewinnen, in dem er schließlich selber König werden soll. Von dem alten Mann, der aus dem Reich des Grünen kommt, wird er noch einmal auf diese Aufgabe gestoßen.

Auch die Bärin ist mit Wotan verbunden. Von Wotans Bärenkraft und Wut haben die Berserker ihren Namen. Man weiß, wie gefährlich die säugende Mutterbärin einem jeden werden kann, der ihre Kreise stört bzw. ihre Jungen bedroht. Doch auch von der Bärin muß Ferdinand Milch gewinnen, wenn er den König heilen und die Königstochter gewinnen will. Nach nordeuropäischer Überlieferung ist nicht der Löwe, sondern der Bär der König der Tiere. Vielfach sind Bär und Bärin auch mit dem Weiblichen verbunden. Die keltische Göttin Artio hatte die Bärin als Symboltier, ebenso ist diese die Begleiterin und sogar Inkarnation der griechischen Artemis. In Sibirien und Alaska wurde die Bärin auch mit dem Mond in Verbindung gebracht, weil auch sie als Tier, das den Winterschlaf hält, kommt und geht wie der Mond. In christlicher Symbolik erscheinen der Bär und die Bärin meist als gefährliche Tiere, die gelegentlich auch den Teufel repräsentieren können, zuweilen sind sie auch Sinnbild für die Hauptsünde Völlerei. Auch C. G. Jung sieht im Bären ein Sinnbild für eher gefährliche Aspekte des Unbewußten. Bär bzw. Bärin sind, wie wir sehen, unter christlichem Einfluß dämonisiert worden. Die Kraft der Bärin, in ihrer Milch enthalten, die Kräfte der Artio und der Artemis also, braucht aber der König, um weiter regieren zu können, und braucht Ferdinand selber für sein künftiges Amt.

Schließlich wird auch noch die Milch der Hirschkuh benötigt: Die Hindin ist «Symbol des animalischen oder des mütterlichen Aspektes der Weiblichkeit» (Herder-Lexikon). Frauen und Mädchen werden öfters im Märchen zu Hirschkühen verwandelt, wenn sie von dem entsprechenden Archetyp der Weiblichkeit überwältigt werden, dem sie in der Entwicklungsphase noch nicht gewachsen sind. In der griechischen Mythologie war die Hirschkuh der Hera und der Artemis heilig. Der Wagen der Artemis wurde von vier Hirschkühen oder Hirschen mit goldenem Geweih gezogen. Der Hirsch wird wegen seines alljährlich sich erneuernden Geweihs häufig mit dem Lebensbaum verglichen: Als solcher ist er Symbol der Fruchtbarkeit, des Wachstums, des Stirb und Werde. Wegen seines auffälligen Brunstverhaltens gilt zumindest das männliche Tier auch als Symbol der männlichen Sexualität. Nicht zuletzt ist der Hirsch – wie übrigens auch Wolf und Bär – als Seelenführer durch die Bereiche des Unbewußten bekannt.

Aus diesem Bereich des Waldes, des Unbewußten, aus dem Bereich der Artemis, der göttlichen Jägerin also, aber auch des Stirb und Werde, soll dem Königreich Nahrung zugeführt werden. Es gelingt Ferdinand tatsächlich, aus allen drei animalischen Bereichen, aus dem der reißenden, gierigen Wölfin, der gewaltigen mütterlichen Bärin und der geheimnisvollen fruchtbaren Hindin die Milch zur Genesung des Königs zu beschaffen. Die Tiere lassen sich von ihm melken, zahm und fromm wie die Milchkühe. Das gelingt ihm aber wieder nur mit Hilfe des treuen Pferdes; psychologisch also, indem er sich auf seine Instinktseite, seine Tierseele verläßt und immer neu einläßt. Er ist der Richtige, der das Heilmittel beschaffen kann, weil diese Tiere alle mit dem Lebensbereich des grünen Jägers in Verbindung stehen und mit ihm Kontakt halten: So lassen sich die an sich gefährlichen Tiere friedfertig von ihm melken. Der König kann daran gesunden. Es wird deutlich, was auch in seinem Leben, in seinem Herrschaftssystem bisher noch gefehlt hat: die Verbundenheit mit der mütterlichen Natur.

Da diese Kräfte zum Bereich der Großen Mutter gehören, stellt sich jetzt die Frage, ob nicht auch der grüne Jäger selbst als ein Aspekt der Großen Mutter betrachtet werden kann. Es besteht kein Zweifel, daß er zunächst dem Jungen hilfreich und rettend wird, insofern im Dienst der Großen Mutter steht. Der Wald ist ein Großsymbol des Mütterlichen, der Jäger dagegen kein ebenso umfassendes Symbol des Männlichen. Er kann deshalb dem ihren als dem umfassenderen Bereich zugeordnet sein: Die archetypischen Figuren stehen auf verschiedenen Ebenen und sind in unterschiedlichem Sinn umfassend. Immer jedoch sind sie ambivalent. Sie entsprechen der jeweiligen Entwicklungsphase des Helden in ihrer Erscheinungsweise. Vater- und Muttergestalten werden in der Phase sehr gefährlich, in der es für den Helden um seiner eigener Entwicklung willen um die Ablösung von ihnen geht. Dieser psychologische Sachverhalt ist für mich an den Träumen, die Ingeborg Bachmann in dem Roman «Malina» verwendet, besonders anschaulich geworden. In ihm kommen die erschreckendsten Vaterbilder vor, die man sich denken kann, der Vater als Richter, als Henker, als Hitler selbst; man könnte vermuten, die Autorin habe einen sehr negativen Vater gehabt. Das Gegenteil aber ist der Fall. Ein Vater, an dem sie bis in ihr vierzigstes Lebensjahr hinein hing, konstellierte sich in dieser Phase, in der sich die Ablösung nicht länger hinausschieben ließ, in ihren Traumbildern als bedrohlich und gefährlich. Der Archetyp konstelliert sich jeweils so, wie er für den Helden jetzt lebensnotwendig ist: gefährlich oder hilfreich.

Da die Ärzte nicht helfen können und der alte Ratgeber verschwunden ist, versteigt sich der König in seiner Not dazu, seine Tochter demjenigen zu versprechen, der ihn zu heilen vermag. Und der junge Ferdinand bekommt aufgrund seines Eingeweihtseins in diesen Waldbereich und des Kontaktes mit dem Wunderschimmel die Möglichkeit, die Milch zu erwerben. Ähnlich wie in dem Märchen von den drei goldenen Äpfeln geschieht es nun, daß die beiden anderen Gärtnerburschen, die mit ausziehen, um die Milch zu gewinnen, wegen ihrer Erfolglosigkeit verzweifelt sind und auch etwas abbekommen wollen von dem, was Ferdinand gewonnen hat. Sie verkörpern männliche Seiten, vielleicht sogar in Ferdinand selbst, die sich uneingeweiht und gewissermaßen unbedarft an die genannte Aufgabe machen, aus dem Tierbereich heraus etwas Kostbares zu gewinnen. Auf Anraten des Pferdes teilt Ferdinand unbefangen seine Milch mit ihnen, und schließlich kommt es so weit, daß sie das heilende Milchgemisch dem König als erste präsentieren. Aber der König wird von diesem Heilmittel, das aus unberufener Hand kommt, nicht gesund, und so geraten sie zunächst wegen ihrer Unberufenheit sogar ins Gefängnis, werden weggesperrt. Ferdinand jedoch erweist sich als der berufene Therapeut und bekommt schließlich die Königstochter, auch wenn ihn der König, in einer letzten Anwandlung der bisherigen Gesinnung, zunächst mit Geld abspeisen will.

Eindeutig ist hier die Werbung um Ferdinand von der Königstochter ausgegangen: Das Weibliche wirbt um das Männliche für eine neue Art der Beziehung und Bezogenheit, es wirbt um den Mann, der sich neu mit der Natur eingelassen hat, es wirbt um neue Werte und einen veränderten Lebensstil in einer neuen Gesellschaft. Immer ist dieses neue Königreich erst der nächsten Generation vorbehalten. Doch die «Anima» wird gleichsam selbst aktiv, um diesen mutterbzw. vatergeschädigten Jungen einzuholen. Sie konstelliert sich von selbst. Wir können uns hier kurz fassen, weil diese Thematik beim «Eisenhans» noch einmal ausführlich wiederkehrt.

Als sich alles glücklich gewendet hat, kommt es zu der eigentlichen Bitte des treuen Helfertiers – wie sie sich auch von seiten des Fuchses in dem Märchen «Der goldene Vogel»[32] stellt –, daß nämlich Ferdinand ihm den Kopf abhauen solle; eine Bitte, der die Märchenhelden, die solchen Helfertieren alles verdanken, keinesfalls nachkommen wollen. Es geht dabei jeweils um so etwas wie ein Opfer des Prinzips oder des Instinktes, die bis hierher hilfreich waren, nämlich um eine Wandlungsmöglichkeit dieser Helfertiere selbst. Wenn sie nicht geschähe, könnte die Entwicklung nicht weitergehen, sondern würde stagnieren, wie sich in dem Märchen «Der goldene Vogel» zeigt. Hier verwandelt sich das Pferd in eine Taube, in den Seelenvogel also, auch den Friedensvogel: vielleicht soll diese Verwandlung einfach bedeuten, daß nun die Seele des Pferdes frei wird, so daß sie sich nun ganz in die des Helden integrieren kann, der nun künftig in «Glück und Frieden», wie es heißt, regieren wird.

Die Bitte des Pferdes an Ferdinand, ihm den Kopf abzuschlagen, ist zunächst befremdlich. Der Tierhelfer, dem der Held alles verdankt, bittet in der letzten Phase des Geschehens darum, getötet zu werden. Der Held weigert sich zunächst ganz entschieden, das zu tun. Er war mit diesem Pferd in einem sehr intensiven täglichen Austausch: Der Kontakt zwischen ihm und dem Pferd ist hier viel persönlicher geschildert als z. B der Umgang mit dem Pferdezauber der drei Haare in dem Märchen «Die drei goldenen Äpfel» – und die Beziehung zu einem Pferd kann eine große Intensität erreichen. Wie Winnetou mit seinem Pferd Rieh sind beide in einem dauernden Gespräch miteinander. Auch ein Kontakt zu einem realen Tier kann unsere Instinkt- und Beziehungsseite, unsere Einfühlung ungeheuer anregen und entwickeln, gerade wenn wir vielleicht zunächst sehr naturfremd waren. Da hier ein Wesen aus dem Instinktbereich als Tierhelfer, als Tier bisher immer mitgegangen ist, kann und muß offenbar

in eine neue Form kommen. Es kann z. B. um einen Instinkt gehen, der bisher einfach «aus dem Bauch», aus dem Körper, auch aus dem Unbewußten kam – und der zu den Fähigkeiten der Seele und des Geistes nun hinzukommen, der vom Bewußtsein integriert werden soll: Dafür könnte die Taube stehen. Es geht darum, daß wir einen klaren inneren Begleiter, der lange Zeit mitging, auch einer Verwandlung aussetzen und ihn in der bisherigen Gestalt wieder zu opfern vermögen. Die Helfergestalten werden für eine bestimmte Phase gebraucht, nach der sie gleichsam selbst wieder zu einer neuen Gestalt erlöst und verwandelt werden wollen.
Das gilt selbst für die Therapie eines Menschen: Wenn der Therapeut zu lange mitgeht, kann er beim Analysanden einen Schritt in die Autonomie verhindern. In dem Moment, in dem das Pferd verlangt, daß ihm der Kopf abgeschlagen werde, erscheint es allerdings nur wie ein Opfer, das Ferdinand bringen soll. Das Pferdeopfer ist übrigens alt und gilt als besondere Gabe an die Götter. Es bedeutet ja, auf die schmerzhafteste Art, die auch noch hohe Beherztheit verlangt, das Pferd zu enthaupten und damit herzugeben, samt all seiner Wundermacht. Daß der bisherige Therapeut künftig zu einem inneren Therapeuten werden kann, das wagt man in dem Moment, in dem die Ablösung wirklich erfolgen soll, kaum zu glauben. Doch vermag man es im Vollzug dieser Ablösung zu erkennen. In der darauffolgenden Phase kann auch ein realer Freund oder eine Freundin wichtiger werden als der Therapeut als Person. «Triffst du den Buddha unterwegs, so töte ihn», so lautet eine paradoxe Aufforderung innerhalb des Buddhismus: Auch sie steht gegen eine falsche absolute Bindung an eine Person oder auch an ein Bild, daß das lebendige Leben künftig verstellen würde. Man müßte dieses Bild eines Tages stürzen, so meint dieser Spruch.

Es ist eine reale, auch psychologisch erfahrbare Wandlung: Vom Pferd führt sie zur Taube. Der Schimmel ist in diesem Märchen vor allem für die Situationen gebraucht worden, in denen es «aus» war, wie es der Spruch «Schimmel, mit uns ist's aus» besagt. Sobald einer wirklich auf eigenen Füßen stehen kann, soll der Schimmel sich verwandeln. Der Held muß künftig nicht mehr getragen werden. Er hat bis jetzt diesem Seelenführer ganz vertraut, selbst in Situationen, die für ihn nicht durchsichtig waren – z. B. als er dazu aufgefordert wurde, die Milch mit den Gärtnerburschen zu teilen –, so daß er nun auch zuletzt aus Vertrauen das Unverständlichste tut, was der Schimmel von ihm verlangt: ihm den Kopf abzuschlagen. Dieses Pferd, das aus dem Bereich des männlichen Archetyps kommt, kann in diesem Märchen am Schluß gewandelt werden. Bei Eisenhans wird sogar die Gestalt des männlichen Archetyps erlöst, während die weiße Frau einfach verschwindet. Der Jüngling kommt an die weibliche archetypische Gestalt nicht heran, er muß froh sein, sich von ihr absetzen zu können.

Es ist meine These aufgrund der Märchen, die wir bis jetzt betrachtet haben: Die weibliche Figur vermag im weiblichen archetypischen Bereich etwas zu wandeln, durch ihr Handeln und Leiden, wie die männliche im Bereich des männlichen Archetyps solches vermag. Während sie in der Begegnung mit dem gegengeschlechtlichen Archetyp nur das ihnen nötige an gegengeschlechtlichen Anteilen herauslösen können und darum bangen müssen, der Übermacht der archetypischen Gestalt zu verfallen.

Doch schließt dieses Märchen, der Wunderschimmel, mit einem Bild, das die Befriedung des Ausgangsproblems anzeigt: Der junge König holt die Eltern in sein neues Reich, die Eltern, die in so furchtbarer Not waren, daß sie ihren Sohn dem grünen Jäger vermachen mußten. Erst dann wird

er in diesem Märchen König, als die Familie wieder beisammen, als das, was die Not des Anfangs ausmachte, geheilt und aufgearbeitet worden ist.
So stehen am Schluß zwei Paare vor uns, ein junges und ein altes: beide einbezogen in das «Glück» und den «Frieden» in diesem Königreich, die es den neuen schöpferischen Entwicklungen nach der Heimholung der Natur verdankt.

Der Eisenhans

(Grimmsches Märchen)[33]

Es war einmal ein König, der hatte einen großen Wald bei seinem Schloß, darin lief Wild aller Art herum. Zu einer Zeit schickte er einen Jäger hinaus, der sollte ein Reh schießen, aber er kam nicht wieder. «Vielleicht ist ihm ein Unglück zugestoßen», sagte der König und schickte den folgenden Tag zwei andere Jäger hinaus, die sollten ihn aufsuchen, aber die blieben auch weg. Da ließ er am dritten Tag alle seine Jäger kommen und sprach «streift durch den ganzen Wald und laßt nicht ab, bis ihr sie alle drei gefunden habt». Aber auch von diesen kam keiner wieder heim, und von der Meute Hunde, die sie mitgenommen hatten, ließ sich keiner wieder sehen. Von der Zeit an wollte sich niemand mehr in den Wald wagen, und er lag da in tiefer Stille und Einsamkeit, und man sah nur zuweilen einen Adler oder Habicht darüber hinfliegen. Das dauerte viele Jahre, da meldete sich ein fremder Jäger bei dem König, suchte eine Versorgung und erbot sich, in den gefährlichen Wald zu gehen. Der König aber wollte seine Einwilligung nicht geben und sprach «es ist nicht geheuer darin, ich fürchte, es geht dir nicht besser als den andern, und du kommst nicht wieder heraus». Der Jäger antwortete «Herr, ich wills auf meine Gefahr wagen: von Furcht weiß ich nichts».

Der Jäger begab sich also mit seinem Hund in den Wald. Es dauerte nicht lange, so geriet der Hund einem Wild auf die Fährte und wollte hinter ihm her: kaum aber war er ein paar Schritte gelaufen, so stand er vor einem tiefen Pfuhl, konnte nicht weiter, und ein nackter Arm streckte sich aus dem Wasser, packte ihn und zog ihn hinab. Als der Jäger das sah, ging er zurück und holte drei Männer, die mussten mit Eimern kommen und das Wasser ausschöpfen. Als sie auf den Grund sehen konnten, so lag da ein wilder Mann, der braun am Leib war wie rostiges Eisen und dem die Haare über das Gesicht bis zu den Knien herabhingen. Sie banden ihn mit Stricken und führten ihn fort in das Schloß. Da war große Verwunderung über den wilden Mann, der König aber ließ ihn in einen eisernen Käfig auf seinen Hof setzen und verbot bei Lebensstrafe, die Türe des Käfigs zu öffnen, und die Königin mußte den Schlüssel selbst in Verwahrung nehmen. Von nun an konnte ein jeder wieder mit Sicherheit in den Wald gehen.

Der König hatte einen Sohn von acht Jahren, der spielte einmal auf dem Hof, und bei dem Spiel fiel ihm sein goldener Ball in den Käfig. Der Knabe lief hin und sprach «gib mir meinen Ball heraus». «Nicht eher», antwortete der Mann, «als bis du mir die Türe aufgemacht hast.» «Nein», sagte der Knabe, «das tue ich nicht, das hat der König verboten», und lief fort. Am andern Tag kam er wieder und forderte seinen Ball: der wilde Mann sagte «öffne meine Türe», aber der Knabe wollte nicht. Am dritten Tag war der König auf die Jagd geritten, da kam der Knabe nochmals und sagte «wenn ich auch wollte, ich kann die Türe nicht öffnen, ich habe den Schlüssel nicht». Da sprach der wilde Mann «er liegt unter dem Kopfkissen deiner Mutter, da kannst du ihn holen». Der Knabe, der seinen Ball wiederhaben wollte, schlug alles Bedenken in den Wind und brachte den Schlüssel herbei. Die Türe ging schwer auf, und der Knabe klemmte sich den Finger. Als sie offen war, trat der wilde Mann heraus, gab ihm den goldenen Ball und eilte hinweg. Dem Knaben war angst geworden, er schrie und rief ihm nach «ach, wilder Mann, geh nicht fort, sonst bekomme ich Schläge». Der wilde Mann kehrte um, hob ihn auf, setzte ihn auf seinen Nacken und ging mit schnellen Schritten in den Wald hinein. Als der König heimkam, bemerkte er den leeren Käfig und fragte die Königin, wie das zugegangen wäre. Sie wußte nichts davon, suchte den Schlüssel, aber er war weg. Sie rief den Knaben, aber niemand antwortete. Der König schickte Leute aus, die ihn auf dem Felde suchen sollten, aber sie fanden ihn nicht. Da konnte er leicht erraten, was geschehen war, und es herrschte große Trauer an dem königlichen Hof.

Als der wilde Mann wieder in dem finstern Wald angelangt war, so setzte er den Knaben von den Schultern herab und sprach zu ihm «Vater und Mutter siehst du nicht wieder, aber ich will dich bei mir behalten, denn du hast mich befreit, und ich habe Mitleid mit dir. Wenn du alles tust, was ich dir sage, so sollst du's gut haben. Schätze und Gold habe ich genug und mehr als jemand in der Welt.» Er machte dem Knaben ein Lager von Moos, auf dem er einschlief, und am andern Morgen führte ihn der Mann zu einem Brunnen und sprach «siehst du, der Goldbrunnen ist hell und klar wie Kristall: du sollst dabeisitzen und achthaben, daß nichts hineinfällt, sonst ist er verunehrt. Jeden Abend komme ich und sehe, ob du mein Gebot befolgt hast.» Der Knabe setzte sich an den Rand des Brunnens, sah, wie manchmal ein goldner Fisch, manchmal

eine goldne Schlange sich darin zeigte, und hatte acht, daß nichts hineinfiel. Als er so saß, schmerzte ihn einmal der Finger so heftig, daß er ihn unwillkürlich in das Wasser steckte. Er zog ihn schnell wieder heraus, sah aber, daß er ganz vergoldet war, und wie große Mühe er sich gab, das Gold wieder abzuwischen, es war alles vergeblich. Abends kam der Eisenhans zurück, sah den Knaben an und sprach «was ist mit dem Brunnen geschehen?» «Nichts, nichts», antwortete er und hielt den Finger auf den Rücken, daß er ihn nicht sehen sollte. Aber der Mann sagte «du hast den Finger in das Wasser getaucht: diesmal mags hingehen, aber hüte dich, daß du nicht wieder etwas hineinfallen läßt». Am frühsten Morgen saß er schon bei dem Brunnen und bewachte ihn. Der Finger tat ihm wieder weh, und er fuhr damit über seinen Kopf, da fiel unglücklicherweise ein Haar herab in den Brunnen. Er nahm es schnell heraus, aber es war schon ganz vergoldet. Der Eisenhans kam und wußte schon, was geschehen war. «Du hast ein Haar in den Brunnen fallen lassen», sagte er, «ich will dirs noch einmal nachsehen, aber wenns zum drittenmal geschieht, so ist der Brunnen entehrt, und du kannst nicht länger bei mir bleiben.» Am dritten Tag saß der Knabe am Brunnen und bewegte den Finger nicht, wenn er ihm noch so weh tat. Aber die Zeit ward ihm lang, und er betrachtete sein Angesicht, das auf dem Wasserspiegel stand. Und als er sich dabei immer mehr beugte und sich recht in die Augen sehen wollte, so fielen ihm seine langen Haare von den Schultern herab in das Wasser. Er richtete sich schnell in die Höhe, aber das ganze Haupthaar war schon vergoldet und glänzte wie eine Sonne. Ihr könnt denken, wie der arme Knabe erschrak. Er nahm sein Taschentuch und band es um den Kopf, damit es der Mann nicht sehen sollte. Als er kam, wußte er schon alles und sprach «binde das Tuch auf». Da quollen die goldenen Haare hervor, und der Knabe mochte sich entschuldigen, wie er wollte, es half ihm nichts. «Du hast die Probe nicht bestanden und kannst nicht länger hier bleiben. Geh hinaus in die Welt, da wirst du erfahren, wie die Armut tut. Aber weil du kein böses Herz hast und ichs gut mit dir meine, so will ich dir eins erlauben: wenn du in Not gerätst, so geh zu dem Wald und rufe ‹Eisenhans›, dann will ich kommen und dir helfen. Meine Macht ist groß, größer als du denkst, und Gold und Silber habe ich im Überfluß.»
Da verließ der Königssohn den Wald und ging über gebahnte und ungebahnte Wege immerzu, bis er zuletzt in eine große Stadt kam. Er suchte da Arbeit, aber er konnte keine finden und hatte auch nichts erlernt, womit er sich hätte forthelfen können. Endlich ging er in das Schloß und fragte, ob sie ihn behalten wollten. Die Hofleute wußten nicht, wozu sie

ihn brauchen sollten, aber sie hatten Wohlgefallen an ihm und hießen ihn bleiben. Zuletzt nahm ihn der Koch in Dienst und sagte, er könnte Holz und Wasser tragen und die Asche zusammenkehren. Einmal, als gerade kein anderer zur Hand war, hieß ihn der Koch die Speisen zur königlichen Tafel tragen, da er aber seine goldenen Haare nicht wollte sehen lassen, so behielt er sein Hütchen auf. Dem König war so etwas noch nicht vorgekommen, und er sprach «wenn du zur königlichen Tafel kommst, mußt du deinen Hut abziehen». «Ach Herr», antwortete er, «ich kann nicht, ich habe einen bösen Grind auf dem Kopf.» Da ließ der König den Koch herbeirufen, schalt ihn und fragte, wie er einen solchen Jungen hätte in seinen Dienst nehmen können; er sollte ihn gleich fortjagen. Der Koch aber hatte Mitleiden mit ihm und vertauschte ihn mit dem Gärtnerjungen. Nun mußte der Junge im Garten pflanzen und begießen, hacken und graben und Wind und böses Wetter über sich ergehen lassen. Einmal im Sommer, als er allein im Garten arbeitete, war der Tag so heiß, daß er sein Hütchen abnahm und die Luft ihn kühlen sollte. Wie die Sonne auf das Haar schien, glitzte und blitzte es, daß die Strahlen in das Schlafzimmer der Königstochter fielen und sie aufsprang, um zu sehen, was das wäre. Da erblickte sie den Jungen und rief ihn an «Junge, bring mir einen Blumenstrauß». Er setzte in aller Eile sein Hütchen auf, brach wilde Feldblumen ab und band sie zusammen. Als er damit die Treppe hinaufstieg, begegnete ihm der Gärtner und sprach «wie kannst du der Königstochter einen Strauß von schlechten Blumen bringen? Geschwind hole andere und suche die schönsten und seltensten aus.» «Ach nein», antwortete der Junge, «die wilden riechen kräftiger und werden ihr besser gefallen.» Als er in ihr Zimmer kam, sprach die Königstochter «nimm dein Hütchen ab, es ziemt sich nicht, daß du ihn vor mir aufbehältst». Er antwortete wieder «ich darf nicht, ich habe einen grindigen Kopf». Sie griff aber nach dem Hütchen und zog es ab, da rollten seine goldenen Haare auf die Schultern herab, daß es prächtig anzusehen war. Er wollte fortspringen, aber sie hielt ihn am Arm und gab ihm eine Handvoll Dukaten. Er ging damit fort, achtete aber des Goldes nicht, sondern er brachte es dem Gärtner und sprach «ich schenke es deinen Kindern, die können damit spielen». Den andern Tag rief ihm die Königstochter abermals zu, er sollte ihr einen Strauß Feldblumen bringen, und als er damit eintrat, grapste sie gleich nach seinem Hütchen und wollte es ihm wegnehmen, aber er hielt es mit beiden Händen fest. Sie gab ihm wieder eine Handvoll Dukaten, aber er wollte sie nicht behalten und gab sie dem Gärtner zum Spielwerk für seine Kinder. Den dritten

Tag gings nicht anders, sie konnte ihm sein Hütchen nicht wegnehmen, und er wollte ihr Gold nicht.

Nicht lange danach ward das Land mit Krieg überzogen. Der König sammelte sein Volk und wußte nicht, ob er dem Feind, der übermächtig war und ein großes Heer hatte, Widerstand leisten könnte. Da sagte der Gärtnerjunge «ich bin herangewachsen und will mit in den Krieg ziehen, gebt mir nur ein Pferd». Die andern lachten und sprachen «wenn wir fort sind, so suche dir eins: wir wollen dir eins im Stall zurücklassen». Als sie ausgezogen waren, ging er in den Stall und zog das Pferd heraus; es war an einem Fuß lahm und hickelte hunkepuus, hunkepuus. Dennoch setzte er sich auf und ritt fort nach dem dunkeln Wald. Als er an den Rand desselben gekommen war, rief er dreimal «Eisenhans» so laut, daß es durch die Bäume schallte. Gleich darauf erschien der wilde Mann und sprach «was verlangst du?» «Ich verlange ein starkes Roß, denn ich will in den Krieg ziehen.» «Das sollst du haben und noch mehr, als du verlangst.» Dann ging der wilde Mann in den Wald zurück, und es dauerte nicht lange, so kam ein Stallknecht aus dem Wald und führte ein Roß herbei, das schnaubte aus den Nüstern und war kaum zu bändigen. Und hinterher folgte eine große Schar Kriegsvolk, ganz in Eisen gerüstet, und ihre Schwerter blitzten in der Sonne. Der Jüngling übergab dem Stallknecht sein dreibeiniges Pferd, bestieg das andere und ritt vor der Schar her. Als er sich dem Schlachtfeld näherte, war schon ein großer Teil von des Königs Leuten gefallen, und es fehlte nicht viel, so mußten die übrigen weichen. Da jagte der Jüngling mit seiner eisernen Schar heran, fuhr wie ein Wetter über die Feinde und schlug alles nieder, was sich ihm widersetzte. Sie wollten fliehen, aber der Jüngling saß ihnen auf dem Nacken und ließ nicht ab, bis kein Mann mehr übrig war. Statt aber zu dem König zurückzukehren, führte er seine Schar auf Umwegen wieder zu dem Wald und rief den Eisenhans heraus. «Was verlangst du?» fragte der wilde Mann. «Nimm dein Roß und deine Schar zurück und gib mir mein dreibeiniges Pferd wieder.» Es geschah alles, was er verlangte, und er ritt auf seinem dreibeinigen Pferd heim. Als der König wieder in sein Schloß kam, ging ihm seine Tochter entgegen und wünschte ihm Glück zu seinem Sieg. «Ich bin es nicht, der den Sieg davongetragen hat», sprach er, «sondern ein fremder Ritter, der mir mit seiner Schar zu Hilfe kam.» Die Tochter wollte wissen, wer der fremde Ritter wäre, aber der König wußte es nicht und sagte «er hat die Feinde verfolgt, und ich habe ihn nicht wieder gesehen». Sie erkundigte sich bei dem Gärtner nach seinem Jungen; der lachte aber und sprach «eben ist er auf seinem dreibeinigen Pferd heimgekommen, und die andern haben gespottet und gerufen ‹da kommt unser Hunkepuus wieder an›. Sie fragten auch ‹hinter welcher Hecke hast du derweil gelegen und geschlafen?› Er sprach aber ‹ich habe das Beste getan, und ohne mich wäre es schlecht gegangen›. Da ward er noch mehr ausgelacht.»

Der König sprach zu seiner Tochter «ich will ein großes Fest ansagen lassen, das drei Tage währen soll, und du sollst einen goldenen Apfel werfen: vielleicht kommt der Unbekannte herbei». Als das Fest verkündet war, ging der Jüngling hinaus zu dem Wald und rief den Eisenhans. «Was verlangst du?» fragte er. «Daß ich den goldenen Apfel der Königstochter fange.» «Es ist so gut, als hättest du ihn schon», sagte Eisenhans, «du sollst auch eine rote Rüstung dazu haben und auf einem stolzen Fuchs reiten.» Als der Tag kam, sprengte der Jüngling heran, stellte sich unter die Ritter und ward von niemand erkannt. Die Königstochter trat hervor und warf den Rittern einen goldenen Apfel zu, aber keiner fing ihn als er allein; aber sobald er ihn hatte, jagte er davon. Am zweiten Tag hatte ihn Eisenhans als weißen Ritter ausgerüstet und ihm einen Schimmel gegeben. Abermals fing er allein den Apfel, verweilte aber keinen Augenblick, sondern jagte damit fort. Der König ward bös und sprach «das ist nicht erlaubt, er muß vor mir erscheinen und seinen Namen nennen». Er gab den Befehl, wenn der Ritter, der den Apfel gefangen habe, sich wieder davonmachte, so sollte man ihm nachsetzen, und wenn er nicht gutwillig zurückkehrte, auf ihn hauen und stechen. Am dritten Tag erhielt er vom Eisenhans eine schwarze Rüstung und einen Rappen und fing auch wieder den Apfel. Als er aber damit fortjagte, verfolgten ihn die Leute des Königs, und einer kam ihm so nahe, daß er mit der Spitze des Schwertes ihm das Bein verwundete. Er entkam ihnen jedoch, aber sein Pferd sprang so gewaltig, daß der Helm ihm vom Kopf fiel, und sie konnten sehen, daß er goldene Haare hatte. Sie ritten zurück und meldeten dem König alles.

Am andern Tag fragte die Königstochter den Gärtner nach seinem Jungen. «Er arbeitet im Garten; der wunderliche Kauz ist auch bei dem Fest gewesen und erst gestern abend wiedergekommen; er hat auch meinen Kindern drei goldene Äpfel gezeigt, die er gewonnen hat.» Der König ließ ihn vor sich fordern, und er erschien und hatte wieder sein Hütchen auf dem Kopf. Aber die Königstochter ging auf ihn zu und nahm es ihm ab, und da fielen seine goldenen Haare über die Schultern, und es war so schön, daß alle erstaunten. «Bist du der Ritter gewesen, der jeden Tag zu dem Fest gekommen ist, immer in einer andern Farbe, und der die drei goldenen Äpfel gefangen hat?» fragte der König. «Ja», antwortete er, «und da sind die Äpfel», holte sie aus der Tasche und reichte sie dem König. «Wenn Ihr noch mehr Beweise verlangt, so könnt Ihr die Wunde sehen, die mir Eure Leute geschlagen haben, als sie mich verfolgten. Aber ich bin auch der Ritter, der Euch zum Sieg über die Feinde geholfen hat.» «Wenn du solche Taten verrichten kannst, so bist du kein Gärtnerjunge: sage mir, wer ist dein Vater?» «Mein Vater ist ein mächtiger König, und Goldes habe ich die Fülle und soviel ich nur verlange.» «Ich sehe wohl», sprach der König, «ich bin dir Dank schuldig, kann ich dir etwas zu Gefallen tun?» «Ja», antwortete er, «das könnt Ihr wohl, gebt mir Eure Tochter zur Frau.» Da lachte die Jungfrau und sprach «der macht keine Umstände, aber ich habe schon an seinen goldenen Haaren gesehen, daß er kein Gärtnerjunge ist», ging dann hin und küßte ihn. Zu der Vermählung kamen sein Vater und seine Mutter und waren in großer Freude, denn sie hatten schon alle Hoffnungen aufgegeben, ihren lieben Sohn wiederzusehen. Und als sie an der Hochzeitstafel saßen, da schwieg auf einmal die Musik, die Türen gingen auf, und ein stolzer König trat herein mit großem Gefolge. Er ging auf den Jüngling zu, umarmte ihn und sprach «ich bin der Eisenhans und war in einen wilden Mann verwünscht, aber du hast mich erlöst. Alle Schätze, die ich besitze, die sollen dein Eigentum sein.»

Dieses Märchen enthält unter den bisher betrachteten die vollständigste Erzählung von der Wandlung einer – diesmal männlichen – archetypischen Gestalt, die, vom herrschenden Bewußtsein abgedrängt, in den Tabubereich geraten ist. Für das Verständnis des Märchens ist jeweils wichtig, was unmittelbar auf die Einleitungsformel «Es war einmal» folgt: in diesem Fall also ein König, der einen großen Wald um sein Schloß besitzt. Von diesem König und seinem Wald – der noch im gleichen Abschnitt als unbetretbar und unheimlich geschildert wird – handelt dieses Märchen, von einem herrschenden Prinzip also und dem abgespaltenen Teil seines Landes: dem Bereich der Natur, der Lebensgemeinschaft Wald, der den Menschen einst aufnahm und nährte, der ihm aber so gefährlich geworden ist, daß er ihm nun als Tabu gilt.

Ein kollektives Problem wird hier angesprochen, ein kollektives Problem der patriarchalen naturentfremdeten Gesellschaft, der die Natur zum Feind geworden und die entsprechend verödet ist. Ich möchte dieses Märchen, das den Wald und seine Unbetretbarkeit als erstes Problem eines Landes und seines Regenten nennt, stärker noch als die bisherigen auf kollektiver Ebene zu interpretieren versuchen. Inzwischen liegt eine bemerkenswerte Interpretation dieses Märchens von Verena Kast[34] vor, die die darin enthaltenen Familienkonflikte besonders berücksichtigt. Ich werde mich mehrfach auf diese Interpretation beziehen.

Der gesamte umfangreiche Eingangspart des Märchens dient der Schilderung des «Waldkomplexes», unter dem das ganze Land leidet. Es mag einem das kollektive Problem in den Sinn kommen, das sich in unserem Land heute in dem alle betreffenden und viele tief betroffen machenden Sterben des Waldes darstellt: Es ist dabei nur die Spitze eines Problems, das sich in einer Verbannung und Versenkung des wildgütigen Eisenhans in die Tiefe eines Pfuhles zuerst und sodann in der Zurschaustellung im eisernen Käfig des Schloßhofes ausdrückt. Das reale Waldsterben ist nur die bitterste Konsequenz einer Mißachtung der wesensmäßigen und schicksalhaften Verbundenheit des Menschen mit seiner natürlichen Umwelt, die ihn bisher trug und barg. Die Verödung des Landes ist Folge einer Einstellung, die die Natur nur als Rohstoffquelle nutzt und rücksichtslos ausbeutet; die zugleich mißachtet, welche Folgen die Industrialisierung des ganzen Landes und die Mobilisierung jedes einzelnen für die natürliche Umwelt haben; einer Einstellung, die Leistungsprinzip und Wirtschaftswachstum über alles stellt und dabei die Gesetze des natürlichen Wachstums der äußeren und der inneren Natur des Menschen sträflich vernachlässigt. Mit der Natur, dem Wald ist zugleich der gesamte Bereich weiblicher

Symbolik, der Archetyp des Weiblich-Mütterlichen in seiner Wirkung auf den Menschen mißachtet und verdrängt.
Durch die Gefährdung der Natur und aller ihrer natürlichen Gesetze beginnt die Natur jedoch selbst für den Menschen gefährlich zu werden: sie schlägt zurück. Der Boden, die Gewässer und das Wetter scheinen aus dem ökologischen Gleichgewicht zu geraten und auf den Menschen zurückzuwirken. Stirbt der Wald, so verändert sich der Boden – die Bannwälder vermögen in Bergländern wie der Schweiz und Österreich den Steinschlag und die Lawinen nicht mehr abzuhalten, Dörfer und Städte nicht mehr zu schützen. Stirbt der Wald, so verändert sich auch die Luft, das Wetter. Es sterben unzählige Tierarten, Wild, Kriechtiere, Vögel und Kleinlebewesen. Mit dem Wald stirbt ein ganzes ökologisches Reich von Pilzen und Beeren, von Pflanzen und Bäumen: man hat schon begonnen, die Samen und das Erbgut der Fichten und Weißtannen Europas in Laboratorien zu sammeln, um ihr Überleben zu sichern.
Mit dem Wald stürbe aber auch ein ganzer seelischer Beziehungsbereich des Menschen: Der Wald nimmt einen auf, so sagen die Menschen, die in Abspannung und seelischer Ratlosigkeit nirgendwo so starke Geborgenheit und Regenerationsmöglichkeit finden wie im Wald. Für viele, deren leibliche Väter und Mütter ihnen nicht genug Geborgenheit gaben, ist der Wald im überpersönlich archetypischen Sinn Vater und Mutter geworden. Der Wald ist uns immer wieder ein anschauliches Gleichnis für die stillen und unaufhaltsamen Wachstumsvorgänge, für die Verbundenheit aller Lebensprozesse miteinander. Er ist zuletzt ein tiefes seelisches Bild für das Unbewußte und für die aus ihm aufsteigenden Gestalten, Tierhelfer, Vater- und Muttergestalten. Sie entsteigen in unseren Märchen fast immer dem Wald. Es fehlt uns auch das lebendige Anschauungsmaterial zum Verständnis

unserer Märchen, wenn wir den Wald nicht mehr betreten können.
Hier im Märchen ist er zwar nicht im Sterben, aber er ist eben unbetretbar geworden. Er weist den Menschen ab, steht ihm nicht mehr zur Verfügung. Die Folgen für das Land sind ähnliche wie die heutigen. Es ist das Hauptthema hier, daß es in des Königs Wald nicht mehr geheuer ist. Darin liegt die Notsituation, die uns immer am Eingang eines Märchens interessiert: Hier ist die Not, daß der Wald Menschenleben verschlingt. Es liegt ein kollektiver Komplex vor, dem Menschen zum Opfer fallen, sogar die Jäger, Menschen also, die sich im Walde auskennen und gewohnt sind, ihm gezielt etwas abzugewinnen. «Ein sehr stimmiges Bild für einen abgespaltenen Komplex mit seiner Dynamik: ein Problem wird verdrängt, verliert die Beziehung zum alltäglichen Leben, wird als Stimmung dennoch erlebt, hier als destruktive Stimmung, und Lebensimpulse werden allzuleicht von ihm verschlungen, kommen abhanden, Angst breitet sich aus.»[35]
Der König, dieser Repräsentant der geltenden Werte, scheint psychisch selbst nicht mehr in Ordnung zu sein. Es ist das Abgedrängte, Verdrängte, was diesem ganzen Volk den Wald, von dem es leben könnte, nun zur Gefahrenzone macht. Selbst die Jäger werden verschlungen, auch das Männliche also, das sich eigentlich in der Natur und im Umfeld des Mutterarchetyps zu bewegen wüßte. Wenn auch diese Kräfte restlos verschluckt werden, sind der König und sein Reich psychisch gefährdet.
Erst ein fremder Jäger findet einen Zugang, so heißt es: eine bisher noch nicht bekannte Kraft in diesem Königreich, einer, der eine neue Perspektive mitbringt, neue Erfahrungen, die am Ort noch nicht bekannt sind. Er allein hat eine Chance. Er geht sowohl besonnen wie beherzt vor: Er schickt seinen Hund – seine Instinktseite also – voraus und muß erle-

ben, wie selbst dieser in den Pfuhl gezogen wird. Was ihm an Instinkt voraus ist und voraus läuft, das tastend Vorsichtige auch, das Witterungsvermögen: selbst dies wird ihm vom Sog dieses Komplexes geraubt.

Aber nun vermag er zu ermessen, welche Macht hier am Werk ist.

Es genügt offenbar zu einer ersten Isolierung des Problems, daß es erkannt ist: Das zeigt sich daran, daß es nun gelingt, den Teich mit Eimern auszuschöpfen. Eigentlich könnte man befürchten, daß auch die Schöpfenden hinabgezogen würden. Was wird weggeschöpft, wenn wir es auch psychisch zu verstehen suchen? Es dürfte sich um das Wasser des Unbewußten handeln, dies Verschwommene, Sumpfige, das das Problem verdunkelt. Als sie auf den Grund sehen, können sie das Problem freilegen. Es geschieht hier gleichsam therapeutische Arbeit am Problem – jede Stunde wird solch ein Eimer von Wasser des Unbewußten gehoben –, wahrscheinlich war auch dies ein längerer Prozeß, als es uns hier geschildert werden kann. Kollektiv gehörte eine umfassende Aufklärungsarbeit über solch ein Problem dazu, um es einer Gesellschaft bewußt zu machen: sozialkritische, journalistische und sozialtherapeutische Arbeit. Wer dem gegenüber noch skeptisch wäre, behielte zunächst recht: denn das Problem ist zunächst nur freigelegt, der Kern des abgespaltenen Komplexes, der Eisenhans, ist entdeckt: aber damit geht die Geschichte der Problemlösung erst an.

Eigentümlich ist, daß dieser wilde Mann in seinem eigenen Bereich jetzt plötzlich keine Kraft mehr hat, sich fesseln, mitnehmen und einsperren läßt. Seine «Mutterlauge», in der er gelegen hatte, ist ihm genommen; er ist aus dem kollektiven negativen Mutterkomplex, der ihn enthielt, gleichsam ausgestoßen, bildhaft möchte man fast sagen «trockengelegt». Aber damit, daß ein autonomer Komplex aus der Mutterlauge gehoben wird, ist er noch nicht aufgelöst. Jedenfalls wird er herausgehoben, isoliert, kommt ganz nahe an des Königs Palast, also an das Bewußtsein des Königs, wird ausgestellt in diesem eisernen Käfig. Der Schatten des Königs und des Königreiches, der Eisenhans, kommt nun ganz nahe an die bewußte Wirklichkeit heran: es handelt sich aber um viel mehr als nur um den persönlichen Schatten des Königs, es ist ein kollektiver Schatten, der über der allgemeinen Bewußtseinslage liegt. Indem er in diesen Käfig kommt, wird er erneut abgespalten, auch wenn er sichtbar bleibt, wird er jetzt sozusagen bewußt abgespalten, weil er als zu mächtig erlebt wird. Das Ganze erinnert auch an die Situation, in der einer oder etwas an den Pranger gestellt wird – in unserer Gesellschaft kommen einem z. B. die Vorgänge um die Terroristenprozesse in den Sinn –, man soll sich dadurch mit ihnen auseinandersetzen können. Man macht den Komplex sichtbar und schützt sich doch zugleich vor ihm, indem man ihn isoliert. Das Bild erinnert auch an die Psychodynamik von Zwängen: wobei eine Angst dadurch gebannt werden soll, daß man sich ein Abwehrritual schafft.

Eisenhans in seiner unbändigen Kraft ist zu diesem Zeitpunkt wie in einem Zwinger gehalten. Immerhin kann man jetzt mit ihm reden. Der Schlüssel zu diesem Problem aber liegt bei der Königin – ein Beweis mehr dafür, daß seine Gefährlichkeit mit dem negativen Mutterkomplex zu tun hat, der über dieser ganzen Gesellschaft liegt. Bedenkenswert ist natürlich auch, daß dieser Eisenhans in einem Eisenkäfig gefangengehalten wird: als handelte es sich um einen Analogiezauber.

Doch wer ist Eisenhans eigentlich? Was verkörpert er als der innerste Kern des Waldkomplexes, von dem wir sprachen? Wenn er dem Eisen zugeordnet ist, wie sein Name sagt – rotbraun wie seine Haut ist eisenhaltiges Wasser, ist eisenhalti-

ge Erde, ist verrostetes Eisen überhaupt –, dann ist ihm unbändige Kraft, eiserne Ausdauer bis zur Unbeugsamkeit zugeschrieben. In der Alchemie wird das Eisen dem Gott Mars zugeordnet, der als betont männlich, als Gott des Streites und Krieges, als heiß und trocken, als Blitz und Gewitter, Wildheit und Härte bewirkend beschrieben wird. Verschiedentlich wird es dem Kupfer als dem edleren Metall gegenübergestellt, als entspräche es der Opposition Wasser – Feuer, Yin – Yang, wie z. B. in China. Das vom Himmel gefallene Meteoreisen gilt im Unterschied hierzu als göttlich.
Eisen gilt einerseits als Schutz gegen böse Geister – wie in dem eisernen Käfig, in dem Eisenhans gefangen gehalten wird –, andererseits gilt es als deren Instrument. Durch seine Zuordnung zum Eisen wird Eisenhans in die Nähe der Dämonen gerückt. Beim Bau des Salomonischen Tempels, beim Schlachten von Opfertieren wurde Eisen vermieden: es hätte die heiligen Kräfte vertreiben können. Das eiserne Zeitalter, jeweils als die Gegenwart gesehen, gilt in dem Mythos von den fünf Zeitaltern als das armseligste, als das des Niedergangs, das auf das heroische Zeitalter z. B. der trojanischen Kriege folgt.
Eisenhans hat aber nicht nur Bezüge zum Eisen – damit zu Aggression und Kampf –, sondern er ist auch einer der «wilden Männer», von denen Märchen und Mythos noch ganz andere Wesenszüge zu berichten wissen. «Als sie auf den Grund sehen konnten», heißt es im Märchen, «so lag da ein wilder Mann, der braun am Leib war wie rostiges Eisen und dem die Haare über das Gesicht bis zu den Knien herabhingen.» Die Haare zeigen seine Verwilderung, seine Unzivilisiertheit an: zugleich aber auch die Kraft – auch bei Simson steckte sie im Haar – im psychischen, physischen, wie auch im erotisch-sexuellen Sinn. Wilde Männer sind im Mythos und in Sagen als riesenhafte Waldmenschen beschrieben, sie

sind die Inkarnationen von Vegetationsgottheiten. Eine solche vermummte Gestalt, ein wilder Mann, fährt im Frühjahr auf einem mit Tannengrün geschmückten Schiff den Rhein bei Basel hinab; die in Tannenzweige gehüllten Silvesterkläuse im Appenzellerland repräsentieren ebenfalls den Vegetationsgott und sollen dem Frühling helfen, wiederzukehren. Auch Mars war nicht immer nur Kriegsgott: viel umfassender war seine Wirksamkeit als altitalischer Bauerngott, der das Wachstum verbürgte und immer wieder heraufführte. «Im Bild des wilden Mannes verdichten sich die Erfahrungen des Menschen mit der Vegetation, mit der Angst, daß die Urlebenskraft ausbleibe, daß kein Frühling mehr stattfinde – Frühling jetzt sehr weit verstanden. Diese Urlebenskraft wird aber auch erlebt als Vitalität, als Emotionalität, beglükkend, beängstigend, weil zu lange offenbar nicht dem lebendigen Leben verbunden.»[36]
Es ist überraschend und fügt dem Bild noch ganz neue Aspekte hinzu, daß Eisenhans in verschiedenen französischen Versionen des Märchens auch «Merlin» genannt wird. Er hat also – in unserem Märchen wird er ja der große Lehrmeister des Prinzen – auch die Qualitäten eines Seelenführers, der hinter all den Verwicklungen und Entwicklungen der Helden des Artuszyklus steht: «Er, der Zauberer, der Lehrer, der Seelenführer, er wohnt im Zauberwald – wer in diesen Wald gerät, verirrt sich, ist immer wieder vom Tod bedroht, wer sich aber diesen Gefahren gewachsen weiß, der verläßt diesen Wald als ein Gewandelter, als einer, der dem Tod ins Auge gesehen hat, als ein Wiedergeborener... Als Meister des Waldes einerseits, Magier und Zauberer, der um Zusammenhänge weiß, die anderen verborgen bleiben, als der Meister auch, der nach dem Gral ausschickt und also dazu anstiftet, den verborgenen Sinn hinter allen Dingen, den Geist zu finden, verkörpert Merlin den Geist der Natur.»[37] Merlin

drängt darauf, daß jeder der Seinen eine Vision habe, der er nachleben kann. Zugleich zieht sich durch den ganzen Zyklus um Merlin auch die Problematik der Aggression und das Erlernen eines angemessenen Umgangs mit ihr.

Eisenhans also enthält mächtige und wilde seelische Energien der Kampfbereitschaft und der Aggression. Es geht vor allem um die naturhafte Kraft der Aggression, die bei ihm gebunden liegt und mit ihm wie in einem Schaukasten ausgestellt ist. Die Marskraft des Königs selber lag bisher offenbar im Mutterarchetyp versenkt, war ihm völlig unbewußt geworden, hat sich aber desto schlimmer räuberisch betätigt, hat ihm gerade die Kräfte, die eigentlich in Kontakt mit dem Weiblichen stehen könnten, genommen. Gefährlich lodert das Feuer des Mars hier im Unbewußten und wirkt sich destruktiv auf das Ganze des Landes aus. Die Situation, daß Eisenhans mit all seinen gefährlichen und kostbar lebenserneuernden Kräften weggesperrt ist, muß schon sehr lange bestehen: Eisenhans ist verrostet. Es ist in eindrucksvollen Bildern geschildert, wie diese innere Situation sich nach außen darstellt. «Von der Zeit an wollte sich niemand mehr in den Wald wagen, und er lag da in tiefer Stille und Einsamkeit, man sah nur zuweilen einen Adler oder Habicht darüber hinfliegen, das dauerte viele Jahre.»

Dies ist die Oberfläche eines im Unbewußten sehr aktiven Komplexes. Das Volk läßt seinen Wald verwildern und veröden. Einsamkeit, Unbetretbarkeit und Rückverwandlung in einen Urwald kennzeichnen dieses Gebiet. Aber der Arm, der herausgreift, läßt den versunkenen Mann in seiner Raubgier, aber auch in seiner Hilflosigkeit, erahnen. Wenn wir uns vorstellen, was in solch einer Marskraft an Destruktivität steckt, vor allem wenn sie so abgespalten ist, dann ist beim ersten Zutagetreten eines solchen Komplexes wirklich hohe Gefahr, daß diese Kraft chaotisch ausbricht und alles Kultivierte zerstört. Der König kann sich also beim ersten Anblick dieses Eisenhans noch nicht mit ihm befreunden. Deshalb sperrt er ihn in seinem Zwinger weg. So wird sich jeder, der das ganze Potential seiner abgesperrten, zunächst destruktiv gewordenen Aggression entdeckt, peinlich hüten, Gefahren aufzusuchen, die solche Geladenheit zur Explosion bringen könnten. Vor allem die selbstdestruktiven Kräfte können ungeheuer stark sein.

Zunächst raubt Eisenhans durch seine List ja auch das junge Potential des Königreichs, den Prinzen, und bringt den König damit um seine Entwicklungsmöglichkeiten im Sohn: Zugleich spüren wir aber auch, daß Eisenhans diesen jungen Königsohn braucht, um sich selbst verwandeln und erlösen lassen zu können. Es geht um ein zentrales Thema in diesem Märchen: Wohin ist unsere aggressive Kraft verbannt, die zugleich mit allen vitalen Kräften der Natur gekoppelt ist, wie wir an Eisenhans sehen? Wenn sie so weit abgespalten wäre wie hier: Wie könnten wir sie heben, ohne ihrer Gefährlichkeit zum Opfer zu fallen? Daß mit diesem ersten Schritt, den Eisenhans in den Käfig zu bannen, das Grundproblem nicht gelöst ist, ist klar. Und doch ist hierdurch der Wald wieder zugänglich geworden. Es passiert nun jedenfalls nicht mehr unbewußt, daß Aggressions- und Lebenskräfte einfach verschwinden. Nun hat man vor Augen, womit dies zusammenhing.

Das Märchen setzt an dieser Stelle gleichsam zum zweitenmal an: Wir haben noch einmal die typische Situation vor uns, daß ein Junge das Problem des Vaters erbt, und, weil dieser König ist, damit das Problem des ganzen Königreichs, einer ganzen Gesellschaft und Kultur. Zugleich ist dieser Junge dazu berufen, eine neue Entwicklung für alle heraufzuführen. Unser kollektives Problem ist die Abspaltung der Aggression, weshalb sie so gefährlich werden kann, wenn sie

ausbricht. Sie müßte es nicht werden, wenn sie sozial, kulturell, religiös integriert wäre oder gar ausgetragen würde.
Nun tritt also ein Sohn auf, acht Jahre alt: Nach dem Gestaltwandel mit sieben Jahren ist er mit acht Jahren in der Latenzzeit, er hat teil an der Reife innerhalb der Kindheit, die Kinder in diesem Alter sind im Vollbesitz ihrer kindlichen Möglichkeiten. Symbolisch bedeutet die Achtjährigkeit: Es ist in dieser Entwicklung eine Phase abgeschlossen, die Siebener-Phase ist vollendet, mit dem achten Jahr beginnt ein neuer Lebenszyklus. Das Kind wächst in etwas Neues hinein. Nun hat dieser Königsohn einen goldenen Ball – wie die Prinzessin im Märchen «Der Froschkönig» eine goldene Kugel hat – also ein Symbol der Ganzheit, des Selbst: kollektiv gesehen ein Symbol legitimierter Herrschaft über das runde Ganze der Erde, wie der Reichsapfel. Das Symbol seines künftigen Selbst und seiner künftigen Regierung hat er hier noch spielerisch in der Hand. Ich möchte den goldenen Ball als Symbol der kindlichen wie auch der künftigen Ganzheit nehmen. Mario Jacoby hat einen sehr sprechenden Ausdruck für diese Ballsymbole im Märchen geprägt: Er bezeichnet sie als Bilder des «mobilen Selbst». Damit will er sagen, daß das Selbst uns immer voraus sei, daß es nur in Bewegung sich verwirklichen kann.
Mit acht Jahren also kommt dieses bisher kindlich geprägte und verstandene Selbst «ins Rollen». Die dunklen Kräfte kennt dieser Junge noch nicht, da sie offenbar in seiner Familie und im Selbst- und Weltverständnis dieser Gesellschaft weit abgespalten waren. Aber das mobile Selbst rollt nun geradewegs in den Käfig des Ausgesperrten hinein. In der Latenzzeit erwacht auch das Einfühlungsvermögen des Jungen und damit die Zeit, in der das Kind das Problem der andern, der Eltern vor allem, zu erspüren und zu übernehmen beginnt. Es werden erste Autonomiebestrebungen wach: das

heißt, er beginnt Tabus zu brechen. Auch in den übrigen Märchen, die wir besprochen haben, stellt sich das dar: In dem Alter wird begonnen, die väterliche und mütterliche Autorität insofern zu erproben, als man in allerheiligste Verbotskammern eindringt. Auch werden andere Erwachsene in ihrer Autorität oft gegen die der Eltern ausgespielt; Lehrer, Erzieher werden gleichsam zu Ersatzvätern bzw. -müttern adoptiert. Nun rollt das Symbol des mobilen Selbst geradewegs in den Bereich jener wilden Naturkräfte hinein, die Eisenhans verkörpert, die sicher von dem Knaben behutsamst ferngehalten wurden, da er der Thronfolger dieses Reiches werden soll. Dreimal vermag er dem Wunsch des Eisenhans zu widerstehen, ihm aufzuschließen, diesem autonomen Komplex, der sich natürlich seiner eigenen Dynamik nach wieder befreien und ins Unbewußte absetzen möchte.

Der Junge weiß in seiner Unschuld selber noch nicht, wo der Schlüssel zu diesem Käfig verborgen liegt. Der Eisenhans weiß es besser: unter dem Kopfkissen der Mutter. Das Bild des Bettes läßt wieder den Symbolbereich des Eros anklingen; die Entdeckung von Sexualität und Aggressivität pflegt ja eng miteinander verkoppelt zu sein. Der Ort unter dem Kopfkissen zeigt, wie wichtig der Mutter die Sicherstellung des Eisenhans war, wie sehr sie darüber wachte, daß ihr Junge nur ja nicht zu wild würde. Es scheint eine kollektive Situation zu sein, in der jeder, allen voran die Königin und besonders die Mütter selbst, darüber wacht, die wilden Naturkräfte, zu denen in erster Linie Aggressivität und Sexualität gehören, ja nicht ausbrechen zu lassen. Wenn wir uns auch nur einen Augenblick vorstellen, daß Eisenhans, bei aller Abspaltung, letztlich doch auch ein Anteil des Königs sein muß, so können wir ermessen, welchen widerstreitenden Kräften, die aus dem Unbewußten seines Vaters auf ihn einwirken, dieser Junge ausgesetzt ist.

Der Junge holt also den Schlüssel, da sein unentbehrlicher Goldball nun einmal in den Händen des Eisenhans gelandet ist: Seine Entwicklung kann nicht mehr an Eisenhans vorbeikommen. Er versucht aufzuschließen, dabei ist die Gittertür auch noch sehr schwierig zu öffnen. Auch dies steht im Gegensatz zu den bisherigen Märchen, in denen sich die Türen fast von selbst öffnen. Hier muß er einen starken Widerstand überwinden, er klemmt sich dabei auch den Finger ein, was wir als einen Akt der Selbstbestrafung verstehen können. Während der ganzen Zeit beim Eisenhans wird von seinem schmerzenden Finger berichtet; irgendwie hängt ihm diese Tat nach. Es schmerzt ihn auch, wie es jedes Kind schmerzen muß, gegen die Eltern etwas getan zu haben, ganz abgesehen von der Gewissensangst, die dadurch ausgelöst wird.

Nun tritt der wilde Mann aus dem Käfig – gibt ihm verabredungsgemäß den Ball zurück – und will verschwinden. Er tut dem Jungen nichts, raubt ihn nicht etwa von sich aus. Aber der Junge selbst, sei es nun aus Angst vor der Reaktion der Eltern oder doch auch schon aus Faszination von Eisenhans, ruft ihn zurück, bittet darum, daß er ihn doch nicht in dieser Lage mit den Eltern allein lasse. Nun ergreift Eisenhans die Initiative und nimmt ihn – übrigens wie Christophorus das Christkind trägt – auf die Schultern und wandert mit ihm in den Wald zurück. Der junge Prinz wird nun väterlich getragen – aber sicher in eine Richtung, die ihn ängstigt und die er so nicht gewollt hat.

Im Sinne der kollektiven Bewußtseinslage geschieht es nun, daß der festgehaltene Komplex der Naturkraft sich befreit und zugleich die junge Entwicklung am Königshof, die der Prinz verkörpert, mit sich nimmt. Da aber die goldene Kugel des mobilen Selbst diesen Weg gewiesen hat, dürfen wir annehmen, daß er zum Heile ausschlägt, für den Jungen wie für das ganze Volk. Die Integration des wilden Mannes in

das Bewußtsein des Jungen kann beginnen. Der Träger der kommenden Möglichkeiten ist jetzt in einer engen Verbindung mit dieser gefährlichen Kraft.
Für den König allerdings mag es scheinen, als sei alles verloren, als sei mit dem Sohn auch die Zukunft verspielt. Es bleibt ihm zunächst nichts als tiefe Trauer, als er den Sohn nicht wiederfinden kann. Vom König her gesehen könnte die Situation durchaus an einen Ausnahmezustand, sogar psychotischer Art, erinnern, in dem die neue Entwicklungsmöglichkeit immer wieder vom Unbewußten verschlungen wird und es so aussieht, als sei alles schlimmer denn zuvor, weil sogar diese besondere neue Möglichkeit, die der Sohn darstellte, wieder verspielt wurde. Doch selbst in einem psychotischen Zustand könnte die Chance liegen, daß festgefahrene Komplexe, Eisenhanskomplexe z. B., ins Rollen kommen und dem Bewußtsein angenähert werden. Selbst in solchen psychotischen Episoden bricht sich letztlich nichts anderes Bahn als die kollektiven Komplexe einer Kultur und Gesellschaft und werden individuelle Befreiungswege gesucht, die auch kollektive Bedeutung haben können. Ebenso können sich in der Krebserkrankung eines einzelnen kollektive Komplexe – eine Desintegration des natürlichen Wachstums – ausdrücken: so, wie der Schweizer Autor Fritz Zorn in der unterdrückten Aggression eine Mitursache seiner Krebserkrankung sah und in der Freisetzung seines Zornes gegen eine lebensfeindliche Gesellschaft die einzige Chance der Heilung. In diesem Sinne nennt er sein Buch – zu Ehren dieses Aggressionsprinzips – «Mars» und schreibt unter dem Pseudonym Fritz Zorn.
Demgegenüber scheint das Märchen stärker betonen zu wollen, daß jetzt tatsächlich einer freiwillig-unfreiwillig in den kollektiven Komplex hineingeht. Das Entscheidende ist, daß der Junge das Symbol seines Selbst, die goldene Kugel, zu-

rückholen muß. Das ist seine eigentliche Motivation, den Eisenhans zu befreien. Es ist zu dieser Zeit die Tat, die nötig ist, seine wesentliche Entwicklung in Gang zu setzen; insofern hat sie für ihn selbst primär positive Aspekte. Der Junge hat seine Ganzheit, die sich in einem inneren Gefühl der Übereinstimmung mit sich selbst äußert, verloren, indem er seine Kugel verlor und in den Käfig des Eisenhans rollen ließ. Um seiner Entwicklung willen muß er sie wieder finden, er kann es aber nur, wenn er das, was bisher aus seiner Familie und der ganzen Gesellschaft ausgespart war, die naturhaft-wilden, aggressiven Kräfte, für sich wiedergewinnt. Die aggressive Kraft erweist sich zugleich als Grundlage aller Kreativität, als Potential und Dynamik alles Realisierens.

Wie geschieht es nun, daß er die wild-naturhaften Kräfte des Eisenhans zu integrieren lernt: für sich und für uns alle? Zunächst erfährt er die gütige Väterlichkeit, die in diesem wilden Gesellen steckt. Dieser selbst bereitet ihm ein Bett aus Moos mit einer wahrhaft mütterlichen Geste, und er weist den Jungen auf die außerordentlichen Reichtümer, pures Gold, hin, die er besitzt. Allerdings: «Vater und Mutter siehst du nicht wieder.» Ein Trennungsstrich wird gezogen, eine Ablösung findet statt. Es ist wie eine Initiation in eine ganz neue Welt für den Jungen. Am nächsten Tag bekommt er seine Aufgabe gestellt: den «Goldbrunnen» zu hüten, der hell und klar ist wie Kristall; er soll acht darauf haben, daß nichts hineinfällt, denn sonst wäre dieser Brunnen «verunehrt».

Der wilde Mann aus dem Pfuhl nennt also erstaunlicherweise zugleich einen Goldbrunnen sein eigen, der äußerst rein erhalten werden soll. Wie in dem Märchen «Der Froschkönig» oder in «Frau Holle» spielt hier der Brunnen eine Rolle: Er bietet den Zugang zu einer anderen, tieferen, transzenden-

ten Wirklichkeit: zur Tiefe des Seins und der Seele, die zugleich immer wieder weiblich symbolisiert sind.
Gegenüber der so sehr an der Oberfläche bleibenden Zivilisation, aus der der Junge kommt, wird er hier mit einer neuen Tiefe der Selbst- und Weltbetrachtung in Verbindung gebracht. Es ist eine Art Meditation, die er hier übt. Der Brunnen gilt von alters her auch als Zugang zu den Toten und den Ahnen. Alte, uralte Weisheit, die Generationen vor ihm mit ins Grab genommen haben mögen, die seit Generationen verschüttet ist, soll ihm hier, aus diesem Goldbrunnen mitten im Wald, wieder zugänglich werden. Auch Odin, der letzte große Gott der Germanen, ging zum Brunnen Mimir und brachte das Opfer eines seiner Augen, das des Tagesbewußtseins, um weiser zu werden. Um die Weisheit, das Gold aus der Tiefe der Erde, geht es hier: zu der gewiß auch das Wissen um die Sexualität gehört – aber gerade der wilde Mann ist es, der den Jungen lehrt, von Anfang an achtsam mit ihr umzugehen, sie «rein» zu erhalten, durch Selbstbesinnung und Kontemplation ihres tiefsten, gleichsam geheiligten Wesens.
Er setzt ein Tabu, das der Junge nicht durchbrechen soll. Natürlich wird er es brechen, wird er es brechen müssen – wie alle Märchenheldinnen und -helden bisher. Doch hat das Tabu seinen unaufhebbaren Sinn darin, den Jungen zu erproben, ihn zuerst zu sich selbst zu führen und auf sich selbst zu zentrieren, bis er reif genug ist, die Folgen seines Tabubruchs auf sich zu nehmen.
Kostbare Zeichen des Goldenen und des Lebendigen, das der Brunnen in sich birgt, tauchen vor dem aufmerksamen Jungen auf: Fische und Schlangen, Boten aus dem Unbewußten, Phantasien, Boten aber auch aus der tiefsten Körpersphäre und der mit ihr erwachenden Vitalität und Sexualität. Der Junge spürt seinen Finger schmerzen – noch immer die Folge

seines ersten Tabubruchs, der Befreiung des Eisenhans und des damit verbundenen Verlustes der Eltern –, und schon hat er ihn, auch die Autorität des Eisenhans für einen Augenblick vergessend, in den Teich getaucht. Daß der Finger davon golden wird, erweist, bei aller strengen Vermahnung durch den Eisenhans, die darauf folgt, daß der Junge in Wirklichkeit mit dem höchsten Wert des Lebens, mit dem Goldquell in Berührung gekommen ist, was sich nicht mehr verleugnen und verbergen läßt.

Es fällt schon hier auf, wie vergleichsweise gütig der Eisenhans auf dieses Vergehen antwortet – wenn wir bedenken, welche furchtbare Ausstoßung etwa Marienkind angesichts seines goldenen Fingers widerfuhr. Und, auch dies ist ungewöhnlich, Eisenhans gibt dem Jungen noch zwei weitere Bewährungsproben frei. Was der Junge zunächst mit dem Finger betastet hat, vergoldet ihm beim nächsten, als ganz unabsichtlich geschilderten Versagen, das Haar – seine Phantasie also, seine Wünsche und Gedanken, die dem Kopf entsprießen. Und zuletzt, als er zwar den Schmerz des Fingers voll beherrschen kann, nicht aber den Drang nach einem Blick in die Tiefe, nach Reflexion und Spiegelung seines Selbst in dem kristallklaren Wasser, da fällt sein ganzes Haar hinein und wird von dem Moment an von einem sonnenhellen Goldglanz erfüllt. Dieser Goldglanz im Haar aber bezeichnet nach der Symbolik der nordeuropäischen Märchen immer die Berufung eines Jungen zum Helden, bedeutet, daß er zum Träger eines Lichtes, einer neuen Erkenntnis, einer neuen Bewußtseinsstufe für das ganze Kollektiv werden wird – und verleiht ihm von dem Moment an eine sonnengleiche und unwiderstehliche Ausstrahlung.

Wenn wir die wilden knielangen Haare des Eisenhans, wie er sie zu Anfang, als er aus dem Pfuhl kam, trug, hiermit vergleichen, so spüren wir, daß sich im Bereich des Naturhaften durch das Einbezogenwerden dieses Jungen etwas verändert hat. Die lichten Kräfte, die in diesem abgespaltenen Bereich ruhen, sind wieder zutage gekommen, werden von dem Jungen ins Leben hinausgetragen werden, werden dessen Umwelt verändern. Das Gold, das nun gleichsam in seinem Körper integriert ist als goldener Finger und goldenes Haar, weist zurück auf das Gold des Balles, der ihn auf den Weg gebracht hat: Er hat es wiedergefunden in diesem goldenen Brunnen. Es gehört zu den Schätzen des Eisenhans. Zunächst aber hat er seinen Tabubruch, wie alle Helden und Heldinnen vor ihm, vor der archetypischen Autorität, in diesem Falle dem Eisenhans, zu verantworten: Er wird aus dessen Nähe verstoßen, wird wie alle Helden seines Ranges aus dem Nest geworfen – allerdings letztlich, um über seiner Entdeckung selbständig werden und die Kraft des Eisenhans als eigene integrieren zu können.

Er muß hinaus in die Welt und dieser verwöhnte Königssohn muß am eigenen Leibe erfahren, «wie Armut tut», so ist es der Wunsch und der Spruch des Eisenhans. Doch ist gerade der naturwüchsige Eisenhans noch bei dieser Ausstoßung des Knaben milder und gütiger als alle bisher erschienenen archetypischen Figuren – vor allem im Vergleich zu der relativ naturfernen Maria in dem Märchen «Marienkind»[38] oder in der russischen Fassung «Marjuschka» –, er verspricht dem Jungen ausdrücklich seine Hilfe in aller Not und verweist noch einmal auf die ihm zur Verfügung stehenden Schätze: Gold und Silber. Silber, als Metall, das in den weiblichen Symbolkreis gehört, zeigt ein weiteres Mal, daß Eisenhans auch über Potentiale und Zugänge zum weiblichen Bereich verfügt.

Die folgende Phase des Erzählverlaufs zeigt nun, wie der Junge über «gebahnte und ungebahnte Wege» – mit seinen neuen Erfahrungen und seinem neuen Wissen beladen – den

Rückweg in die herrschende Zivilisation sucht, um sich dort einzubringen. Er kommt schließlich in eine große Stadt, in die Zentrale also, um das pulsierende Herz des neubetretenen Landes zu finden, von wo aus es auch sinnvoll wäre, neue Werte und Lebensstile zu entwickeln und auf das ganze Land ausstrahlen zu lassen.

Doch jetzt zeigt sich, daß er nichts gelernt hat, was er in das bisher herrschende System sofort einbringen könnte, er ist dort vielmehr nutzlos; als Königssohn außer Landes und als einer, der bisher nichts getan hat, als im Wald verborgenes und verschüttetes Wissen zu sammeln, ist er in der Außenwelt unbrauchbar. Eine große neue Vision des Lebens macht zunächst fremd unter dem Bisherigen. Er erscheint auch als weltfremd und schwärmerisch. Es zeigt sich, daß er ganz von unten, mitten im Alltag damit anfangen muß, sich mit seinen neuen Erfahrungen zu integrieren. Es ist auch unabdingbar für ihn, den gewonnenen Glanz, die Ausstrahlung und die Auszeichnung, die sich in seinen goldenen Haaren niederschlägt, zunächst für sich zu behalten, ja zu verbergen. Die geringste damit verbundene Eitelkeit, jedes Sich-zeigen-Wollen nach außen hin, würde das Gewonnene gefährden, das ihm noch nicht ganz und gar zugehört. Jetzt schon darauf angesprochen und daraufhin herausgefordert zu werden, würde ihn wahrscheinlich überfordern; würde ihn vielleicht auch dazu verführen, sich und seine Kräfte zu überziehen. Er hat sich eine Vision des wahren Lebens gemacht, beim Eisenhans gewonnen, steht aber gerade dadurch jetzt in starkem Kontrast zu seiner Umgebung.

Den Eisenhans ruft er in dieser Zeit der Armut und der Bescheidenheit, des Durchhaltenmüssens, die ihm von diesem selbst verordnet sind, nicht zu Hilfe. Es ist, als müßte er in dieser Zeit der einfachsten Dienste am Lebensnotwendigen erst in das hineinwachsen, was ihm vom Unbewußten her schon geschenkt ist, ehe er es nach außen hin weitergeben und öffentlich dazu stehen darf. Vergessen allerdings darf und kann er in dieser harten Probezeit in der Realität nichts von dem Erlebten.

So ist die erste Arbeit, die ihm überhaupt anvertraut wird, eine einfache Zuträger- und Hilfsarbeit, Holz und Wasser zu schleppen, Asche zusammenzukehren, bei Tisch zu servieren: Es sind Aschenputtelarbeiten, die ihn zugleich mit dem traditionell weiblichen Bereich um Küche und Nahrungsservieren in Verbindung bringen. Er muß sich zuerst in diesem vom öffentlichen Bewußtsein völlig unterschätzten und mißachteten Bereich bewähren. Ironischerweise scheitert er hier gerade daran, daß er sein eigentliches Wesen und Wissen noch verborgen halten muß: Es wird ihm vom König als grobe Unhöflichkeit ausgelegt, ebenso wie später von der Königstochter, daß er seinen Hut auch vor dem König und ihr nicht zieht, sondern ihn aufbehält. Als bösen Grind gibt er sein goldenes Haar aus, den er verdecken müsse.

Aber auch dieses Scheitern führt ihn ungesucht im Sinne seines Weges, seiner Individuation, die die rollende goldene Kugel ihm gewiesen hat, weiter: in einen Arbeitsbereich, an dem er die bei Eisenhans erlernte Naturverbundenheit und die naturnahen Kräfte noch weiter entfalten, pflegen und in die Realität hinein entwickeln kann, die Arbeit eines Gärtnerburschen. Sehr konkret und realistisch wird im Märchen geschildert, wie diese Arbeit aussieht: Er muß pflanzen und begießen, hacken und graben und dabei Wind und böses Wetter über sich ergehen lassen. So setzt er das Wissen um Wachstum und Natur, das er bei Eisenhans gelernt hat, praktisch in die Tat um, trägt es in seinen Alltag hinein. Zum Gärtnern gehört eine gute Hand und viel Einfühlung in die Eigenart und die Lebensrhythmen der einzelnen Pflanzen, viel Sinn für den rechten Moment, etwas zu tun oder etwas zu lassen. Es ist wichtig, einen Blick für das Wetter zu bekommen, sich auf das Wetter einzustimmen und jedes Wetter zu ertragen. Es darf ihm nichts zu viel und nichts zu schwer sein, wenn er ein guter Gärtner werden will.

Es ist eigentümlich, daß die drei Helden in den letzten Märchen alle durch eine Phase des Gärtnerns gingen und offenbar gehen mußten. Der Garten, das Gärtnern kann, wie wir uns schon klarmachten, auch für unsere Arbeit im eigenen Gefühlsbereich stehen, für das Umgraben und Begießen unserer seelischen Kräfte, und so ist die Arbeit am Garten denn auch ein altes Symbol für das Umgehen mit dem Beziehungsbereich, mit dem Eros. Auch dies ist letztlich Einfühlung in den Archetyp des Weiblichen.

Hier nun wird in einem unbedachten Moment – indem der Gärtnerjunge unter der Hitze des Tages sein Hütchen für einen Augenblick ablegt – etwas von seiner geheimen Ausstrahlung offenbar: Die Königstochter wird von dem Goldglanz, der von seinem Haar ausgeht, wie von Lichtstrahlen getroffen, die sie elektrisieren. «Ein wundervolles Bild für das Aufblitzen des Eros», schreibt Verena Kast[33], «sie läßt sich treffen, betreffen von diesen Strahlen, es ist ein Bild für die erotische Begegnung...» Sie will den aufblitzenden Kontakt aufnehmen, vertiefen, und bittet den Jungen um einen Blumenstrauß, um ein Stück Natur aus dem von ihm bestellten Garten. Indem er ihr – zum Befremden der Hofleute – wilde Blumen bringt, erweist er sich als der rechte Sohn des Eisenhans, der weiß, daß diese «kräftiger riechen» und ihr deshalb besser gefallen werden. Sein Eisenhans-Eros bringt ein Stück Wildheit, Ursprünglichkeit und Spielfreude in die beginnende Beziehung ein – und er verachtet jetzt das Gold, sofern sie es ihm wie ein Trinkgeld dafür geben will –, er übergibt es den Gärtnerskindern, die damit spielen mögen, wie er selbst als Kind mit der goldenen Kugel spielte. Er gibt sie damit natürlich zugleich seinen eigenen jungen Entwicklungsmöglichkeiten, die durch das Gärtnern aufgebrochen sind, zum Spiel. Er kann aber vorerst auch das Gold, das die Königstochter ihm schenken will, noch nicht annehmen: Er muß sich einfach noch bewahren. Zugleich verwahrt er sich gegen ihre spielerisch herausfordernden Übergriffe auf sein Hütchen, das sein wahres Gold verdeckt.

Jetzt hat er, der damals zur Unzeit das von Eisenhans gesetzte Tabu durchbrach, fein darauf achten gelernt, was in einer beginnenden Beziehung an der Zeit ist und was nicht. Seine Haare als Zeichen der Verbundenheit zu Eisenhans zu zeigen, wäre wohl zu früh für ihn – er würde dabei verfrüht auf die Beziehung festgelegt werden. Mit der Ausrede vom «Grindkopf» legt er gleichsam etwas Abstoßendes zwischen sich und die Faszination von der aufbrechenden Beziehung. Einige Proben auf die Zuverlässigkeit dessen, was er bei Eisenhans erworben hat, muß er noch bestehen, ehe er sich öffentlich zeigen darf als der, der er wirklich geworden ist, und ehe er das weitergeben kann, was er seit der Begegnung mit Eisenhans gewonnen hat.

Das erste betrifft seinen Umgang mit der Aggressivität: Das Land, dem er sich jetzt zugehörig fühlt, wird von Feinden überfallen, die Lage spitzt sich zu. Da fühlt er sich herausgefordert, sich und sein Land vor Übergriffen zu schützen – wir müssen hier in Rechnung stellen, daß es sich um die Ritterzeit mit ihren Idealen von Mannesmut handelt, wie sie sich auch in der folgenden Szene des dargestellten Reiterwettkampfs um den Apfel zeigt. Unser Märchen spielt nicht in der Zeit eines möglichen Atomkriegs, in dem selbst der Verteidigungsschlag des zuerst Angegriffenen fragwürdig geworden ist. Hinter dem Ritterideal stand immerhin das Wissen um die Notwendigkeit, Herausforderungen anzunehmen und sich dem Leben so wirklich zu stellen.

Hier zum erstenmal, als man ihn mit dem dreibeinigen hinkenden Gaul ausrüstet, ruft er Eisenhans, den inneren Eisenhans, zu Hilfe, der ihm sofort das feurigste Pferd zur Verfügung stellt und ihn mit dessen Feuer, dessen Instinktsicherheit und Durchhaltevermögen dazu fähig macht, den Kampf zugunsten des Königs zu entscheiden. Auch wenn wir nicht mehr in der Ritterzeit leben, Krieg kein diskutables Mittel der Auseinandersetzung mehr sein kann, so müssen wir uns dennoch die Fähigkeit zum Kämpfen bewahren oder zurückgewinnen, und sei es, um für den Frieden einstehen zu können. Es bedarf eines erheblichen gesunden Maßes an offener Aggression, um z. B. in der Friedensbewegung oder auch in der Umweltbewegung tätig sein zu können. Wir werden uns dessen besonders bewußt, wenn wir an die Courage denken, die für junge Bürger der DDR nötig ist, sich für die dortige Friedensbewegung einzusetzen. Die Fähigkeit zum heiligen Zorn muß man zur Verfügung haben, um in bestimmten Momenten für die Rettung unserer Umwelt einzustehen: Auch gegen eigene Regungen der Bequemlichkeit muß man aggressiv sein können, wenn sie einem z. B. die Mitverantwortung für das Waldsterben durch eigenes unkontrolliertes Autofahren verharmlosen wollen.
Wichtig ist, daß der Junge die Möglichkeiten aggressiven Verhaltens – durch seine wachsende Übung im Umgang mit dem Eisenhans in ihm – rufen, aber auch wieder abgeben kann. Zugleich ist aber auch noch ein Schwanken in ihm sichtbar: Darf er zu dem feurigen Roß des Eisenhans wirklich voll sich bekennen oder muß er sich doch immer wieder auf das dreibeinige Roß zurückstufen und zurückversetzen lassen, das die Umwelt ihm zuschiebt. Ich vermute, es ist auch noch ein tiefer Zweifel in ihm selbst, ob er wirklich auf die Eisenhans-Möglichkeit konstruktiv-feuriger Angriffskraft setzen und dazu stehen darf. Auch ein jähes Schwanken in

seinem Selbstwertgefühl zwischen hoher Selbstachtung und elender Selbstverachtung können sich darin spiegeln: das Hin- und Hergerissensein zwischen dem allgemeinen Wertbewußtsein seiner Erziehung und den neuen Werten des Eisenhans, die dazu in Kontrast stehen.

Die Probe aufs Exempel, ob Aggressionskraft und Eros wirklich zusammengehen können, ist nun durch das königliche Fest gegeben, in dem die Königstochter zur Prüfung, wer der unbekannte Helfer und Retter des Landes sei, einen Apfel werfen wird, der den Rechten herbeilocken soll. Allein schon, sich in dieses Schicksalsspiel zu wagen, verlangt aggressiven Mut von unserem jungen Mann und die Kühnheit, die Königstochter nun wirklich zu freien. Kein anderer als Eisenhans, der Garant seiner mit der ganzen Natur vereinten Kraft, verleiht ihm die nötige Ausrüstung und das hierzu nötige Potential der Kräfte: den Fuchs und die rote Rüstung am ersten Tag; den Schimmel und die weiße Rüstung am zweiten; und schließlich am dritten, am Entscheidungstag, den Rappen und die schwarze Rüstung. Jedesmal fängt niemand anderer den Apfel als der junge Königssohn, der macht sich aber unmittelbar darauf unerkannt davon: bis er am dritten Tag verwundet und, da er den Helm verliert, an seinen goldenen Haaren erkannt wird.

Der Apfel, den die Frau – nun eindeutig die aktive – ihm zuwirft, ist Liebessymbol, ist Angebot der Liebe. Er ist aber auch Zeichen der Unsterblichkeit, der ewigen Jugend, das verbürgt, daß neues Leben und neuer Eros immer wieder verjüngt in demjenigen aufbrechen kann, der diesen Apfel gewinnt. Die drei Farben, die drei Rüstungen, die drei Pferde verbildlichen noch einmal die drei Aspekte, über die Eisenhans verfügt und die er dem kommenden König zur Verfügung stellt: Mit dem Rot, in dem er zu der ersten Runde des Kampfspiels, das zugleich ein Liebesspiel ist, erscheint, er-

weist er sein Feuer, seine Leidenschaftlichkeit, das Irdisch-Triebhafte und Vitale, mit dem er sich in diesen Kampf wagt. Mit Weiß erscheint der lichte Aspekt, den er an dem kristallklaren Goldbrunnen durch sein hingegebenes Wachen erkannt und erworben hat, und sei es auch durch ein anfängliches Versagen hindurch; es ist die Farbe, die die Weisheit der Natur enthält. Weiße Pferde sind Sonnenpferde, Lebenspferde, während schwarze Pferde manchmal die Pferde des Todes sind. Sie gelten aber zugleich als besonders feurige Rösser. Mit Schwarz erweist er, daß er auch in Verbindung mit dem Dunklen steht, mit dem Erdhaft-Chthonischen, und in dieser Farbe wird er auch verwundbar und damit erkennbar, als ihm der Helm vom Kopf fällt. Es wird zum erstenmal sichtbar, daß Schwarz und Gold für ihn zusammengehören, daß er das Helle im Dunklen, das Dunkle im Hellen erfahren hat, daß er damit über die alten Spaltungen hinausgewachsen ist und so einen neuen Menschentyp verkörpert.
Rot, Weiß und Schwarz sind zudem die Farben der – z. B. in Kreta als Demeter, Persephone und Hekate erscheinenden – dreifaltigen Göttin, die sich im roten Vollmond als reife Göttin der Liebe zeigt; im weißen zunehmenden anfänglichen Mond als jungfräuliche Jägerin und im Schwarzmond (Neumond) als weise Alte, die um Tod und Leben weiß. In diese Wandlungsphasen des Lebens, die ein Geheimnis der weiblichen Gottheit sind, ist der junge Mann hineingewachsen, nicht zuletzt durch sein Gärtnern an den Lebensprozessen selbst – auch dadurch ist der alte negative Mutterkomplex, der die Natur abspalten mußte, überwunden. In die letzte Bewährungsprobe geführt aber hat ihn nicht zuletzt der von der zukünftigen Frau ihm zugeworfene Apfel. Nun kann er König werden, Repräsentant eines neuen kollektiven Bewußtseins, der sich zu den neuen Werten, die bei Eisenhans verborgen lagen, voll bekennt und sie weiter ins Leben hin-

eintragen wird. Er macht nun «keine Umstände mehr», sich zu seiner Liebe zu der Königstochter zu bekennen: die selbst eine eher wilde, eine souveräne Frau ist, was sich schon daran zeigte, daß sie sich von den Strahlen seines Haares treffen und betreffen lassen konnte, von dem Geheimnis seines Wesens also; daß sie den kräftigen Duft der Wiesenblumen mehr liebte, als den der überzüchteten Gartenpflanzen.
Es ist ein schöner versöhnlicher Zug auch dieses Märchens, daß es davon berichtet, wie zuletzt – da der Sohn souverän geworden ist – auch die alten Eltern wieder aufgesucht und in das neue Königreich integriert werden können.
Ein einzigartiger Zug aber ist, daß Eisenhans, die archetypische Gestalt, selbst zuletzt erlöst wird: daß Eisenhans selbst jetzt als der König erscheint, der er immer war und der dem jungen Regenten nun all seine Schätze, all seine Potentiale also, vermacht. Es zeigt sich noch einmal, daß es nichts anderes als eine Verwünschung war, die Eisenhans so wild, so verwildert hatte erscheinen lassen, wie er uns zu Anfang begegnete: kaum noch von einem Tier zu unterscheiden. Eine Verwünschung also, ein Fluch, hat die königliche Macht und Würde der Natur so negativ, so destruktiv werden lassen, wie sie in der Gestalt des Eisenhans im Pfuhl zu Anfang des Märchens erschien, der sich jedes Menschenleben raubte, das ihm zu nahe kam. Es ist und bleibt eine tief beunruhigende Frage an unsere Zivilisation und die in ihr herrschenden gesellschaftlichen Werte, nicht weniger aber an die hinter ihr stehende Religion, die christliche, wie es dazu kam, daß die Natur so verdrängt wurde wie in der Gestalt des Eisenhans, aber auch des grünen Jägers, nicht zu reden von den schwarzen und weißen Frauen.
Daß der Wald stirbt, unbetretbar wird und verödet, kommt nicht von ungefähr: Es hat mit dieser Verachtung des ehedem als numinos verehrten Geheimnisses der Natur zu tun.

Der Wald wird nur überleben können – und wir mit ihm –, wenn es zu einem Bewußtseinswandel kommt, in dem Frauen und Männer aus der zunächst lebensgefährlichen Begegnung mit den dunklen archetypischen Gestalten ein uraltneues Wissen gewinnen, die Weisheit der Natur und die Erfahrung unserer existentiellen Verbundenheit mit ihr.

Anmerkungen

[1] Kinder- und Hausmärchen der Brüder Grimm (KHM) Nr. 3. Vgl. *Eugen Drewermann / Ingritt Neuhaus,* Marienkind (Grimms Märchen tiefenpsychologisch gedeutet). Walter ^{2}1985

[2] *Marie-Louise von Franz,* Bei der schwarzen Frau, in: Märchenforschung und Tiefenpsychologie, hrsg. v. Wilhelm Laiblin. Wissenschaftliche Buchgesellschaft 1972

[3] *J. Bolte / G. Polivka,* Anmerkungen zu den Kinder- und Hausmärchen der Brüder Grimm. Bd. I. Olms, Hildesheim 1963, S. 13 ff.

[4] Kinder- und Hausmärchen der Brüder Grimm, hrsg. v. Friedrich Panzer. Emil-Vollmer, Wiesbaden o. J.

[5] Vgl. *Verena Kast,* Mann und Frau im Märchen. Eine psychologische Deutung. Walter ^{5}1985

[6] *C. G. Jung,* Gesammelte Werke, Bd. 9/I, bzw. Grundwerk, Bd. 2: «Zur Phänomenologie des Geistes im Märchen». Walter 1976 bzw. 1984

[7] Vgl. *Mario Jacoby, Verena Kast, Ingrid Riedel,* Das Böse im Märchen. Bonz ^{3}1983

[8] Vgl. *Verena Kast,* Wege aus Angst und Symbiose. Märchen psychologisch gedeutet. Walter ^{7}1985

[9] Vgl. *Ingrid Riedel,* ihre Interpretation dieses Märchens in: Das Böse im Märchen (s. Anm. 7)

[10] Die Patin, aus: Rätoromanische Märchen (Die Märchen der Weltliteratur), hrsg. und übers. v. Leza Uffer, © Eugen Diederichs Verlag, Köln 1973.
Es gehört zum Märchentyp Nr. 710 nach Aarne-Thompson

[11] Vgl. *Verena Kast,* Wege aus Angst und Symbiose (s. Anm. 8)

[12] Vgl. *Eugen Drewermann / Ingritt Neuhaus,* Marienkind (s. Anm. 1)

[13] Vgl. *dies.,* Der goldene Vogel (Grimms Märchen tiefenpsychologisch gedeutet). Walter ^{4}1984

[14] Vgl. *dies.,* Frau Holle (Grimms Märchen tiefenpsychologisch gedeutet). Walter ^{4}1985

[15] «Bekennst du?», aus: Finnisch-estnische Märchen (Die Märchen der Weltliteratur), hrsg. v. August von Lôwis of Menar, © Eugen Diederichs Verlag, Köln 1962
[16] Vgl. *Ingrid Riedel,* Marc Chagalls Grüner Christus. Ein ganzheitliches Gottesbild – Wiederentdeckung der weiblichen Aspekte Gottes. Walter 1985
[17] Vgl. *Verena Kast,* Der Teufel mit den drei goldenen Haaren (Weisheit im Märchen). Kreuz 1984
[18] Vgl. *Eugen Drewermann / Ingritt Neuhaus,* Marienkind (s. Anm. 1)
[19] Die Sonnenmutter, aus: Deutsche Volksmärchen, hrsg. v. Elfriede Moser-Rath, © Eugen Diederichs Verlag, Köln 1966
[20] *Robert von Ranke-Graves,* Griechische Mythologie. Quellen und Deutung, Bd. I. Hamburg 1960, S. 14
[21] Ebd. S. 17
[22] Ebd. S. 16
[23] Die drei goldenen Äpfel, aus: Schweizer Volksmärchen (Die Märchen der Weltliteratur), hrsg. v. Robert Wildhaber und Leza Uffer, © Eugen Diederichs Verlag, Köln 1971
[24] Der Wunderschimmel, aus: Österreichische Märchen (Die Märchen der Weltliteratur), hrsg. v. Ingo Reiffenstin, © Eugen Diederichs Verlag, Köln 1979
[25] *Bächthold Stäubli, Hanns* (Hrsg.): Handwörterbuch des deutschen Aberglaubens. Berlin / Leipzig 1942, Sp. 118
[26] Vgl. *Verena Kast,* in: Das Böse im Märchen (s. Anm. 7)
[27] *Bächthold Stäubli,* a. a. O., Sp. 1182
[28] Vgl. *Verena Kast,* Wege aus Angst und Symbiose (s. Anm. 8)
[29] *Lurker, Manfred:* Wörterbuch der Symbolik, Stuttgart 1978, S. 644
[30] Herder-Lexikon: Symbole. Freiburg 1978
[31] Ebd.
[32] Vgl. *Eugen Drewermann / Ingritt Neuhaus,* Der goldene Vogel
[33] Der Eisenhans, aus: Brüder Grimm, Kinder- und Hausmärchen. Winkler Weltliteratur, München 1949
[34] Vgl. *Verena Kast,* Familienkonflikte im Märchen. Eine psychologische Deutung. Walter [2]1984
[35] Ebd. S. 113
[36] Ebd. S. 115
[37] Ebd.
[38] Vgl. *Eugen Drewermann / Ingritt Neuhaus,* Marienkind (s. Anm. 1)
[39] Vgl. *Verena Kast,* Familienkonflikte im Märchen (s. Anm. 34), S. 125